名家解读中外文学名著书系

主 编 傅璇琮 彭定安 刘继才

《呐喊》 全新解读

彭定安 编著

东北大学出版社

图书在版编目（CIP）数据

《呐喊》全新解读／彭定安编著. —沈阳：东北大学出版社，
2014.3（2025.1 重印）
（名家解读中外文学名著书系/傅璇琮，彭定安，刘继才主编）
ISBN 978-7-5517-0374-1

Ⅰ. ①呐…　Ⅱ. ①彭…　Ⅲ. ①鲁迅小说—小说研究　Ⅳ. ①I210.6

中国版本图书馆 CIP 数据核字（2013）第 161600 号

出 版 者：东北大学出版社
　　　　　地址：沈阳市和平区文化路 3 号巷 11 号
　　　　　邮编：110819
　　　　　电话：024 - 83687331（市场部）　83680267（社务室）
　　　　　传真：024 - 83680180（市场部）　83680265（社务室）
　　　　　E-mail：neuph@ neupress. com
　　　　　http：//www. neupress. com
印 刷 者：三河市万龙印装有限公司
发 行 者：东北大学出版社
幅面尺寸：160mm × 230mm
印　　张：12.75
字　　数：192 千字
出版时间：2014 年 3 月第 1 版
印刷时间：2025 年 1 月第 3 次印刷
组稿编辑：郭爱民
责任编辑：刘乃义　　　　　　　　　　　责任校对：叶　子
封面设计：刘江旸　　　　　　　　　　　责任出版：唐敏志

ISBN 978-7-5517-0374-1　　　　　定　价：25.00 元

花季正宜读好书

——《名家解读中外文学名著书系》总序

读书是一件愉快的事儿，我们要高高兴兴地去读。东晋的陶渊明说："开卷有得，便欣然忘食。"（《与子俨等书》）南宋的胡仔在谈到读书时也说："盖其辞意典雅，读之者悦然。"（《苕溪渔隐丛话》）因此，林语堂先生把读书列为娱乐范畴。他说，读书是文明生活中人所共识的一种乐趣，极为无福消受这一乐趣的人所羡慕。他认为，读书不能首先树立一个什么崇高的目标，然后才硬着头皮去读，那样一切乐趣会完全失掉。但是在现实生活中，我们读书还是有正当需求的，这与乐趣并不矛盾。现在不少青少年似乎没有享受到读书的乐趣，他们往往把读书当成了苦差事。这当然有一个过程，读书是可由苦而乐的。

读书基本可以分成两大类：一类是生存阅读，一类是性情阅读。现在，生存阅读类的实用书很多，如应试、推销等的图书充斥书店。而不为功利或淡化功利色彩、属于性情阅读类的图书则较少。最近，教育部建议的中学生课外读物就基本属于性情阅读类图书。这些图书与应试教育的教辅读物大不相同。学生阅读这些名著不像读教辅读物那样仅仅为了应付考试，以求立竿见影地提高考试成绩；但是通过阅读大量中外文学名著，可以潜移默化地提高学生的语文素质和语文能力，并会陶冶情操，领悟做人的道理，对其一生的成长都具有重要意义。从这个意义上说，这些必读书与一般的性情阅读类图书又略有不同。它不是提倡青少年随意消遣式阅读，而是有选择、有目的地去阅读。开始时，虽然没有急功近利的目的，但读后却大有裨益。

　　要使读书真正成为一件乐事，就要选择自己喜欢的书去读。教育部建议的中学生课外读物，固然都是当读之书；但是选取的面还不够宽，某些书的内容也不免有些沉重。为此，我们遴选并编辑了这套《名家解读中外文学名著书系》，除了包括教育部建议的中学生课外阅读书目，又适当扩充，共30本。这样就为青少年选择自己喜欢的书，提供了更大的余地。青少年选择有趣的书去读，就会读出兴趣来。长期坚持下去，就会培养出自己的读书兴趣。兴趣渐浓，逐渐成"瘾"；一俟上"瘾"，即会变成自觉行动，不再当作苦差事。对此，鲁迅先生曾作妙喻，他说读书如打牌，"真打牌的人的目的并不在赢钱，而在有趣。……它妙在一张一张地摸起来，永远变化无穷。我想凡嗜好读书的，能够手不释卷的原因也就是这样。他在每一页每一页里，都得到深厚的趣味。自然，也可以扩大精神，增加智识的，但这些倒都不计及，一计及，便等于意在赢钱的赌徒了，这在赌徒之中也算下品。"（《鲁迅全集》第3卷第439页）

　　古今学者以愉悦为读书的基本标准，是一种诚实的态度。一本书，无论专家说它怎么好、如何重要，如果读后不能令我们愉悦，我们就不愿意读下去。不去读它，又怎能产生共鸣，获得知识和享受呢？特别是文学作品，其本身并无实用。只有读过，才能陶冶性情，使生活更加充实。因此，读书也是一种交流。书籍只有通过与读者交流，才能产生价值。

据调查，现在青少年离世界文学名著越来越远了。其原因主要有三：一是学业负担过重，出于功利目的，学生一般都拒绝与考试无关的阅读；二是现代文化多元化，学生往往选择电视、网络等轻松的方式作为课余的休闲；三是有些名著年代久远，因缺乏必要的解读，致使学生不易读懂。针对上述情况，我们在编写丛书时，要求作者至少做到"五化"，即将名著深层化、外展化、立体化、时代化和生活化。

——将名著深层化。要挖掘作品的深层含义，而不是简单地归纳作品的主题。本着形象大于思想的原则，从形象入手，分析作品的多重主题。既阐述作者的主观意图，又揭示作品的客观意义。

——将名著外展化。不要就作品论作品，而应适当地说开去。例如：有的名著，可写其创作的缘起故事；有的写读者的接受过程，或介绍某一名著对读者性格形成及其成长的影响等；有的可写不同读者对名著的不同感受，等等。

——将名著立体化。本"书系"对文学名著的展示不是平面的，而是立体的、全方位的。不仅从时间上横贯古今，而且在地域上沟通中外。为此，我们一是运用生动、形象的语言，给读者以形象感；二是着重对人物的个性分析，使人物形象化。

——将名著时代化。所谓时代化，主要指将名著作当代转化与深加工，挖掘其在今天的时代价值与历史意义。本"书系"要求既要说深说透，又要恰到好处，避免牵强附会地去寻找作品的所谓现实意义。

——将名著生活化。对名著的阐释要尽量贴近我们的生活，使读者感到名著就在身边，与我们的日常生活息息相关。例如：在评述作品的影响时，顺便指出从名著引出的成语和典故等；但是将名著生活化，并不等于将其庸俗化、琐碎化，而是要做到既有趣味，又有意义。

我们的愿望是好的，但要实现这些愿望并非易事。"暨乎成篇，半折心始"。因此，书中如有不当之处，恳请读者和同行专家不吝赐教，以便再版时改正。

勤学苦岁晚，读书趁年华。值此第20个"世界读书日"即将到来之际，我们祝愿中学生朋友在花季里，迎着朝阳，沐浴春风，愉快地读书，让自己的青春大放光彩！

《名家解读中外文学名著书系》编委会
2014 年 3 月

目 录

一、引 言 　　　　　　　　　　　　　　　　　　**1**

　　《呐喊》：永不消逝的声波 ………………………… 3

二、世纪之初：中华民族的一声呐喊 　　　　　　　　**9**

　　（一）中国狂人："救救孩子……" ……………… 11

　　（二）喷泉奔涌："一发而不可收" ……………… 12

　　（三）鲁镇的故事种种 …………………………… 13

　　（四）不"开心"的阿Q，戴着毡帽走来 ………… 15

　　（五）中华性格中国人：文学典型里的映照 …… 16

　　（六）"狂人家族"里的人们 …………………… 18

　　（七）中国近现代社会与现代文学的典型系列 … 19

　　（八）散文小说：人间忧喜与人性探幽 ………… 21

　　（九）清醒者的认同与青年们的觉醒 …………… 23

　　（十）社会现实与历史真实——镜与灯 ……… 24

　　（十一）《呐喊》声声遍国中 …………………… 28

三、《呐喊》的艺术世界：素质、构造与赏析 　　　　**31**

　　（一）作家的"四个世界" ……………………… 33

　　（二）改良社会、改良人生：《呐喊》艺术世界
　　　　　的基石 ……………………………………… 33

　　（三）"镜子"与"七巧板"：《呐喊》艺术世界
　　　　　的构造 ……………………………………… 36

　　（四）《呐喊》：艺术世界与现实社会 ………… 45

　　（五）《呐喊》之"镜"中映照的"中国魂灵"
　　　　　………………………………………………… 46

　　（六）"中国文学现代化"的创获 ……………… 49

四、艺术之花如何绽开 　　　　　　　　　　　　　　**55**

　　（一）"蚌病成珠"：在"从小康坠入困顿"的家庭
　　　　　中成长 …………………………………………… 57

（二）碧落黄泉两茫茫：南京的革命洗礼
与文化改塑 …………………………… 60

（三）"翘首东云惹梦思"：日本"桥"上
的文化接受 …………………………… 61

（四）回顾古代，沉潜思索：辛亥革命的
沉痛刻痕 …………………………… 63

（五）伟大战士、文化大师民族魂：《呐喊》
以后的岁月 …………………………… 65

五、《呐喊》：历史的解读、诠释与当代阅读 **71**

（一）"疯子领我们走向光明"（五四时期的
接受与诠释） …………………………… 73

（二）"呐喊"：民族之声 …………………………… 81

（三）走出国门的阿Q …………………………… 82

（四）阿Q是怎样一个典型 …………………………… 85

（五）"阿Q精神"的精神分析 …………………………… 89

（六）"精神胜利法"蕴藏的心理内涵 …………………………… 92

（七）"阿Q的革命"问题 …………………………… 95

（八）阿Q的现代接受 …………………………… 96

（九）《呐喊》：艺术构造的特征与源泉 …………………………… 101

（十）中国现代文学最高峰与中国现代作家
第一人 …………………………… 107

六、永不凋谢的艺术之花：《呐喊》名篇解读 **111**

"中国狂人"的诞生：《狂人日记》 …………………………… 113

社会对苦人儿的凉薄：《孔乙己》 …………………………… 127

《药》：两个"中国之子"的死 …………………………… 134

凄楚的哀歌：《明天》 …………………………… 144

一个不朽典型的诞生：《阿Q正传》（节选） …………………………… 152

童年"美丽王国"的消失：《故乡》与《社戏》 …………… 170

结束语：《呐喊》的当代阅读 **193**

一、引 言

《呐喊》：永不消逝的声波

　　《呐喊》问世至今已经九十多年了。在20世纪初发出的这一声呐喊，人们至今还在谛听。当20世纪末人们以多种方式评选20世纪文学名著的排行榜时，无论是何种规模、何种视角、何种等级的评选，鲁迅的《呐喊》不仅名列其中，而且位居榜首。特别是香港《亚洲周刊》编辑部与来自全球各地的文学名家联合评选的"20世纪中文小说一百强"，鲁迅的《呐喊》也被列为百名之首。这绝不是偶然的。这是百年文学艺术浪潮淘洗的结果，百年社会变迁动荡汰选的结论。只因为那声呐喊的社会底气是那么厚重，文化蕴含是那么丰富，审美素质是那么美妙，人们才会作这样的评价和选择。而且，这范围并不限于中华国土。在亚洲，在东方，在世界范围内，人们也是对《呐喊》给予很高的评价，进行新的解读、诠释和研究。鲁迅研究，已经成为一种世界性文化现象了。

　　作为中国人，尤其是青年人、学生，是应该读鲁迅、读《呐喊》的。不读，对于了解中国、了解社会、了解人生与人，就会是一种损失、一种缺憾。我们选择《呐喊》作为向人们推荐的读物之一，就是这个缘故。我们希望，今天的阅读，不仅是一般的文学阅读、艺术欣赏——自然，这不仅可以是一个目的，而且应该是一个必须有的目的。一部杰出的文学作品，也自然会在你阅读的过程中，给你这种高尚的享受。但是，仅有这一点是不够的，而且，有了这一步，读者也自然会从中领悟到其他内容。所不同的只是多少与深浅的差异罢了。

　　在中国现代文学中，鲁迅的《呐喊》，是永不消逝的声波。这里鸣响的中华民族之音，永恒地鸣响在国人的耳畔和心中，也鸣响在全世界，参与整个人类的"文学交响乐"的演奏。

　　这种民族的文学之音，总是反映着民族的思想、观念、心理、情感，爱与恨的道德分野，生活方式与行为准则。同时，它为民族公众所接受，又塑造着民族文化心理，构筑民族的理性世界、情感世界与审美世界。它们以民族记忆的形式，以集体无意识的形态，赓续绵延，流传久远。在民族内部，是民族自我形象塑造的文化——心理资源；在世界与人类范围内，它是民族形象、特征的标识，是族类识别、了解沟通的凭借。鲁迅的《呐喊》便是中华民族现代灵魂的"资源"、"标识"与"凭借"。阅读《呐喊》，可以认识、了解现代中国，认识、了解现代中国人。

现代中国人，仍在谛听这 20 世纪初发出的呐喊。

不仅在中国本土，而且在东方和世界，也都在谛听鲁迅在 20 世纪初发出的中华民族的呐喊之声，并且谛听着其中蕴含的三个层面的内涵。

日本著名汉学家、鲁迅研究专家竹内实教授说：

> 日本在第二次世界大战结束之后，面对一片废墟。如何从战败中恢复过来，如何重建日本，使它光复！这时候需要一个民族的精神支柱。我们找到了鲁迅！①

鲁迅的呐喊在东邻日本，居于这样崇高的地位！鲁迅为什么会成为日本复兴的精神支柱呢？在竹内实先生之前，日本有一位鲁迅研究家、中国学家，也是现代思想家竹内好（1910—1977）。他的《鲁迅》一书，篇幅不长，但影响巨大而久远，已经成为鲁迅研究的经典著作之一。他在 1947 年发表了影响深远的论文《中国的近代与日本的近代——以鲁迅为线索》。在这篇文章中，他以被他称为"重新书写了历史"的鲁迅为线索、为核心、为"依傍"，来讨论日本的现代化，即日本的复兴问题。他认为鲁迅精神的核心是"抵抗"，是实行自我否定，不断指向自身内部：以抵抗为媒介而促进自我更新（"回正"）。而日本，所缺乏的正是这些。②以此，他拿这种鲁迅精神激励日本民族，来"唤醒"日本民族。鲁迅的呐喊之声，就这样为邻邦强国所谛听，成为构筑其新兴民族精神的思想资源与支柱。

与日本隔海相望的韩国，那些社会栋梁、文化精英，同样在

20世纪七八十年代，在社会改革和现代化进程中，从鲁迅的思想、作品中吸取力量，求得精神资源和支柱。这里仅以"在韩国社会与知识界具有相当大的影响力"的、有变革运动的思想导师和先驱家之称的两位为例，以为说明。一位是李泳禧，一位是任轩永。李泳禧在青年时代就通过竹内好日译的鲁迅著作，接受鲁迅影响，"从鲁迅的人生历程与思想以及社会实践开始吸取精神营养"。在六七十年代，他感到，在"资本主义朴正熙军国主义极右独裁治下的大韩民国"，"那不外是'白日的黑暗'"。"但是几乎没有呐喊的人。好像跟鲁迅《阿Q正传》里描写的20世纪初期中国人（社会）一样，令人窒息似的，绝望似的"（李泳禧《三十年代执笔生活的回顾》）。在这里，他使用了鲁迅的话语，他以鲁迅在《呐喊》中所揭示和感受的20世纪初的中国社会与中国人的黑暗与痛苦，来揭示和感受六七十年代他的祖国的类似情状。这是一种透过"鲁迅眼"——"鲁迅视角"——"鲁迅世界"的，对于祖国、民族、社会、世界的感受和认识。这是他对鲁迅的接受和获益，也就是他代表韩国公众，从一国一民族的角度反映了东方民族——国家，对鲁迅的接受和获益。鲁迅以其思想和作品，启开了李泳禧的智慧之门、思想之阀和情感的闸门，去感受、理解、分析并揭示本国、本民族的社会之疮、民族之症结和变革之路。我们是否可以说，在今天韩国的经济发展、社会变革、文化进步中，在他们的现代化成就中，有着鲁迅的思想——作品的滋润和濡化？这也是鲁迅在20世纪初的中国发出的呐喊，在东方他国产生了回应。

另一位参加韩国70年代变革运动的先驱是任轩永。他在上高中时，就读了《阿Q正传》。他非常喜欢鲁迅的《铸剑》（小说，收《故事新编》）。他现在还将这篇小说作为必读之书，向学生推荐。他说，"我个人心目中最理想的小说家就是鲁迅"。他打算以后有时间再着手小说创作，"到时候我想先读鲁迅的《狂人日记》一百次，然后写小说"（任轩永《如何开始文学》）。这里，还只是从文学视界所描述的鲁迅影响，但已经是基础——从文学到思想到行动的基础。他从鲁迅的创作看到了文学对社会改革的作用和意义："但看鲁迅之例，在推进历史变革运动的原动力方面，文学并不亚于政治。他的文学是构成今日中国的精神础石"。他认为，这个"精神础石"能够抵御一切"历史风化"，"这是因为他的文学已成为结合美学上的精巧和锐利的批判意识的完整的艺术典范"（注：任轩永先生给笔者的书函资料）。他进一步指出："给我打破对文学家只能用文学进行斗争的通例，就是鲁迅。"因此，他直接地参与了六七十年代韩国的变革运动。③

这里，我仅引用了日本、韩国的资料，以反映鲁迅的充满批判意识、蕴含挣扎抵抗精神的"呐喊"，如何在东方国家、在20世纪中后期的改革与现代化进程中，发挥了它的警醒、鼓舞和启迪的作用。包含《呐喊》在内，且以它为主体部分之一的鲁迅思想、作品——鲁迅文学，不仅是"现代中国文学——文化文本"，而且也已经成为"东方民族文学——文化文本"之一。它已经成为中国和东方民族广泛阅读的文本，也是西方各国了解东方民族的"民族文本"。

鲁迅的呐喊，不只是中华民族在20世纪发出的呐喊，而且，实际上也成为东方民族在20世纪发出的追求独立解放和步入现代行列的呐喊。

但这呐喊不仅属于过去，今天，在社会发展、文化前进的过程中，人们还会从鲁迅文本中，从鲁迅当年的呐喊中，发掘出新的内涵、新的意蕴，来为当前的新的发展服务。中国会在现代化进程中，在走向世界并参与世界的事业中，在传统文化向现代转型的过程中，从鲁迅文本中，从鲁迅的呐喊中，发现新的意义、新的启迪、新的激情和新的指导。对于整个东方来说，也是如此。正如任轩永先生所说："我相信21世纪的东亚细亚再需要鲁迅。"（《我受到鲁迅影响》）

当然，鲁迅的呐喊，也震响在西方世界。随着中国革命的胜利和新中国的建立，西方世界更重视中国，更要倾听中国的声音，而他们的倾听，就是以谛听鲁迅的声音、鲁迅的呐喊为最重要的方面。"鲁迅研究已经成为一种世界性文化现象"（乐黛云），这一点，从乐黛云教授主编的两本译著中就突出地反映出来了。这两本书是：《国外鲁迅研究论集》（北京大学出版社，1981）和《当代英语世界鲁迅研究》（江西人民出版社，1993）。两本书所收集的，自然仅仅是欧美论述鲁迅的著述的很小一部分，此外还有很多。但这两本书之所论，已经突出地表现他们的解读、诠释、接受鲁迅，具有这样一种递进式的三个层次：（一）把鲁迅作为一个具有世界影响的思想家、革命家、艺术巨匠、中国现代作家第一人来研究和接受；（二）把鲁迅及其作品作为中国的代表、中国现代文学和现代文化的代表，作为认识现代中国和中国现代文学、文化的桥梁，来研究和接受；（三）把鲁迅及其作品作为一种文化象征、文化符号，作为东方民族的文化文本之一，作为东方各族的"民族寓言"，来解读、诠释和接受。可以说，这种三层面的各自的研究，以及三层面浑然一体的研究，仍在发展、仍在深入。

在他们对鲁迅的全部解读、诠释、接受中，《呐喊》是最主要、最重要的一个文本。

《呐喊》已由中国走向东方，走向世界。鲁迅的呐喊，是永不消逝的声波。

综上所述，我们已经说明了，为什么我们今天仍要读鲁迅，读《呐喊》，说明了我们今天与鲁迅、与《呐喊》对话的意义，以及这种对话进行的方向。

那么，为什么《呐喊》具有这样厚重、深沉而久远的能量呢？这需要从它的产生过程，它最初的社会文化效应说起，也需要了解它的全部"生命历程"。

我们这一解读与诠释的全部内容和最后目的，可以说就是试图比较详尽地回答这个问题。不过，在这个引言中，我们先简单概要地作答，以为后面各节的"路引"。

【注　释】

① 1996 年，在全国纪念鲁迅逝世 60 周年学术讨论会（上海）上，竹内实先生代表出席会议的日本友人致辞，讲了这番话。此处是笔者根据记忆写出的大意。语句或有不准确处，但与原意不会有出入，尤其以鲁迅为精神支柱的提法，丝毫无误。记得当时笔者与竹内实先生是邻座，当他讲完归席时，我曾起身与他握手，表示感谢和敬意。

② 参阅：竹内好《鲁迅》（李心峰译，李一舫、刘瑞芝校，浙江文

名家解读中外文学名著书系

艺出版社，1986年版），孙歌：《文学的位置——竹内好的悖论》，载《学术思想评论》（贺照田主编，辽宁大学出版社）四辑。

③以上据〔韩〕朴宰雨：《七八十年代韩国的变革运动与鲁迅——以李泳禧、任轩永两位运动家为中心》，载《鲁迅研究月刊》2001年第1期。

二、世纪之初：
中华民族的一声呐喊

《呐喊》的诞生；它的大体构成与思想内容、社会内涵；它产生的社会背景、时代精神与历史条件；它的价值与意义。

（一）中国狂人："救救孩子……"

    1918 年 5 月《新青年》第四卷第五号上，小说《狂人日记》发表了，"鲁迅"这个名字也第一次与世人见面。这名字含有"愚鲁而疾速"之意，而且中国古代周、鲁本是同姓之国。《狂人日记》无论是思想的新奇、尖锐、透彻、深刻，还是形式的新颖、奇特、巧妙，以及语言的简洁、深切、奇崛，都在充分的意义上，达到了令读者振聋发聩的程度。

    一个狂人，在他的断断续续的日记中，记下了他的所见、所闻、所感，他的观察、思考与惊惧。他以非常人的眼光，看出了非常人所能见的现象的本质、社会的沉疴、历史的真相、人间的至痛。他揭露，申斥，劝说，惊叫，呼号。

    狂人的这种感受、这些结论，自然是作家鲁迅的感受和结论。作家的作品是他心灵的产物，也是他所创造的"第二自然"。而作品中的人物——特别是主人翁，更是他的思想、情感、心灵的凝练、结晶和"人格化"。但作家是民族之子，是时代产儿，他的思想情感、他的作品的内涵以至他的叙述方式、他的话语，都是社会、时代、历史、民族文化的"个体体现"。中华民族，在进到 20 世纪初的阶段，已经到了"统治者不能照旧统治下去，人民群众也不可能照旧生活下去"的时候了，即到了非实行革命，改变旧的轨道、制度、文化不可的时候了。

    在这同时，又有两股外来的势力，如浪如潮冲击中国，促进中国人的觉醒和奋起。一是从"一战"中脱身出来的列强，又"腾出"手来了，重新瓜分中国；并且各自扶植一方封建军阀，为其服务。另一股潮流则是西方新的文化潮的入侵。这是随着侵略势力一同侵入的。这两股潮流汇合而成强大的侵略毒焰，与封建军阀政权勾结在一起，形成了陷广大中国人民于水深火热之中的黑暗统治。另一方面，广大人民群众由于遭受到残酷的剥削压迫和愚民政策的钳制，仍然处在落后、愚昧的状态，虽然心里充满仇恨与愤怒，但还没有明确的意识和表达出来的能力。

    鲁迅，作为一个伟大的作家，一方面，痛苦地感到了一面是

名家解读中外文学名著书系

残暴的统治和压制，一面是不觉醒的状态；另一方面，又感受到压在大石底下的小草在呻吟、哀号和深蕴底层的微弱反抗之声。积蓄了这么厚重的历史感受和现实所见，感应了这么深重的民族灾难和生灵叹息，酝酿了这么久的创作激情，因此，当它喷发而出时，便是一声惊世醒人的呐喊：今天（指 20 世纪初）的中国是一个吃人的黑暗王国；几千年的中国社会是吃人的社会，每一个人都在这"吃人又被吃"的永世循环的悲剧中讨生活。这好比是一间铁屋子，禁锢人、扼杀人，要使全体窒息而亡。鲁迅的呐喊，就是要呼唤人们醒来，看看这吃人的世界，回顾这吃人的历史，并奋起反抗。

他的第一篇小说《狂人日记》，发挥着镜子与灯的作用，反映民族的灾难、人民的不幸与痛苦，又燃起自己的理想之灯，并点燃国民的精神之火，它们汇集成一声高亢而深沉的呐喊，号召人们起来砸开铁屋。

这是反映了民族之心、人民之声的呐喊，也是代表全民族的呐喊，它是中国近现代以来第一声以文学形态、以艺术典型，具有感人力量发出的呐喊。从文学革命来说，这"狂人"的呐喊，也成为新文学奠基的第一块厚重的石材。早在 1909 年，还在东京从事文学发动时，鲁迅就在论文《摩罗诗力说》的结尾，痛切而期望地写道："而先觉之声，乃不来破中国之萧条也。然则吾人，其亦沉思而已夫！"现在，狂人的一声呐喊，正是以至诚之声破神州之萧条，打破了"唯沉思而已"的沉寂。这是文苑新声的鸣叫。

（二）喷泉奔涌："一发而不可收"

鲁迅说，《狂人日记》发表之后，他"便一发而不可收了"。的确如此。在发表《狂人日记》的同一期《新青年》（5 月 5 日出版的第 4 卷第 5 期）上，他还用"唐俟"的笔名发表了新诗三首（《梦》《爱之神》《桃花》）。此后连续发表小说、杂感录（杂文）等作品。

这年冬，他再次创作小说，写了《孔乙己》，发表于 1919 年 4 月 5 日出版的《新青年》第 6 卷第 4 号。紧接着，便陆续发表了《药》《明天》《风波》等名篇（1919 年 5 月—1920 年 9 月）。1921 年，发表了最重要的代表作《阿 Q 正传》（1921 年 12 月 4 日至 1922 年 2 月 12 日《晨报副刊》）。在这同时，随感录的发表也更加频繁了。

这种一发而不可收的创作态势，表现了几种值得注意的情状。从鲁迅个人来说，是一种喷泉奔涌的状态。这是久积而发的表现。一股探寻中国复兴之路、用文艺来唤醒民众、改革中国国民性的思想之泉，一股哀民生之多艰、痛国民之愚弱，而"我以我血荐轩辕"的挚情之泉，从 20 世纪最初几年，经过深沉的压抑，和在"沉默——思索"之中强化、浓缩与凝聚，如今喷薄而出，便汹涌澎湃，不可阻遏了。

从社会现实和时代条件来说，也为鲁迅创作上的"一发而不可收"提供了社会境遇的充分条件与强烈的需要，新文学、新文化的滋生发展的迫切需要，也催生着中国现代文学的产儿。

（三）鲁镇的故事种种

《狂人日记》和相继发表的短篇小说《孔乙己》《药》《明天》《风波》等，构成了一个系列性的故事。它们都是发生在鲁镇这个虚拟的地方。《孔乙己》描写了一个可怜的士人沦落的故事。《药》是一个更悲惨而令人无限惆怅、慨叹的故事：革命者夏瑜为了解救群众于苦难中而被捕、遭监禁，最后被杀害。而他为之牺牲的劳苦群众华老栓，竟在斩决夏瑜时，买通刽子手用馒头蘸了血来给他患痨病的儿子吃。这是一个包含着极为尖锐、强烈、震撼人心内涵的故事。

《明天》是另一种悲凉凄楚的故事：可怜的单四嫂子，孤苦伶仃，唯一的儿子宝儿又生了重病，她在困守垂危的宝儿陷入幻梦中，见到儿子长大了，说要挣钱养活她，然而儿子却死在她的怀里，她永远等不到儿子长大的那一天。在这困苦危厄中，医生是冷漠的，邻里和"帮忙"的人也一律冷漠，并且对她怀有非礼的狎邪的恶念。生活是这么艰苦困厄，人世是这样凄凉、冷漠，没有一*丝丝*温暖。

《风波》是一场全国性的大风波，在乡间引起的小风波。故事情节是：1917年7月1日张勋复辟①，一个短命的军事政变只存在12天。这期间，拥护被打倒的皇帝再复位的辫子军，试图恢复已经剪掉了的清朝臣民的象征——每个男子后脑壳上的一根辫子。辫子重新装上那些拥护者、害怕者、求安全者等人的头上。这在乡间引起了巨大的震动，在船夫七斤家里引起了无限恐惧：七斤的辫子已经被人剪去了！而乡绅们又神气起来，宣染着"皇帝坐了龙庭"后的一切旧生活、旧秩序的景况。这个在全国和乡间掀起的一场风波，反映了曾经发生过的辛亥革命，虽然推翻了帝制，却未曾搅动乡间的生活秩序和人们的思想。一切依旧。

《风波》之后是《故乡》。这里写的故事，已经是进到民国时代的了。革过命了，皇帝的金冠已经永远地消逝在历史长河之中了。但是情况依旧，生活依旧，农民的贫穷、苦难依旧……

这五篇故事，已经构成了一幅图画，是一幅辛亥革命前后中国社会的图画、历史的写照。这里有过去和现在、苦难与不幸，有社会的不同阶层和不同的人们，有发自社会肌体深层的呻吟、叹息和号叫。鲁迅不同于其他现实主义作家，他没有着力地、具体地、细致地去描写社会生活的画面，刻画社会对立、矛盾的状况，劳苦大众备受剥削压迫的具体状况，以及贫苦生灵冻馁的生活情况，连风景都是疏疏淡淡的几笔勾勒。他所侧重的、注意的、着力的是人的心理、人的精神、"心的受难与乞求"——这是鲁迅创作的特征。

鲁镇，这是中国的具体而微的缩影。它也可以是一种象征。作家反映社会现实，总要有他的依据，要有一个具体的，南方还是北方、山村还是水乡的地点，而他们那"生于斯，长于斯"的故乡，就自然成为他心目中的目标、描写时的对象。故乡是他们的生长之地，也是心灵的故园。他们记得这里的人和事、山和水，知道这里的许多故事。他们的视野，从这里扩展开去，射向外地、全国，以至世界。他们最早的记忆和感性世界与理性世界，都从这里开始建造。因此，他们把故乡作为创作地域背景与社会背景，而映衬、反射出全国、全民族的状况。所以我们说，鲁镇就是中国的缩影。许多世界伟大的作家都有他们心中的，也是创作上的这种鲁迅的"鲁镇"式的故乡。比如，俄罗斯伟大的作家托尔斯泰有他的亚斯纳亚·波良纳农庄，美国诺贝尔文学奖获得者福克纳有他的约克纳帕塔法县，日本诺贝尔文学奖获得者川端康成有他的"伊豆"。

（四）不"开心"的阿Q，戴着毡帽走来

1921年11月下旬，鲁迅的学生、《晨报副刊》主编孙伏园，要开一个名叫"开心话"的新栏目，向鲁迅约稿。鲁迅这次答应得很痛快，当晚就起笔写了第一章《序》。因为是用在"开心话"这种栏目中，要切题，就需要滑稽、幽默、隽永。于是鲁迅便用了轻松的、幽默的、讽刺的语言来创作这篇小说。这便是《阿Q正传》。

这是一篇中篇小说，在"开心话"上连载。每周一期，鲁迅随发随写。但是，内容却在展开中，不那么开心了。主人公——那个头戴破旧毡帽，面容苦寂的阿Q，他的行状、生活、命运也并不开心。这远不是寻开心的游戏文字。于是，孙伏园就让它离开了"开心话"这个园地，而转到"新文艺"栏去了。

这又是一次偶然的触发，引爆了久蓄的"地火"；这又是一次"厚积而薄发"，又是一次最后的一击，激起了灵感的诞生。鲁迅说："阿Q的影像，在我心目中似乎确已有了好几年，但我一向毫无写他出来的意思。"（《华盖集续编的续编·〈阿Q正传〉的成因》）这就是说，阿Q这个典型，在他的心中已酝酿很久了，是他的生活、感受的多年的积累，"呼之欲出"，只是等待那一"呼"了。现在，孙伏园一"呼"，就脱颖而出了。

《阿Q正传》以虚拟的、非正规的传记形式，记述了一个农村贫苦无依的流浪雇工的简略、平凡、不幸、苦痛的一生的主要行事。他做短工、进城谋生、行窃过，他受到赵太爷、举人老爷、假洋鬼子等人的压榨、欺凌，也受到王胡、小D以至土谷祠里的庙祝的欺侮。但在辛亥革命来到时，他也稀里糊涂地卷入了革命，在边缘随大流"革"了一回"命"，最后稀里糊涂被杀害了。这就是阿Q的可怜的一生。他的生活是悲惨的，他的生命是轻贱的，

他的心境是痛苦的。但他并不安于这种生活、这种命运，他期望改变，期望更好一点的生活，他试图抵制、反抗、挣扎，包括"参加"革命这样的举动。但他可怜无靠、孤寂无依，阿Q只有在心中反抗和企求，主要的手段就是"腹诽"——在心里骂娘，和他的创造发明——精神胜利法。阿Q的许多愚昧、落后、麻木的行事和精神表现，令人发笑；但人们在笑过之后，就会心头酸楚，并且引起思索。

《阿Q正传》创造了一个名叫阿Q的典型人物，他的性格——更准确地说是他的性格弱点，他身上所表现出来的国民性，具有广泛的代表性和深刻的典型性。

《阿Q正传》一发表，就引起了震动，许多人栗栗自危，按照当时人们对小说作品的一种无知与偏见，以为小说是用化名和遮掩变化的事实来攻击人的，所以有的人就以为《阿Q正传》中的某件事、某个情节、某句话、某种心思言谈，是攻击或影射某某人，甚至是自己的。这当然是一种误解，但却表明《阿Q正传》、阿Q性格的概括性和代表性。但是，当时也有新文学、新文化运动中的有见识的评论者和作家，观察到、认识到其中的深意和社会的、文学的、文化的、批判的意义。

从鲁迅本人的创作历程来说，《阿Q正传》的出现，也是一种自然的结果。开始第一篇《狂人日记》的写作，好像是锋芒初试，将久蓄的话语、思想、认知、情感迸发而出，急速而发，更多的积存有待陆续发出。于是就有前述各篇作品的出现。待到此时，思想已经展开，情感已趋奔放，胸臆已经开豁，艺思已经飞扬，而技巧也已经纯熟而精到了：这一切都表现在阿Q典型的创造和整个《阿Q正传》的创作上。它的成功是水到渠成，是艺术创作中的一种自然规律。他的创作至此达到了一个高峰。

（五）中华性格中国人：文学典型里的映照

中国传统小说中，那些杰出的作品，也曾创造了不少不朽的艺术典型，如《西游记》《水浒传》《三国演义》中的众多英雄豪杰、政治精英，《红楼梦》中的贾宝玉、林黛玉等，以及《儒林外史》中的儒生典型等，其性格内涵自然都具有中国文化的特征与底蕴，反映了中国人的民族性格。但是，他们都是部分的、局部的，具有一定的、某个性格范畴的代表性，比如曹操，刘、关、张，武松，鲁智深，李逵等。只有阿Q这个典型，是具有广泛的代表性的，是在总体上、根本特征上反映中国近代国民性格特点的。可以说，中华性格中国人，第一次在阿Q这个典型上得到了表现。其中，深深地蕴含了中国文化的特征，尤其是反映了中国国民性在近代民族屈辱史中所形成的缺点、弱点和劣根性。这是历史的印记、时代的刻痕，以"人格化"的形态，反映了历史——文化——社会的状态。揭示这种扭曲的性格，就是揭示了它的背后、底层中蕴藏的历史——文化——社会内涵；引起对这种民族劣根性的疗救的注意，就是要唤醒人们看到这种民族屈辱的历史事实和社会现实，从而起来奋斗、抗挣，改变一切，推翻旧的，建设新的。这就是阿Q这个典型的现实意义和历史价值，这就是《阿Q正传》这部文学作品在高度审美素质基础上产生的意义与价值。

阿Q这个形象，自从他被创造出来之后，几十年来，便一直在中国人的面前游荡。人们在口头上使用他，他成为一种人、一种性格、一种心理的代名词，"阿Q"成为汉语文化中新产生的一个普通名词。人们在心理上、思想上常常面对他，自省以至自嘲："我是不是有点阿Q?!""这是不是阿Q相!?"人们也常常使用它来进行正义的政治揭露和思想性格上的社会批判与文化批判。阿Q也走向了东方其他国家，走向了欧美。

鲁迅通过对阿Q的悲苦形象的创造，对性格内涵的塑造，并进行了深沉的批判、不留情面的鞭笞和出于挚爱的讽刺，表现出了一种对民族的挚爱，对人民的进步、发展的深切的期盼。他心中有一缕理想的光，这才照亮了这个在黑暗中被黑暗压榨而成的悲苦灵魂的黑暗。这理想之光，同时也照进读者的心里，点燃起他们心中的火苗。

一个民族，能够在一位作家的笔下，产生一个具有民族性概括意义的，在全民族产生影响，在民族精神发展与建设上发生重大作用、巨大影响的文学典型，这是这个民族思想史、民族认知水平达到了相应程度的表现，也是一个民族精神文化、思潮、文学创作达到了成熟程度的表现。鲁迅正是在这个意义上，成为中国伟大的作家和思想家，成为文化大师。

（六）"狂人家族"里的人们

在《呐喊》的多篇小说中，鲁迅刻画了几个生存状态、心理特征大体一致的典型。他们在文学典型的创造领域中，和从作家的创作心态与状况来说，可以视为一个"家族"里的不同身份的人物。我将这个家族，命名为"狂人家族"。以后，鲁迅在《彷徨》中，又创造了几个典型，如祥林嫂（《祝福》）、"疯子"（《长明灯》）等，又补充了这个"狂人家族"中的成员。不过，现在只限于介绍和解说"生存"于《呐喊》中的家族成员。

这个家族里的成员，其心理状态与特征有一个共同点，这就是：狂——广义上的狂。

他们之被视为"狂"，并不是都那么疯狂，其抗逆行为都那么外在、暴露、狂烈，而是稍有不同于常规、旧习、戒律，甚至只是"心存微弱的不满"和"怀着改变旧的生活轨道的朦胧想法和微末希望"，就被视为狂人，或被镇压，或被逼成了狂人。

这里提出的是"狂人家族"成员的心灵上的共性，即足以使他们成为一个家族里的人的基本原因。

狂人家族的产生，表明了一个民族的觉醒。作家是民族与时代的产儿，也是国民精神的火把。国民精神中，已经蕴蓄了对于黑暗现实的不满、怨恨和愤懑，已经产生了对旧生活、旧制度的怀疑、反对、抵抗的情绪，已经萌发了改变旧的生存状态的希望与向往，那么，敏感的、热爱人民并具有责任感的作家，就成为他们的情绪、思想、愿望的同情者和凝聚者，并成为他们的思考人和代言人。于是，集而发为文学创作，把思想、认识、情感凝聚在文学叙事和文学形象之中。这样，这种文学作品，便成为民族情感、民族愿望的体现。同时又是点燃它们的火星。鲁迅的狂人家族的产生，便是这种情形，也起着这种思想的、社会的、时代的、历史的作用。它的社会与审美价值也正在于此。他把民族性的"狂"性，即对黑暗现实、旧的生活和制度的怀疑、怨愤、不满，和改变这些的希望与向往，用文学表现出来了。同时，在另一方面，也表达了这种民族心理、民族觉醒所达到的程度：它还不是那么成熟、那么强烈，还只是一种内蕴的、微末的、自觉性不是很高的不满、反抗和向往。这又表现了鲁迅的深沉的现实主义精神。虽然，如他自己所说，他为了"听将令"而在无边黑暗中添了一点亮色：在夏瑜的坟头增添了那时还不流行（特别在鲁镇这样的穷乡僻壤更是绝无仅有）的花环；也不明确地说单四嫂子未曾在梦中见到她的死去的宝儿。这表现了鲁迅的浪漫主义精神和创作立意。但是，它的适度，恰当地表现了他的理想之笔，而毫不影响他的整体的、根本上的现实主义；倒是现实主义与浪漫主义很好地结合在一起了。

（七）中国近现代社会与现代文学的典型系列

　　鲁迅在《呐喊》与《彷徨》这两部小说集中，创造了反映中国近现代社会状况的一系列典型形象，他们成为中国现代文学奉献给中国文学典型谱系中的新的出色成员。这一系列典型，见之于《呐喊》的，有阿Q这个不朽的典型，还有狂人、孔乙己、闰土、假洋鬼子、九斤老太、陈士成等。阿Q和狂人这两个形象，前面已经大体介绍过了。其他几个形象，这里也简略介绍一下。孔乙己是一个可怜人。他遭到周围人的冷眼、嘲笑和欺凌，他像一枚小石子投入人世的大海一样，连微微的涟漪都未曾击起，就永远地消逝了。他是一个读书人，读书人而未能考上功名，就落得这个下场。这就是一种"中国的人生"。这种人生，是在一种特定的社会制度中造成的；这种命运的凄凉，是在一种人情世态中产生的。把这种人物命运和"中国的人生"写出来，就是一种公众展示，一种将人生的毁灭揭示给人们看，以引起对于那制度、那人情世态——人性——的认识，并产生改变它的想法。同孔乙己属于同一类人，但其人生和命运根本相同而形式相异的，是《白光》里的陈士成。他也是读书人，也是未曾有半点功名而又无一技之长，靠设馆教书谋生。但他不安于现状，期望发财。他听说家中地下埋着先人留下的银子，于是就开挖。他在已经精神错乱的状态中挖掘家中各处，一无所获；但他在幻想与幻觉中看见了白光，这个虚幻的银子的光芒，把他诱向"天国"——疯狂中的虚幻的世界。他的人生和命运，同孔乙己完全是一样的。就是那个制度、那人情世态戕害了他们，剥夺了他们的人生和幸福。这是鲁迅所写的一类人——一个阶层，即穷苦读书人的命运。

不过，鲁迅倾注了更多同情，描绘更多的还是中国人口中最大多数的人——穷苦农民——的生活、不幸命运和他们的心态。在《呐喊》的典型系列中，阿Q是主要的代表，还有一个是《故乡》里的闰土。鲁迅在这里展现了人物先后不同的生活和命运。先前，少年时代的闰土是幸福的、活泼的，生活在一种无忧无虑的少年时光中。后来，他长大了，背起了家庭的重担，在租税的压榨下，他变成一个生活的奴隶。他穷困、无奈、忧愁、木讷，对不幸的生活只有摇头，而不会用语言来表达。在这篇作品中，鲁迅用闰土的形象，也以作者的自白，直接表达了对这种人生的不满，以及对另一种人生的期望。

假洋鬼子和九斤老太这两个典型，现在也已经成为一种普通名词、一种代表某一种人的符号了，在人们的口语中和一些作品中，常常被用到。假洋鬼子（《阿Q正传》）是不准革命的典型，因为他在阿Q把辫子盘在头上，宣称自己已经"革命了"的时候，他用阿Q称之为"哭丧棒"的文明棍揍阿Q，并说："你也革命！你配革命吗！?"他的这句名言，就留传到后来成为不准别人革命的"警句"了。而且，由此延伸，"假洋鬼子"也成为中国近代社会产生的买办阶级的代名词，直至大凡依靠外国势力、为虎作伥、期压百姓，或以替外国人服务为荣而瞧不起自己同胞的人，都被称为"假洋鬼子"或令人想起这个文学典型来。中国自海通以来，欧美和日本等国来华经商、传教以及从事其他活动的人越来越多，通商口岸（如上海、汉口等地）的外国租界更是国中之"国"，外国各色居民以至浪人多得很，他们身边总是活动着一批上、中、下等阶层不同的买办、侍从、仆人等。他们就是假洋鬼子的原型。鲁迅正是捕捉了他们的思想、心理特征，勾摄了他们的魂灵，创造了假洋鬼子这个文学典型。

九斤老太（《风波》）是另一种典型。她的口头禅是"一代不如一代"。她每天坐在自己的农家门口，有事无事地念叨着"一代不如一代"，任何事情她都可以用来"论证"她的"理论"："一代不如一代"。这样，她就成为这样一种把现在的一切都看得不如过去的人的典型。在"五四"以来的中国社会改革和革命的过程中，不断地产生这种反对改革、反对变化、认为新事物总是不好的人物。在各阶层都有这样的人。鲁迅同样是勾魂摄魄，集中他们的特性，为我们创造了这样一个典型。

这样，鲁迅在《呐喊》中创造了一个典型系列。这个典型系列用人物形象、人物性格，集中地反映了中国近现代的社会状况、社会面貌。正是这样的社会舞台，才活动着这样一些社会角色。由于这些典型的概括性强，形象生动深刻，切合实际，所以，他们不仅具有具体性、个性，反映了某个阶层、阶级的特征，而且具有普遍性、共性，其他阶级、阶层中也有这样的人物，揭示了人性的共同性的一面。由此，也就具有了超时代性。在不同的时代，在某个典型的"符号表意"的框架中，人们赋予时代的内涵与特征，继续使用这种典型，发挥它们的认知与揭示的作用。

（八）散文小说：人间忧喜与人性探幽

在《呐喊》中，有几篇作品，在严格意义的文学分类上和"五四"以后的文学分类习惯上都不作为小说，而只看作散文。它们是《一件小事》、《头发的故事》、《兔与猫》、《鸭的喜剧》和《社戏》②，一共五篇。从这五篇作品中，我们不再看到鲜明的典型人物形象，也不见按叙述故事的需要和刻画人物性格的要求，而精心组织的叙事结构；我们见到的是叙事中的抒情、写意，直接表达作者的所思、所感。如果说在小说中，鲁迅的思想、见解、创作立意都是潜在的、隐蔽的，是用故事、情节、人物形象来呈现的，那么，在这些我们姑且称之为散文式小说或小说式散文的作品中，则是表述的，是直白地抒发自己的感觉、感情和感想的，是用他的思想、感想来编织事实和情节的。在这些作品中，鲁迅直接地、直白地表达了他对于当时的现实，对中国的现状，对中国国民性以至对于人性的感受和认知。

这里，表现了鲁迅的两个方面的深刻思想：人的追求幸福、追求自由平等的愿望的合理性——社会的合理性和合乎人性本能需求、本质需求的合理性；和这种合理性的满足或初步的、逐渐的满足，应该不只是"预约给子孙们"，而是也应该给予或部分地给予现在的人们。这不仅表现了鲁迅的个性解放的民主主义思想，而且更为可贵的是表现了他的一贯坚持，是他的思想特质的现实的、求实的、反虚无与虚伪的精神。而中国近代和现代的先驱者、革命者、改革者，却一直犯着这种毛病和错误，用习用的政治术语来说，就是"左"倾幼稚病。

这五篇作品分别以过去的追忆与现实的纪实，写了五个不同的故事、生活场景，但在内容上相通，思想上相融会，浑然一体地揭示了人间的忧与喜，人性的美与丑。事实上，鲁迅在这几篇描写人间忧喜和人性探幽的作品之外的作品中，包括从《狂人日记》《孔乙己》到《阿Q正传》《故乡》等篇，也同样在深层次中揭示、探索了人性的追求和生命意义的真谛，并且是将之纳入社会体系、制度构造中来揭示和追索的。

这五篇作品，尤其是《头发的故事》之外的四篇作品，与《呐喊》中的其他小说相比，有很大不同。它们没有那种痛苦的呻吟、凄切的哀鸣和激越的呼号，表面上似乎是"另类作品"，其创作宗旨和精神实质，似乎都与它们相疏离，是鲁迅在当时开辟的完全不同的创作领域。因此，向来对于《呐喊》的分析解读，都将之与其他小说完全分开来。的确，这几篇作品在《呐喊》中是独特的，与其他多篇小说有很大不同。但是，两者在根本立意和精神主旨上，却是相通而互补的。这不仅因为它们都是同一个作家在同一时期创作的作品，所以精神上多少有些相通之处，而且还因为，它们在"浅露"的、表层的方面，与其他诸篇小说在深层面上，在形而上的意义上，是一致的、相通的，从而是以其各自表现的形态、手法不同而成为互补的。丹纳在其《艺术哲学》中曾经指出过，每个作家的每部作品，都是属于他的作品总体的。鲁迅的这几篇散文式小说，以其形式的特别，而有别于其他小说，但其精神追求、思想实质，是同属于《呐喊》总体的。不过，一个是高亢激越的呐喊，一个是徐缓优雅的倾诉——另一种声调的呐喊。的确，这五篇作品，鲁迅使用了与《呐喊》中其他小说不同的叙事方式与框架，运用了不同的语言，因此具有不同的意蕴。它们是平铺直叙的、夹叙夹议的，也是抒情的，直抒胸臆地表达了、流露了对于小动物、对于生命的怜惜与珍爱，倾诉了他的喜爱的柔情，对活泼生命生长的欢悦，以及对它们之间无奈的互相残杀的悲戚，更对人的自然的生长、人的生命的正常发展，引起忧思与期望。它们是抒情诗，是深沉的人道主义与人文精神的倾诉，是对于人间生命正常发展、人生自然朴素地行进的直抒襟怀的表白。它们表达了鲁迅的思想和作品的一贯的根基核心与素质。这几篇作品是鲁迅全部作品中仅有的，以如此袒露、直白而又纯真、朴质的形态和审美素质构成来表现。在此之前，中国的现代革命与改革还未曾如此时这样展开，矛盾尚在比较潜隐和"单纯"的形态中展开；所以作品还多以论文的逻辑表述和译文的间接借用的形态来体现；在此之后，社会矛盾复杂化、多元化、尖锐化，民族斗争、阶级斗争、社会斗争、思想文化斗争，日益充分而激烈地展开，已经容不得他以这种朴质而沉静的情感倾诉，以"日常生活叙事"的形态来从容地表述，而不得不以尖锐、泼辣、激越的投枪匕首式的杂文来迎击当面之敌了。人生的行进、自然的生长与生命的本能发展的本质，都被日益尖锐、复杂、激烈的社会斗争、民族侵略、阶级矛盾、政治-军事杀戮等"悲凉凄惨之雾"所包裹、迷漫和浸透，容不得从容的说理与冷静申述。因此，这里所反映和表达的，仍旧是社会现实、时代精神与历史面貌。正因如此，我们对它们的解读、诠释与接受，也是多元多层面的。

（九）清醒者的认同与青年们的觉醒

鲁迅的《狂人日记》发表之后，《阿Q正传》继之问世，以及《呐喊》中各篇作品的陆续在报刊上与读者见面，在文学界与社会上流传，构成了中国现代文学的一道亮丽的风景、电闪雷鸣式的震撼。改革者、清醒者，从它们展开的社会景象、人生状态中，更进一步认清了社会制度的本质和改革之急需。吴虞在读了

《狂人日记》之后，即明确指出小说揭露了"礼教吃人"的本质，北大学生、五四运动的先锋分子傅斯年则高呼"疯子领我们向光明走去"。《阿Q正传》问世后，作家、评论家茅盾就指出，它反映了辛亥革命的失败，揭示了中国国民劣根性；作家、理论家周作人概括说，阿Q表现了中国人的"谱"，即"传统"。这些清晰的认识和准确的解读，代表了中国当时社会公众对鲁迅作品的创作宗旨、内涵意蕴与美学理想的接受，这显然还只是"清醒者的认同"。在广泛的层面上，中国社会的文化落后，"社会文学欣赏与接受水平"的低下，广大劳动人民的文盲状态，使绝大多数国民还不能读到、读到了也读不懂鲁迅的作品，鲁迅的呐喊还未能震动他们的耳鼓，到达他们的心田；但是清醒的先行者们，是他们的"公众思考人"与代言人，代表他们接受了、思考了，也就反映了一种社会的接受、时代的接受、历史的接受。通过这种社会的、文化的中介，公众中的青年们或者阅读了这些作品，并从"中介"得到指引与教导，或者未曾阅读，也从"中介"间接接受影响，从而一起走向觉醒之途。他们再成为中介，把思想、情感以至理想传给广大公众，去唤醒他们走向觉醒与为理想而奋斗之路。这就是鲁迅的《呐喊》的社会影响、社会效应和历史价值。

（十）社会现实与历史真实——镜与灯

1918—1922 年这个时期，正是 20 世纪的开头 20 年。这个世纪以第一次世界大战（1914—1918）开始它的行程，反映一种历史的大转折。这就是帝国主义列强内部火拼争斗，对外重新瓜分殖民地。而苏联的诞生，又使世界一分为二，并掀起了东方各被压迫民族的独立解放运动的高潮。在这个时候，中国也趁"一战"期间帝国主义列强内战方烈、无暇东顾之机，得以喘息和发展，民族工业进入一个后来被称为"黄金时代"的繁荣阶段。这种发展，引起了中国社会结构的变化：民族资产阶级的力量增强了，队伍壮大了；工人阶级的力量也增强了，队伍也壮大了。与此同时，城市小资产阶级，包括市民阶层和青年知识分子阶层，也与之相联系地发展了，壮大了。这些新兴的阶级、阶层都有比农民多的文化知识，又生活在城市里，依凭城市的条件，思想观念更开化，对世界与社会事务的了解也更多一些，因此，对客观世界的反应也就更机敏。同时，他们在社会生活和生存要求上，也有了更多一些、更高一些和更远大一些的需要与理想。他们虽然身在城市，但血缘上、社会关系上，同农村、农民还有千丝万缕的联系。在一定程度上了解农民的困苦、农村的凋敝。所有这些汇集起来，在政治上就表现为一种民主要求，一种反抗压迫侵略和追求民族独立、个性解放的思潮。而且在这种要求中，包含着农民的愿望与企求。这样，他们就成为全民族民主要求的代表者和先锋。这就是资产阶级民主革命的基础。

由于时代的不同、历史条件不同和中国民族状况的不同，这时的中国社会还呈现出另外几方面的特点。从国际方面来说，北方苏联出现了社会主义革命的曙光，大大鼓舞了中国人民的斗志，展现了一种改变旧貌的方向。帝国主义列强在重新分配在华利益之后，又携手加紧对中国的榨取和压迫。在国内，除了上述社会结构与状况的变化之外，更重要的一点是：有一批留学归来的新兴知识分子群体，他们走在革新运动的前列，并同那些人数众多的城市青年知识分子结合起来，尤其一部分激进的革命者，接受了、传播着马克思主义，以俄国为榜样，深入到工人中去，开始了发起工人运动的工作。总之，民主革命的要求，已经在中国大地上像火把一样，燃烧起来了。作为这种全民族政治——经济——社会民主要求的表现，也是敏感的部分，便是文化，其中尤其以文学为最敏感的领域。它好像政治的晴雨表，也有如社会的神经，反映着、代表着、体现着时代的、社会的、历史的要求。鲁迅的《呐喊》就是应这种"时代——社会——历史要求"之"运"而生的文学的花朵与成果。不过，值得注意和研究的是，鲁迅并没有把他的眼光和笔触，主要地倾注到前面所说的新兴的阶级、阶层上面，而是转向了更落后、更愚昧、更沉沦，也更不觉醒的生活在农村的农民。个中原因，当然首先是作家本人熟悉这个阶级，更了解他们的生活困苦和他们的要求与心愿。不过，从客观上来说，也因为，同时也是客观地反映了，城市小资产阶级、市民、青年知识分子以及工人阶级等，还是初步兴盛起来，人数还不是社会的多数，他们的要求和力量也还没有成熟到那么"呼之欲出"的程度，也还没有更"凝炼"地汇聚起来。当然还有一个原因，反映了鲁迅思想的深刻与眼光的锐利，这就是他亲自体验了辛亥革命的失败，冷静观察并深入思考了它失败的原因，这便是没有唤醒和发动广大的农民。辛亥革命的领导者们，虽然比领导戊戌变法的君子们"跪着造反"要高明得多，也前进得多了，但他们也还仅限于联系和发动了封建会党这部分社会力量和清王朝的新军，依靠他们取得了武昌起义的胜利。但也因此，虽然皇帝的金冠滚落在地，皇帝的宝座被推翻了，但是那"金冠"和"龙椅"仍然活在许多人的心里，甚至广大农民的心中仍然笼罩着它们的阴影。辛亥革命未曾惊动农村地主乡绅的旧梦，也未曾唤醒广大贫苦农民的理想的新梦。最多，只达到了搅乱阿Q的心思，做了一回"抢东西、夺女人"的黄粱梦的程度。

所有这些客观和主观方面的原因，决定了鲁迅的为中国民主革命而呐喊的小说，会写那样的生活、那样的人物，以及那样来写。而这正是鲁迅的深刻与伟大之处。他的作品真实而深刻、准确而精到地反映了中国当时的社会状况，也具有深沉的历史感：既反映了历史的"来龙"（历史从过去发展过来的脉络和历史的状况），也反映了历史的现实情况，以及历史的"去脉"（历史将向何处发展）。在这方面，《呐喊》的成就达到了当时社会的与文学的最高峰，所有当时的作家无一能够企及。

所以，《呐喊》起到了一面历史的镜子的作用。不过，《呐喊》作为社会——历史——时代的镜子，它所反映的是思想革命的状况问题和要求。也可以说，鲁迅是从思想革命的视角来反映辛亥革命的问题，提出了今后的要求，他也是从"人的心灵"这个视角与领域来反映国民的现实的、历史的与一般的、基本的状况和问题。所以，他没有写革命党人扔炸弹、动枪炮浴血奋战的英勇，却写了革命党人浴血牺牲，被拯救的对象却麻木和盲目地蘸革命党人的鲜血来医治痨病。他也没有展开描写地主乡绅如何盘剥压榨贫苦农民，农民如何过着水深火热的生活，而是写了阿Q式的麻木愚昧与自大，闰土式的逆来顺受。他主要刻画的是农民的心理、心灵，期望通过这样的"文学的映照"，把病态社会的病苦揭示出来，以"引起疗救的注意"。

当然，《呐喊》中也写了知识分子形象，他们之中有狂人，也有方玄绰，还有孔乙己和陈士成。他们是同一阶层中的不同社会层面与社会角色的人；他们生活的年代有从近代到现代之别。他们的情况是，如狂人，走在改革的最前列，是先锋与斗士，是代言人；如方玄绰，是由"愤然"到"释然"，在现实中遭挫折而颓丧；如孔乙己和陈士成，是苦人儿而遭社会的歧视冷漠对待。他们都是与农民同命运或命运相通、心相通的。他们是当时的社会构成中，农民之外的一个最贴近他们的阶层：他们或处困境而亟须改变命运，或是先觉正为革新而奋战牺牲。这也是辛亥革命前后到五四运动前中国社会的实况。鲁迅的《呐喊》也是如实地反映了这种社会状况、社会构造和历史条件。事实上，中国当时的知识分子，确实处于这种状况和起着这样的作用。鲁迅准确地把握了现实，又深刻地反映了它。

另外，那时候的中国知识分子，还是处在从封建绅士的阶层向现代知识分子过度的阶段上，他们一方面还带有不少封建性的弱点——在知识上和社会性格上的弱点，另一方面也还没有成熟到具有现代科学知识和社会民主要求的程度。他们的性格具有这种双重性。鲁迅在《呐喊》中，也准确地、真实地反映了他们这种时代的、社会的、历史的和心理、性格的特征。

这里所说的是鲁迅的作品所起的"镜子"作用。这是一面深刻而伟大的镜子，它那么真实、准确、深刻地反映了生活的真实、人心的真实、人性的真实。但鲁迅的作品不止于镜子的作用。他的作品同时还是一盏明灯，是照亮社会、照亮现实、照亮人们心田的灯。伟大作家的作品，既是国民精神的镜子，又是国民精神的火把。它既反映国民的精神状况，又点亮国民的精神之火。《呐喊》所发出的呐喊声，就是不觉醒、不抗争和要觉醒、要抗争的呐喊，它唤醒人们走出愚昧与麻木，走出黑暗，从昏睡中警醒奋起，一起来打破那铁屋子。

路是人走出来的。"其实地上本没有路，走的人多了，也便成了路"。

（十一）《呐喊》声声遍国中

《呐喊》于1923年8月由北京大学青年文学社团新潮社出版，是新潮社的《文艺丛书》之一种。从这时问世之后，《呐喊》便一再重印，流传全国，真正成为中国现代文学史上出版早、印数多、成就高、影响大、传播广、首屈一指且遥遥领先的小说作品。真可以说，这发自20世纪初的一声呐喊，声声远播，遍及中华大地。很有趣的是，在1924年，即《呐喊》出版后的第二年，有一篇出自成仿吾之手评论《呐喊》的文章，它彻底地否定了这部作品，但是评价中却反映了当时《呐喊》的广泛、巨大的社会反响。文章中写道：

> 近年半来的文坛，可谓消沉到极处了。我忍着声音等待震破这沉默的音响的到来，终于听到了一声洪亮的呐喊。在我直接耳闻这一声洪亮的呐喊之先，我先听到了一阵嘈杂的呐喊的呼声……然而我终于听到一声洪亮的呐喊了，这便是鲁迅的《呐喊》一部小说集。
> ……
> 《呐喊》出版之后，各种出版物差不多一齐为它呐喊，人人谈的总是它……④

这本是一篇几乎完全否定《呐喊》的评论，但它却从反面反映了当时人们对于《呐喊》热烈欢迎、评价很高的真实情况。在当时新文学还是刚刚奠基，对它能够正确认识和能够阅读、接受的人还不是很多的情况下，在文学评论也还不是很开展，也是处于萌生草创阶段的时候，对《呐喊》的欢迎的状况，已可够上"好评如潮"了。其一再加印和出现了盗版书的情况，也够得上现在所说的畅销书了。

《呐喊》于1923年8月出版，四个月后就印了第二版；1924年5月印了第三版，累计印数已达7500册，这在当时新文学作品还基本限于大城市里的青年学生的情况下，已经是很高的印数了。

到 1930 年仅 7 年间，便重印了 13 次。因为这次重印时鲁迅抽去了《不周山》（后改为《补天》），所以这第 13 次重印可以称为真正的第二版。累计印数达 48500 册。半年后又重印（第 14 次印行）。到 1937 年抗日战争爆发前，已印行 24 版。以后，有记载的印行还有 1942、1943、1945、1947 年，印刷地点涉及上海、重庆、哈尔滨。中间还有 1938 年上海版《鲁迅全集》中，第 1 卷收《呐喊》，1941 年鲁迅全集出版社出版的《鲁迅三十年集》收入《呐喊》列为第 8 种。这样，从 1923 年至 1947 年的 24 年中，印行了 26 次，平均每年印行一次多。中华人民共和国成立后，1952 年人民文学出版社据《鲁迅全集》单行本纸型，重印了新中国成立后的第 1 版。以后，不断地以各种版式重印。这一系列出版印刷数字，反映了中国读者广泛阅读《呐喊》的热烈情景，反映了全民族文学阅读的聚焦，蕴含着民族精神生活深厚的意义。中华民族在艰苦卓绝的抗日战争中，为民族生存而浴血奋战，他们不息地谛听鲁迅在《呐喊》中发出的抗争之声。对于一位作家来说，对于一部文学作品来说，这是最崇高的评价和奖赏。

与此同时，《呐喊》也逐步走向世界，引起了国外的注意。1925 年，苏联人王希礼（原名波·阿·瓦西里耶夫）将《阿 Q 正传》译成俄文。鲁迅为这个译本写了序言和自叙传略。这个俄译本于 1929 年在列宁格勒出版。这是《呐喊》之声第一次越出国界，鸣响在处于东西方之间新兴的苏联。1926 年，商务印书馆出版了梁社乾的英译本《阿 Q 正传》；1931 年，英国出版的《金龙丛书》又收入了《阿 Q 正传》的节译本。1926 年，留学法国的敬隐渔将《阿 Q 正传》译成法文，发表在由罗曼·罗兰主编的《欧罗巴》月刊第 41、42 期上。1931 年，在沈阳出版的日文《满蒙》杂志，登载了《阿 Q 正传》的日译本。1932 年，松浦珪三译的《阿 Q 正传》，附有《孔乙己》和《狂人日记》的日译本，在东京出版。以后，《呐喊》中的主要作品陆续被译成多种文字出版，含有《阿 Q 正传》等在内的鲁迅作品选集出版，发行甚广，影响较大。

【注　释】

① 张勋（1854—1923），北洋军阀，1895 年（清光绪二十一年）投靠袁世凯。为了表示忠于清廷，他本人及所部均留辫子，他被称为"辫帅"，所部称为"辫子军"。1913 年，奉袁世凯命，率部往南京镇压讨袁军，纵兵抢掠。1916 年，袁死后，在徐州成立北洋七省同盟。后扩充为十三省同盟，阴谋策划清室复辟。1917 年 6 月，以调解府院之争为名，率兵入京，解散国会，赶走黎元洪。7 月 1 日，与康有为拥溥仪复辟。至 12 日，为皖系军阀段祺瑞所击败，逃入荷兰使馆，被通缉，后病死于天津。

② 早在 1924 年成仿吾就在《〈呐喊〉评论》中，指出这本小说集中有些是散文，而不是小说。他对此表示"特别不满意"。但这在五四时期是一个比较普遍的现象，也是新文学诞生时期和发展初期难以避免的现象。鲁迅作为中国新文学、新小说的开拓者，取得了杰出的成就，但也不免"带着开拓者往往会具有的一些不成熟的痕迹"（林非）。不过，后来人们就明确地将只是叙事抒情论理，而没有严谨叙述故事的结构和刻画人物思想性格的作品，定为散文，而不与小说混为一谈了。

③ 据林非：《中国现代小说史上的鲁迅》，陕西人民教育出版社，1996 年版，第 105 页。

④ 成仿吾：《〈呐喊〉的评论》，1924 年 1 月《创造》（季刊）第二卷第二期。

《呐喊》全新解读

三、《呐喊》的艺术世界：素质、构造与赏析

鲁迅《呐喊》的艺术世界及其构造与素质，《呐喊》艺术世界与中国社会现实的对应，中国文学与中国文化现代性的创获。

（一）作家的"四个世界"

围绕着作家，在主观上和客观上，存在着"四个世界"：一是客观世界。这个客观世界对于一个作家来说是具体的、历史的，即作家是生存于一个具体的历史时期，具体的时代的一个国家、一个民族以至其中的一个地区的，也是成长于一个具体家族、家庭的。这个客观世界在宏观上、在基本方向上，决定着作家的成长和创作方向。二是主观世界。这是在"第一世界"的作用、影响下，又在具体的环境（包括家族、家庭、亲人、朋友等人文环境）的具体作用下，再加上作家自身的特性形成的。它包括作家的全部经历所形成的整个理性世界与情感世界，全部思维性质、能力、习惯和心理结构等在内。第三个"世界"是由作家所创作的作品构成的。它可以说是作家以其主观世界对客观世界作出反应与反应后形成的一个虚幻的世界，它并不是客观上实际存在的，而只是可能存在的世界，是作家创造出来的"第二个自然"。第四个"世界"是读者形成的世界。每一部文学作品，都拥有或多或少的读者，都要在读者中接受检验。读者如何解读和诠释作品，有他们的主动权，不完全受作家及其作品决定。读者阅读文学作品，自然会接受作品对他所起的作用。但是，他们也会反作用于作品，在一定条件下，决定作家和作品——第二和第三世界——的命运。

上述"四个世界"是互相渗透、互相结合、互相影响的。我们在解释或理解任何一个"世界"，都离不开对另外三个"世界"的了解和联系起来作整体的、综合的分析与理解。

（二）改良社会、改良人生：《呐喊》艺术世界的基石

每个作家在创作时，都有一种创作激发、创作冲动，这是一种创作心理能量的发动，它决定了一个作品的基本性质。大凡作家的这种创作激发与冲动，基本上是两种性质和状况。一是因为某件记忆中的或眼下发生的事件、场景、人物活动（包括自己的

遭遇在内），触动了作家的情感、兴趣以至心弦，强烈地想要表达出来；二是某种社会、人生的思想、观念，触动了作家，使他想要表达出来。两者都有"现实生活的故事、场景、人物"和"作家从其中提炼出来的意义"这两个因素。不同的是，前一种情况是先有"故事、场景、人物"等，然后才明确或朦胧、自觉或半自觉地提炼出意义（创作主旨）来；后一种情况是先明确了立意（创作宗旨），然后"提取"出记忆中或眼下的事实（场景、故事、人物等）来，加以表达。但那"立意"的产生，也不是纯理念的，而是起因于并包含着、裹挟着生活中的故事、事件、人物、场景等活的材料。在创作实践中，这两个过程却是不可分、互相渗透地进行的。

鲁迅的创作状况，属于第二种。不过，他这种创作并不是"主题先行"。因为他的主题，不但是从生活中提炼出来的（不是主观地、抽象地、理性地确定的），而且更重要的是，他在明确了创作宗旨、作品主题之后，又"返回"到"生活"（追记中的"过去"和现正发生的"现实"）中，从现实生活（故事情节、生活场景、人物形象）出发来进行创作，并创造了人物典型，以人物形象为主体来展开叙述。

鲁迅曾说，他的文学作品，是"遵命文学"，是"革命文学"。①

鲁迅多次表白过他创作小说以至从事文学工作的初衷，这些可以充分地说明他的创作宗旨。首先，从宏大的视野和广阔的思想领域来说，他是主张启蒙主义、主张思想革命的②，主张用文艺的手段来唤醒民众；主张用文艺来为人生，并且改良这人生。这既是他总结辛亥革命失败的结论，又是他从世界思潮和历史发展的总趋势中得到的启示，也是他的文化观的基础与核心。其次，在这个总体思潮指导下，对于创作小说，他的明确而坚定的目的就是：改良社会与改良人生。他在《我怎么做起小说来》一文中说：

> 我也并没有要将小说抬进"文苑"里的意思，不过想利用他的力量，来改良社会。

又说:

> 自然,做起小说来,总不免自己有些主见的。例如,
> "为什么"做小说罢,我仍抱着十多年前的"启蒙主义",
> 以为必须是"为人生",而且要改良这人生。

这同许多文学青年为了当作家、为了一种艺术冲动而从事创作,是很不相同的。鲁迅的立意很高,为大众、为人生的目的很明确。这种基本的创作宗旨和创作冲动,决定了他的创作思维与创作心理:如何选取生活素材、决定表现对象、创造艺术典型,如何叙事,从什么视角、采取什么方式来讲故事,如何讲法,用什么样的结构、情节、场景、语言来讲,等等,都决定于这个总体创作立意。再次,鲁迅选取的是如他在《我怎么做起小说来》一文中所说的这样一种艺术手法、表现形态和审美构成:

> 我的取材,多采自病态社会的不幸的人们中,意思是揭出病苦,引起疗救的注意。所以我力避行文的唠叨,只要觉得能够将意思传给别人了,就宁可什么陪衬拖带也没有。中国旧戏上,没有背景,新年卖给孩子看的画纸上,只有主要的几个人(……),我深信对于我的目的,这方法是适宜的,所以我不去描写风月,对话也绝不说到一大篇。
> 所写的事迹,大抵有一点见过或听到过的缘由,但决不全用这事实,只是采取一端,加以改造,或生发开去,到足以几乎完全发表我的意思为止。

这说明,鲁迅创作的基本方式、方法是写"病态社会的不幸的人们"的生活;注意用"生活"来"传达"自己的意旨;尽量简练地表达,叙事简括,不多描写风景,不写长篇的对话,不要那些不必要的背景和陪衬。但所提取的"生活"不是照搬事实,一切照原型,照"生活"的原生态来表现,而是加以改造,并生

发开去；这"改造"与"生发"，目的是使"原型""原生态"能够符合自己的需要，能够表达自己的立意。这样，"生活"的原生态就被提炼了，加工了，改塑了；它的意义与蕴含都被集中了，凝练了，深化了，而且形象地审美化了。

这些，就构成了《呐喊》的艺术世界的基础。

（三）"镜子"与"七巧板"：《呐喊》艺术世界的构造

文学阅读是一个多方面心智活动的过程。在这个过程中，进行着一种双相的（作家和作品/读者）、双向的（"作家→作品→读者"和"读者→作品→作家）互动作用的活动。关于后一"相"与"向"（读者→作家→作品）的活动过程与效应，后面将另章阐述。这里只对前一过程加以说明。在这个作家和他的作品作用于读者的过程中，进行着三个方面、三个层次的作用，也产生三个方面、三个层次的效应，即：多方面的认知灌输与效应，思想、道德方面的影响与效应，审美愉悦的产生与效应。当然，这三个方面、三个层次是互相渗透、互相影响，"一荣俱荣，一毁俱毁"的。探讨文学作品的艺术构造时，必须注意到这样三个方面、三种因素。

当然，《呐喊》的艺术世界也是由这样三个方面、三个层次构成的。但是我们需要解析的是这三个方面、三个层次的具体内涵，其性质和水平。如果借用"镜子"和"七巧板"两个比喻来说明文学作品反映现实的功能，和如何反映生活的技巧[③]，那么，我们可以从上述三个层次和这样两个视角，两者相融会地来探寻《呐喊》的艺术世界。

1. 叙事视点

鲁迅的《狂人日记》一发表，就因为它的特别的叙事格式，而引起人们的注意。以后诸篇小说，也是如此。作为叙事文学，小说如何叙事、如何讲故事，是一个根本性的问题。中国古代小说向来以章回体的形式来讲故事，因为是从口头文学（评书）转变来的，所以突出地以全知全能的第一人称"我"，向你、向听众讲述事情原委的口气特别突出，起篇必是交代某县某地某人，姓甚名谁，如何如何，然后讲下去。而且这种讲法从头到尾一贯到底。故事本身也是有头有尾，有一个结局。在叙事中，开头或中间或结尾都有一些说教的话语，具体说明讲这篇故事是要向人们宣教什么。到近代，小说用文言写作，故事都是男婚女爱的缠绵悱恻的地主员外家豪门子女的情爱故事。而《狂人日记》却完全是新的故事、新的讲法、新的结构、新的人物、新的语言，而且是新的创作主旨。这是一种全新的小说模式。这种多元性质的存在，就是一种给人以新的审美愉悦的突出因素。以后各篇小说，也都保持了这种新的审美素质。在整体上，它虽然也还是一个全知全能的人（作者或作品中人物，如狂人）在叙述故事，但不再是从头至尾平铺直叙地讲下去，而是客观地呈现，故事的发展、情节的推进，都是客观地呈现出来，而不是"讲述者"讲出来。故事的发展也不一定都是连绵持续地行进，而是跳跃式的：有中断，有隔离，有删削。

在叙事上，视角是一个基本的、关键的问题。就像拍电视剧一样，摄像人站在什么地方，从什么角度，用什么姿势取什么样的镜头（平视、斜视、俯视或仰视等），是决定拍出来的场景、人物是什么样的关键。《呐喊》中的叙事，首先它的视角是多样的，不总是一个客观的、外在的、旁观的全知全能者在主观地讲故事，而是多种身份的人的多种视角的客观呈现。比如《狂人日记》就是两重身份的人在叙事：一是一个客观的、旁观的告白者，说明有这么一个狂人写的这样的日记；而狂人现在已经好了，走上仕途了。二是狂人在日记中的呈现，他不是表层地向人讲述，而是深层地展示自己的独白。《孔乙己》则是隐在的讲述者（作者）在展示一个现场的讲述者——咸亨酒店里的小伙计，所亲见的关于一个客人（孔乙己）的故事。《故乡》又是"我"以第一人称在讲述自己和闰土的故事……这种与传统小说完全不同的、崭新的叙事方式，形成一种新的文学模式。这是鲁迅的创造。

我们还可以从现代叙事学的角度，再来深入一步欣赏《呐喊》叙事视点的意义和审美价值。"小说家们当然久已承认叙事方法的压倒一切的重要性。""叙事视点不是作为一种传送情节给读者的附属物加上去的，相反，在绝大多数现代叙事作品中，正是叙事视点创造了兴趣、冲突、悬念，乃至情节本身。""在很多情况中，如果视点被改变，一个故事就会变得面目全非甚至无影无踪。"④这些对于叙事视点在小说创作中重要意义的论述，我们都能从《呐喊》的叙事艺术中得到证明。上述《呐喊》中的几篇小说，如果改变视点，它们就会变得面目全非，故事本身消失得无影无踪；它的艺术成就也就荡然无存。试设想，《狂人日记》不是由狂人自己用日记的独白来叙事，而是由别人（第三者）来间接叙述，那狂人的心态、狂人关于"吃人"的斥责、审问、自省与警惧、忧愤的心意以及"救救孩子"的呼号，还会有什么撼人的力量和警觉世人的作用呢？如果《阿Q正传》不是既以全知全能者，以第一层叙事的框架，讲述他的生平事略、生活行状，又以阿Q的"视点"看人看事看世界，并以独自和心理活动的方式，构成第二层叙事，那么故事的结构就不能这样形成，阿Q的典型形象就难塑造出来。

《呐喊》中种种叙事视点的确立，为它的艺术世界构成了精彩纷呈的图画。

2. 不朽的艺术典型

典型形象的塑造，更是一篇杰出的文学作品集中的、突出的表现和成功之处。鲁迅创造了阿Q这样一个不朽的民族典型、精神典型，这是《呐喊》艺术世界里最辉煌的篇章和最高的成就。而且小说集里还有其他栩栩如生、形象突出的人物典型。这些艺术典型一直活跃在读者的眼前，生活于几十年来的中国社会中，成为人们口头上的、生活中的、思想上的"人物"，足可指称、比拟、揭示和象征某一类人，如阿Q、闰土、假洋鬼子、九斤老太等。这些存活于、活跃于《呐喊》艺术世界里的虚构的人物形象，越出了其"自在"的世界，走出鲁镇，走出未庄，游荡于、活跃于中国现代社会中，并参与了中国现代精神生活。这是鲁迅艺术创造力与创作成功的最有力的证明。《呐喊》的艺术世界凭借这些文学典型的闪烁耀眼的光芒，照亮了中国文学界、文化界和精神生活领域。《呐喊》的知识价值、认知价值和审美价值，都凭此而高悬于中国现代文学的上空，为其他作家所不可企及。

性格化，是小说人物创造成功的关键。《呐喊》的人物都是性格化的。人物的性格产生了，决定了故事（事件）的发生与发展，而故事、事件的发展也把人物展现开来。这种人物与故事的双相双向作用的展开，就构成了整篇小说的叙事行进和叙事方式。狂人那种看透了现实社会与过去历史的"吃人"本质，以及痛恨"吃人"、执意要改变"吃人的历史"的性格，决定并产生了《狂人日记》的整个故事。而这个故事的展开，也展示了狂人的先觉者的性格。同样，阿Q的遭赵太爷申斥、遭假洋鬼子棒打、向吴妈求爱、"革命"、昏昏然地被拉去杀头还为"圈划得不圆"而遗憾等情节，都是由阿Q的性格产生的，这也就构成了《阿Q正传》的故事。在这故事的展开中，阿Q的性格也就展现出来了。

《呐喊》中的小说，还很巧妙地运用了"给人物命名"的艺术技巧。"塑造人物最简单的方式是给人物命名。每一个'称呼'都可以使人物变得生动活泼、栩栩如生和个性化。"⑤狂人、孔乙己、阿Q、假洋鬼子等人物的命名都是如此。"狂人"明确地标示了他的反抗陈规旧律的狂性，"疯子"正是中国习用的对于反抗旧制、不同流俗的革新者的通行的诬称。"孔乙己"这个名字从小学生描红纸上的"上大人孔乙己化三千……"中取来，正合乎小说中人物的出身、身份，并且形象地体现出来。假洋鬼子，一目了然，揭示本质。阿Q更是奇特而贴近，流浪雇工，无姓也无名，取一个不准确的"桂"或"贵"的拼音头一个字母，而这大写的"Q"字，特别形象地标示出一个留着大辫子的头的后面。这些，都真正达到了一经命名，就使人物变得生动活泼、栩栩如生和个性化，产生思想的和艺术的效果。

3. 深沉的民族"母题"

每篇小说在叙事讲故事的过程中，都有一个最基本的情节因素，它既是一切故事情节构成的内在意义，又是控制情节发生和行进的"枢纽"。而且，它还在小说内涵的心理的、社会的、理论的构成上，起着关键的作用。这一切，形成文学理论上所说的"母题"。⑥《呐喊》中的"母题"都很鲜明突出。这些"母题"

具有两方面的含义和意义：一方面，它们都是来自现实生活的实际，是"现实的存在"；另一方面，它们又是鲁迅从生活中提炼出来的，是鲁迅"想象上的虚构"。这种想象、这种虚构，都是鲁迅的思想、情感、创作心理对"现实生活"进行了加工、改塑而成的。这是一种主观的创造。《呐喊》的艺术世界就是这样建构成功的。

在《呐喊》中突出的"母题"是："不正常死亡""隔膜—冷漠""孤独者/庸众""黑暗"。《狂人日记》是对于死亡的恐惧和对于还将有许多人被吃（死亡）的恐惧与忧虑；《孔乙己》中是孔乙己的默默死于虐杀和贫穷；《药》中是被杀戮的革命者和被误死的肺病病人；《明天》中是被庸医害死的宝儿；《白光》中是因癫狂而落水淹死的陈士成；《阿Q正传》中是想革命没有革成却被当作"革命党"而稀里糊涂地被杀头的阿Q。[⑦]"隔膜—冷漠"，这两个相关连的"人间悲凉"，是鲁迅的包含杂文在内的全部作品的基本"母题"之一。在《呐喊》中到处弥漫着它们：情节的展开，产生和播撒这种事实和氛围，这"事实"与"氛围"又延续性地引发后面的情节与氛围。而这种"母题"便在这些绵延的情节和氛围中加浓加色，愈发鲜明突出。正是它们形象地、艺术地、具有审美质素地表达了鲁迅所经常指出的"中国人连自己的手都不懂得自己的足"这种互相极端隔膜，又彼此冷漠以对的精神状况和生存状态。这种氛围弥漫于《狂人日记》、《孔乙己》、《明天》和《阿Q正传》等作品中，它使人感到"隔膜—冷漠"几乎是《呐喊》中一个"非人的主角"。我们只要想想《孔乙己》《明天》，就能立即感受到这种氛围。鲁迅揭出这种痛苦，正是为了引起疗救的注意。要把这种环境、这种国民性加以改革。

"'孤独者'/'庸众'"，[⑧]他们的"两极"性的存在，以至于对立，他们在根本利益、生存目的的内在一致和表现上的对立，这是鲁迅小说创作的更为主要的一个母题，同时，也就是他以容智明敏、以深沉思索所把握的一个民族精神与社会生活中存在的一个致命性的母题。改革的先行者、革命的先驱们，往往只顾自己的前行，他们英勇地、无私地为大众利益、民族命运而勇猛前进，呼号奔走，抛头颅洒热血；但是，他们却没有认真踏实地去唤醒民众、发动民众，使他们奋起同行在一起为自己的利益奋斗。而大众们则一直沉睡在愚昧落后中，他们甚至视前行者为疯子，以至于"喝饮志士血"地用为自己而牺牲的烈士们的血，来治自己身体上的病。

在《呐喊》中，鲁迅在小说里最早地沉痛地表现了这种母题。《狂人日记》和《药》最集中突出地表现了这一母题。"狂人"与周围所有人对立、作战，人们把清醒者作为狂人来对待。《药》中的夏瑜在牢狱中和赴刑场前后，被庸众们冷漠地嘲笑和"饮血"。《孔乙己》《风波》《明天》等都写了庸众，而阿Q是不觉醒的庸众的代表。这种"'孤独者'／'庸众'"对立的不幸的民族母题，在近代史上一再显现，而且延续下来。它是中国近代改革一再受挫、失败的根本原因。鲁迅对这一母题的确立，就是从对于中国的现实的观察与思索中提炼出来的。同时，也是他自己内心的感受。他早年留学日本就写过"寄意寒星荃不察，我以我血荐轩辕"的诗句，在沉默地抄古碑的几年间，他也曾被寂寞孤独深深地啮咬过心，即使在五四新文化运动中，他也有这种感受：既感到前驱者的寂寞，也感受自己内心的寂寞，因为，毕竟运动还更多地是在城市知识者群中涌动和行进，而且还不断发生分化、倒退和背叛。鲁迅曾经痛心地写道："群众——尤其是中国的——永远是戏剧的看客。"⑨因此他提出"个人的自大，就是独异"，"对庸众宣战"。⑩他曾在小说和杂文中表现、揭示和批判过这一点。这里固然直接地是揭示这种社会矛盾，以引起疗救的注意：孤独者——"独异者"调整自己的步伐，不要忘记和无视群众的落后；落后的群众要从愚妄中警醒。同时，鲁迅也由此而深入到，也提升到人生的、人间的哲学层面来思索这个"人生母题"：如何正视这个社会——人生悖论式的矛盾对立。本是同根生，本是亲骨肉，但却心不通、情相隔，疏离隔膜，冷漠相向！"独异者"如何整合自己与"庸众"之间的思想、情感、心理等的关系，使彼此能有一个美好的人生，或获得人生的美好。

至于"黑暗"母题，是与上述两个母题紧紧连在一起的。"黑暗"的现实内涵之一就是群众的冷漠和"看客态度"。尤其同"'孤独者'／'庸众'"母题相连。它是其他几个母题所组成的总母题，这个母题笼罩在《呐喊》的所有小说中（前述五篇"散文型小说"除外）。它是同鲁迅创作小说，尤其是创作《呐喊》时期（1918—1922）的作品时的创作立意分不开的。因为，他感受到旧制度统治下的中国，沉浸在弥天黑暗中，这种黑暗是历史上延续下来的，生民在其中哀鸿遍野、痛苦无边；而更使鲁迅痛心和忧心的是，这些被封建道德、伦理、文化整治得麻木愚昧、不许有丝毫松动的民众，仍然在黑暗中昏睡，而志士们、先觉者们又不注意、不懂得这种黑暗的存在与力量，只是自己在抛头颅洒热血。这样，就更加重了黑暗的存在与力量。鲁迅正是要直面这黑暗现实，并不怕人们误解，而"消极"地揭出黑暗、反映黑暗，以"黑暗"为母题，目的就是唤醒铁屋里的人们，看清黑暗、懂得黑暗、面对黑暗，从而起来消灭黑暗。他在杂文中提出"睁了眼看"，批判那种不敢正视黑暗的态度："先不敢看，后便不能，再后，就自然不视，不见了。"他打比方说："一辆汽车坏了，停在马路上，一群人围着呆看，所得的结果是一团乌油油的东西。"⑪而文人们"万事闭眼睛"，就写出了"瞒和骗"的文艺。鲁迅的作品，直面黑暗、表现黑暗，就是反对这种瞒和骗的文艺。

4. 新的叙述话语——文学语言

《呐喊》是使用一种全新的白话文来叙事的。它不但完全不同于文言文，也不同于中国以前的所有白话文——比如《红楼梦》《儒林外史》等长篇小说中的白话叙事文，以及"三言""二拍"等短篇小说中所使用的语言。《呐喊》中的语言是从现代中国话中提炼出来的，它是一种现代语言，是明白畅晓的、易懂的、生活化的，但又经过加工提炼，简洁、明快、流利，富于表现力、形象化。它用现代语法组织起来，句式不很长，连缀而下，语意连绵行进，构成行进着的叙事，表现着故事的内容、情节，人物的形象、思想、情感和行动，整体上构成一个现代叙事。这种叙事（故事）随着句子的推进、演绎，整段句子的累积，把每个句子的"意义"单元连接、延续、累积起来，构成一组又一组，一段又一段的"意义"区域。这些区域组成完整的叙事（故事）。

在这种叙事中，还运用了象征、隐喻、反讽等语言手段，加强了语言的表现力和形象的表达力。比如这样一些叙述、描写：

> 黑漆漆的，不知是日是夜。赵家的狗又叫起来了。／狮子似的凶心，兔子的怯弱，狐狸的狡猾。（《狂人日记》）

> 微风早经停息了；枯草支支直立，有如铜丝。一丝发抖的声音，在空气中愈颤愈细，细到没有，周围便都是死一般静。两人站在枯草丛里，仰面看那乌鸦；那乌鸦也在笔直的权枝间，缩着头，铁铸一般站着。（《药》）

> 单四嫂子早睡着了，老拱们也走了，咸亨也关上门了。这时的鲁镇，便完全落在寂静里。只有那暗夜为想变成明天，却仍在这寂静里奔波；另有几条狗，也躲在暗地里呜呜的叫。"（《明天》）

> "过了二十年又是一个……"阿Q在百忙中，"无师自通"的说出半句从来不说的话。
> "好!!!"从人丛里，便发出豺狼的嗥叫一般的声音来。
> …………
> 阿Q于是再看那些喝采的人们。
> 这刹那中，他的思想又仿佛旋风似的在脑里一回旋了。四年之前，他曾在山脚下遇见一只饿狼，永是不近不远的跟定他，要吃他的肉。他那时吓得几乎要死，幸而手里有一柄砍柴刀，才得仗这壮了胆，支持到未庄；可是永远记得那狼眼睛，又凶又怯，闪闪的象两颗鬼火，似乎远远的来穿透了他的皮肉。而这回他又看见从来没有见过的更可怕的眼睛了，又钝又锋利，不但已经咀嚼了他的话，并且还要咀嚼他皮肉以外的东西，永是不远不近的跟他走。
> 这些眼睛们似乎连成一气，已经在那里咬他的灵魂。
> "救命，……"

然而阿 Q 没有说。……（《阿 Q 正传》）

时候既然是深冬；渐近故乡时，天气又阴晦了，冷风吹进船舱中，呜呜的响，从篷隙向外一望，苍黄的天底下，远近横着几个萧索的荒村，没有一些活气。我的心禁不住悲凉起来了。

阿！这不是我二十年来时时记得的故乡？

…………

我在朦胧中，眼前展开一片海边碧绿的沙地来，上面深蓝的天空中挂着一轮金黄的圆月。我想：希望是本无所谓有，无所谓无的。这正如地上的路；其实地上本没有路，走的人多了，也便成了路。（《故乡》）

这里不嫌厌烦地摘引了一些段落，供读者品味。这里的语言是多么简洁、精练、纯清，同时，又是那么形象化，那么客观地呈现，还有时运用了隐喻和象征。

"语言是人口开出的花朵。"这里的叙述、描写，虽未曾开口，却是默声"说"出的语言。这是人口开出的花朵，也是思想开出的花朵。每个语词有它固定的意义和韵味，将这些语词用一种特定的语法和句式组织起来，构成一种语言流、一种语境，就既发挥出每个词语原本具有的意义，又产生出"在组织中"的新的意义，总体上又构成一种韵味。它们述说事实、事件、问题、场景、人物，述说这一切背后的作者要表达的思想，要创造的意境，并且让这些呈现出来、显示出来，为读者所见到、所感受，还引动思索。⑫鲁迅在创作小说时所想要表现的、揭示的旧社会、旧制度的痛苦，社会上不幸人的苦难，我们面对的黑暗，以及在这黑暗中生存的人们的情态，等等，都透过这些语言表现出来了。

《呐喊》不但奠定了他自己的小说叙事语言的深厚的基础，并显示了坚实的力量，而且显示了刚刚诞生的新文学的实力，奠定了中国现代文学叙事语言的基础与成熟的规范。《呐喊》的成就，也为中国现代文学语素与现代语言做出了实绩，奠定了坚实的基础。

（四）《呐喊》：艺术世界与现实社会

　　每一位作家，尤其是伟大作家，他所创造的艺术世界都真实而深刻地反映了本国、本民族的社会现实。这种反映，又总是帮助本国人民更清楚、更清醒地认识社会现实、时代精神，并被作家心中的"灯"所照亮，而点燃自己心中的理想之光。《呐喊》在20世纪初问世以来，在现代中国所起的作用就是这样的；并且，其声与光远播异域海外，让他们也借此了解中国与中国人。

　　《呐喊》中14篇短篇小说，构成一个整体。它在鲁迅选取的视点照射下，反映了19—20世纪交替时期和20世纪初叶中国社会的状况。文学作品反映社会现实，有两个方面是最重要的：一是，作品所反映的现实，是不是当时国家、民族的最重要、最典型、最具代表性的部分，而且，这种反映是否不仅具有现实感，而且具有历史感？前者是现实的深度，后者是历史的深度。二是，作品是否反映了当时国民的时代精神气质？反映了国民的"时代心态"？前者，是社会的、时代的、民族的实体部分、基础部分，是"民族母体——母题"的主体与实体部分；后者，则是社会的、时代的、民族的精神部分、心理部分、深层部分，是"民族母体——母题"的精神气质与文化心理部分。而且，这样两部分是水乳交融地融汇一体的，而不是外在地、分割地存在的。《呐喊》中的小说，正是将这样两个方面融汇一体地反映在作品中。作品所反映的那个时期的中国，是一个封建的、宗法统治的农业的、半殖民地的、封闭的、落后的社会，是这个社会的末期，人们已经不能照旧生活下去，期待着改变。但在最近几次的变革运动中，包括远期的太平天国、义和团，近期的戊戌变法，尤其是辛亥革命，又特别是辛亥革命成功后的"二次革命"，都是失败接着失败，令人怀疑这古老的帝国，历史的积存太沉重了，它不仅难于推翻、不易改变，而且它消解新事物、外来事物的能力还特别强大。因此，鲁迅称之为"绝无窗户而万难破毁的铁屋子"。当时中国社会人口百分之九十以上是农民，农业生产是社会经济的主体。虽然已经有了一些现代城市和现代工业，但社会结构仍然是上层

名家解读中外文学名著书系

统治，还停留在封建军阀、政客的独裁政制巅峰，基层则是宗族乡绅社会，保甲、家族、乡绅蛛网一般捆绑着社会肌体。广大农民在这样一个宝塔式的封建宗法军阀统治的罗网之中，动弹不得、艰难度日。《呐喊》中的小说，正是将这样的社会结构和农村生活纳入视野，从这样的视点观照和反映中国社会。在乡村与"宝塔尖"的最高统治者相连接的，是赵太爷、赵七爷、赵贵翁、举人老爷、假洋鬼子这样的封建宗法家族、乡绅力量统治着；在底层挣扎活命的则是"病苦社会不幸的人们"，如阿 Q、闰土、单四嫂子以至孔乙己、陈士成等人；而意欲反抗的夏瑜、狂人都被屠杀了，或者被逼成、被视为疯子。

作为这种封建宗法统治的思想基础和精神文化体系的，是以儒家学说为纲的封建伦理道德观念体系。

有过几次变革以至革命，有的失败了，有的成功了，却内骨子没有动，那个封建宗法社会的基础没有动，赵太爷、赵贵翁、举人老爷和假洋鬼子，依然横行乡里。

从未庄到鲁镇，鲁迅在《呐喊》中绘制了这样一幅中国近代社会图画。《呐喊》的呐喊，就是告知国人，社会还是这样的社会，生活还是这样的生活，黑暗如此深重，而愚昧也是这样深重。它也警醒国人，不能再这样生活下去，要起来抗击，追求新的生活。它还告诫革命先驱者与广大民众，必须改变过去的做法，要发现底层人众内心深处不满的火星、反抗的萌动、微末的希望、朦胧的理想，要唤醒他们一起来抗击、斗争。

因此，这 20 世纪初的呐喊，是发自社会底层、民族丹田的民众心声，是民族心灵的叹息、呻吟，怨声与愤慨之音，怒号与战叫之声。

因此，有人说，不读鲁迅就不能很好地懂得中国。

（五）《呐喊》之"镜"中映照的"中国魂灵"

鲁迅明确地说过，他之创作小说，是要在寂寞的中国画出中国人的魂灵来。这目的也很明确，是要通过这种画国人灵魂的工作，揭示他们身上的劣根性、缺点和弱点，来引起人们的注意，以唤醒国人。这种立意，特别是他在《呐喊》中的这种创作实践和创作成就，使他的小说的内涵和意蕴更深沉、更丰厚，也更越过现实的层面和社会生活的层面，而进入人的文化-心理结构层，进入人的灵魂了。

鲁迅的这种创作立意，可以从他对俄罗斯伟大作家果戈理的评论中，见出深意。他在《摩罗诗力说》这篇论文中评介果戈理时，称赞他，也是肯定他的特点时指出，果戈理是"以不可见之泪痕悲色，振其邦人"，"以描绘社会人生之黑暗著名"。鲁迅深受果戈理的影响，他说自己在学生时代"最爱看的作者，是俄国的果戈理"。以后，着手创作小说《狂人日记》，就用了果戈理的著名小说的同一题名。正因如此，鲁迅在《呐喊》中，也是着力描绘社会人生之黑暗、中国国民的劣根性，他也是要使国人正视社会和黑暗，正视自己心灵的黑暗，想"以泪痕悲色"来警醒国人，振奋国民精神。

把《呐喊》中"不幸的人们"的文化-心理结构（他们的心灵）综合起来，即把阿Q、闰土、七斤、单四嫂子以至孔乙己、陈士成等人物的心理状态综合起来，可以归纳出这样几个特征：第一是愚昧落后。他们被剥夺了掌握文化的权利，知识贫乏、眼界狭窄，遭人愚弄，他们挣扎在贫困的泥沼中，思想、观念、意识都很陈旧迟钝呆滞，这是长期的封建制度与宗法思想压抑的结果。第二是麻木冷漠。他们被反动统治的高压、贫苦生活的摧残、封建思想文化的钳制弄得麻木不仁，彼此不了解、不亲近、不同病相怜，表现出令人心寒的冷漠。华老栓父子、单四嫂子、闰土、阿Q、孔乙己、陈士成等，都表现出各种各样的麻木。狂人与家人包括他的亲哥哥之间那种心的隔膜，孔乙己周围人们对他的极端的冷漠，夏瑜周围人对他的死的极残酷的冷漠，阿Q与同命运的王胡、小D之间的对立，他周围环境对他的冷漠，以至他自己对自己都在心之深处存在那种冷漠，是何等使人震颤心寒。第三，揭示得最深刻、最有民族特点的是"精神胜利法"，这种在阿Q身上突出地表现出来的精神症状。这种精神的胜利，在各阶层人们身上都存在。清朝统治者曾经在极端封闭落后处处挨打受欺的情况下，犹以天朝上国自居，打了败仗，割地赔款，还自我吹嘘；

在社会上普遍存在的死要面子的心理；以未必存在的过去的荣光来遮掩今日的失败。如此等等，不一而足。这种"精神上的虚假的胜利"，遮蔽了事实上的失败，掩盖了确实无疑的缺点、弱点、问题，堵塞了改正、前进、发展的道路。这是中华民族改过自新、革旧图新、奋发图强的致命弱点⑬。"哀其不幸，怒其不争"，在这里，鲁迅正是以其不可见之泪痕悲色，来振我邦人。

鲁迅就像他所赞赏的果戈理，是以其对自己民族的强烈批判而被视为热烈的爱国主义作家。在这种激情的含泪的批判中，表达了他的崇高的、热烈的、深沉的爱国至诚。他的这种"民族自我批判"，成为中华民族在 20 世纪之初的民族觉悟的个体表现，——在一位伟大作家身上的表现。他在《摩罗诗力说》的结尾处，曾经深情地说："今索诸中国，为精神界之战士者安在？有作至诚之声，致吾人于刚健善美者乎？有作温煦之声，援吾人出于荒寒者乎？"又慨叹道："而先觉之声，乃又不来破中国之萧条也。然则吾人，其亦沉思而已夫，其亦唯沉思而已夫！"此文作于1907 年，十年后，他开始写《狂人日记》，以后《呐喊》结集出版，这正是以中国精神界战士之姿，作致诚之声、温煦之音，援救吾人出于荒寒，来破中国之萧条。《呐喊》以它的呼号，震醒国人、振兴文坛，以文学的批判力量，针刺一般，刺中、刺痛、刺醒中国人。

这至诚之声，这针刺，今天仍然使我们警觉惊醒。

由于深刻地揭示了中国国民的劣根性，鲁迅更由此而深入到揭示了人类的共性、人性的共同表现。那种对于亲情的依恋和失去它而彼此隔膜、冷漠相对的悲哀，表现了人性的天然，发自生命的自然需求；那种遮掩自我缺点、缺陷，在心理上自我寻求满足、精神自慰的心理，也为各国人民所共有，只是由于民族文化与性格的差异，表现的形式不同而已。《呐喊》以及鲁迅其他小说所构成的这种"心灵之镜"，在长久的历史进程中，其作用与意义甚至超过了它在社会、政治层面上的分量，其价值因历史的发展、社会的变迁而更突显出来，获得超越现实、超越历史、超越民族与文化的意义。这也是鲁迅研究现在成为世界性文化现象的原因。

（六）"中国文学现代化"的创获

文学总是一面反映着现实生活的状态和发展趋向，一面又在这种与现实的"对应"性反映中，改变着、发展着自身的内涵、形态与技巧。中国五四时代的文学，经过了近代文学的变化与革新，经历了从"近代"向"现代"的转换，到这时，在现代文化如潮涌般奔至之时，为了反映现代化的社会浪潮，为了适应整个文化思潮的奔进，自身也需要一种现代性的创造。正是适应这种社会的、文化的、文学的现实潮流的需要——这种需要体现为鲁迅所说的五四新文化运动的先驱者和主将们的"将令"——鲁迅创作了他的第一批小说。这批后来收集在《呐喊》中的小说，充分显示了它们的现代性。这种"现代性"首先体现在思想内涵上。在五四新文化运动兴起的那个时期，发起了向传统攻击的浪潮，提出从西方思想文化武库中选取的民主与科学两个口号、两面旗帜，青年们提出了婚姻自主、个性解放的要求。传统受到严格的批判与检验，人们向着现代化的目标行进。正是这个时期，在这种条件下，鲁迅以他在中西文化方面的丰富深沉的装备，思想上近察中国之现实、远观世界之思潮，在沉默与孤独中深思熟虑的充分准备，"高举义旗"，发出呐喊，第一次用虚拟的狂人的眼光、狂人的心理，观察、反映现实和历史，将一切"颠倒"过来：合理的成为不合理的，正确的成为荒谬的，自然的成为悖误的，天经地义的成为诛杀天良的。无论历史还是现实，他都归之为两个字："吃人"。他发出了历史之问、时代之问、人性之问："从来如此就对么!?"传统在这个责问面前赧颜低首，等待检验，接受批判。这是一股冲决的力量。他早已悟出一个道理："中国尚是食人民族"。他记得他欣赏并翻译过的尼采的《查拉图斯特拉如是说》中，查拉图斯特拉曾经说过："你们已经走了从虫豸到人的路，在你们里面还有许多份是虫豸。你们做过猴子，到了现在，人还尤其是猴子，无论比那一个猴子"。[14] 而果戈理也早已写过《狂人日记》。鲁迅吸取了这些外来的先进思想与艺术资源，经过自己的思想的发酵、酶化，成为自己的、中国的、民族性的，针对民族文化-心理的现代思想、观念和意识。新的价值观、新的心理构造贯穿全篇。这成为不仅是《狂人日记》的，而且是贯穿整个《呐喊》的基本思想、核心观念。这也成为五四时期的新的思想、观念，成为中国文学现代性的最佳创获。

本着这个现代思想，立足于这个现代思想基地，鲁迅确立他的叙述视点来构筑他的艺术世界。他从"病态社会不幸的人们"中取材，来"暴露家族制度和礼教的弊害"，他"依了自己的觉察，孤寂地写出'他'眼里所经历的中国的人生"。[15]这样，他便用他的小说的艺术世界，反映了一个中国近代、现代的现实社会的世界。这个"现实世界"是通过鲁迅的"现代思想视界——视点"映照出来的，也可以说《呐喊》的艺术世界是从这种映照中反映出来的。这是一个"现代文学的'文学视界'"所反映的传统社会、现实世界。这便使《呐喊》创获了鲜明突出的现代性。正如当时即有评论者指出的，鲁迅的小说，令人读后感受到："我们譬如从薄暗的古庙的灯明底下骤然走到夏日的阳光里来，我们由中世纪跨进了现代。"[16]

鲁迅所做到的这一点，他所达到的思想高度、历史深度与文化含量，是当时他所有的同辈作家和后起的年轻作家所未曾达到的。而且，不得不承认，迄今的作家们的作品，仍然未曾有与之比肩的佳作。

这种现代现实主义精神，即包容性更广大深沉的现实主义精神，决定了鲁迅的独特的艺术思维和创作心理。中国传统的文学观、小说观，一方面轻视小说，认为它是不能登大雅之堂的；另一方面，又让它承担教化任务。西方的文学观虽然重视小说反映社会现实的性质，但"文以载道"的观念却不很强烈。鲁迅揉合融会中外文学观、小说观，在艺术思维中，充分发挥了小说反映社会现实的性质，并以之为批判现实的精神手段，体现了已经发展到顶峰的批判现实主义精神；同时，又发扬中国传统文学精神，用它来改良人生，更在其中贯穿描绘和刻画人的心灵、人的灵魂的作用。

但鲁迅从社会-历史现实生活中提炼出来的主题，又不是抽象理念式地注入作品之中的。他的出发点和立足点都是生活场景和人物形象，是用形象来思维和用形象来构思，它的思想、理念、主题，都是蕴含于形象之中，又用形象来体现的。这些生活事件、故事的场景和活动于其中的人物形象，都是烂熟于他心中、活跃在他思想中的。他说："我在年青时候也曾经做过许多梦，后来大半忘却了"，当然，还有一部分未曾忘却，这未忘却的旧梦在心里生根、滋长，在思想-心理中，加上思想与心理的汁液，经过思想、意念的提炼、加工、改塑，经过思想之光的照射，升华出"意义"。于是，"这不能全忘的一部分，到现在便成了《呐喊》的来由"。[17]他又说："后以偶阅《通鉴》，乃悟中国尚是食人民族，因成此篇。"[18]这是《狂人日记》思想认识上的创作动因。他还说："阿Q的影像，在我心目中似乎确已有了好几年……"[19]"阿Q的影像，在我的心目中流氓气还要少一点"[20]，这是形象原型在脑里存活，并不断地被加工、塑造。"我记起我自己曾经写过这样一个人，他身边什么都光了，时常抽开抽屉去看看，看角上边可以找到什么；路上一处一处去找，看有什么找得到：这个情形，我自己是体验过来的。"[21]这是自己亲身经历的体验，转化到小说中人物身上去了，但增加了作家所赋予的另样的生活内涵。

总之，鲁迅的艺术思维与创作心理中，具有中西文化的装备，充满着过去生活的形象记忆与情绪记忆，活跃着生活的场景、人物形象与心理体验，这些，又经过思想乳汁的哺育与酶化，产生了"意义"。而当他产生创作冲动时，他的这种艺术思维与创作心理便活跃起来，充满了、活跃着形象的飞舞翩跹、意象的象征性和现象的创造性。这才是真正的现实主义的、艺术性的思维与心理的活动和创造。而且，在这中间，还裹挟着、蕴藏有浪漫主义的思想与情意、象征主义的技巧与手法，以及现代主义的启示与通感。

李欧梵在论述鲁迅的"现代技巧"时，曾经概略地列举了《呐喊》各篇的要点：

> 仅仅把鲁迅各篇小说中的试验开列出来，就给人以十分深刻的印象。在《狂人日记》中他将日记形式转为几乎是超现实主义的文本，后来的各篇又进行了不相同的试验，

如人物描写（《孔乙己》和《明天》）、象征主义（《药》）、简短复述（《一件小事》）、持续独白（《头发的故事》）、集体的讽刺（《风波》）、自传体说明（《故乡》）、谐谑史诗（《阿Q正传》）。②

鲁迅就是这样，在《呐喊》中，以高层次的，与20世纪初世界新思潮和现代主义文艺思潮相通的现代思想、现代艺术思维与艺术技巧，创获了中国现代文学的现代性成果，为中国现代文学的发展奠定了坚实的基础，开辟了前进的道路。

《呐喊》以其远走在时代前列的现代文学成就，创建、传播了中国文化现代性的第一批杰出成果，为中国文化的现代化贡献了最初的奠基性成果。同时期，他还创作和发表了短小的随感录，后来发展成为成熟的杂文，一面进行了他自己所提倡的社会批评与文明批评，对旧社会、旧制度、旧文明进行了猛烈、尖锐、深刻的批判，一面又宣传和创建了新思想、新文化。这些思想、文化成果，同《呐喊》一起，以不同的作用方式，更全面、广泛地为中国文化的现代性创获，为中国现代文化的建设，奠定了最初的、坚实的基础。

经济-社会的现代化，是中国20世纪的民族母题、时代主题。而文化的现代化，则是它的前锋和反映，同时又是它的基础。没有文化的现代化和被现代文化所装备的人的现代化，就不可能有经济-社会的现代化。鲁迅毕生为之奋斗的总目标，就是创获中国文化的现代性和建设发展中国现代文化，他的主要贡献和贡献的主要意义，也就在于此。

【注　释】

① 《鲁迅全集·南腔北调集·〈自选集〉自序》："我做小说，是开首于一九一八年，《新青年》上提倡文学革命的时候的。这一种运动……无疑地是一个革命的运动。""我的作品在《新青年》上，步调是和大家大概一致的，所以我想，这些确可以算作那时的革命文学"。"这些也可以说是'遵命文学'。"

② 《华盖集·通讯》中，鲁迅写道："我想，现在的方法，首先还得

用那几年以前《新青年》上已经说过的'思想革命'。"

③"本文试图对比简略概述当前中西流行的两种差异极大的批评方法或倾向：其中一种我想用镜子来标志，另一种利用七巧板来标志。""中国批评家所专注的是反映在作品中的生活，而西方批评家则观照作品本身，不属于探究作品的'外部因素'。前者大致与韦勒克教授归类的外部研究相近，后者则近似于内部研究。"（杨周翰：《镜子和七巧板》，中国社会科学出版社1990年版，第23页）本书借此意而用之，并且进行"外部研究"和"内部研究"两个方面融会合一的解析。

④〔美〕华莱士·马丁：《当代叙事学》，北京大学出版社1990年版，第158—159页。

⑤⑥韦勒克·沃伦：《文学理论》，三联书店1984年版，第245、243、243页。

⑦参阅〔美〕系济安：《鲁迅作品的黑暗面》（载乐黛云主编《国外鲁迅研究论集（1960—1981）》，北京出版社1981年版。文中指出："丧仪、坟墓、死刑，特别是杀头，还有病痛，这些题目都吸引着他的创造性的想象，在他的作品中反复出现。多种形式的死亡的阴影爬满他的著作。有的出于一种难以捉摸的威胁，如《狂人日记》中死的想象的恐惧；……有的源于恐怖的现实，如《药》中被杀头的殉道者和肺病病人；还有《白光》中追求虚幻'白光'，终于淹死在湖里的老秀才；……至于《阿Q正传》中的'大团圆'，对一个无知的村民来说，死亡的来临或者倒有其幸运的一面。"（第373页）

⑧李欧梵：《铁屋中的呐喊》（岳麓书社1999年版）第81页："把'独异个人'和'庸众'并置"，"这一哲学思想出见于鲁迅的小说，是他小说原型形态之一。事实上，'独异个人'和'庸众'正是鲁迅小说中经常出现的两种形象。我们完全可以为他们建立一个'谱系'（genealogy），从而寻找出在鲁迅小说叙述的表层下面的'内在内容'"。

⑨《鲁迅全集·坟·娜拉走后怎样》。

⑩《鲁迅全集·热风·随感录三十八》。

⑪《鲁迅全集·坟·论睁了眼看》。

⑫德国现代哲学家海德格尔关于语言的论述，可供参考："'说'指显示，让出现，让被闻或被见到。""吾人开口说话时，获得发言权的不是语言，而是我们正在谈起正在论及的东西：一个事实，一起事件，一种问题，一桩关心的事业。"《人，诗意地安居——海德格尔语要》，上海远东出版社1995年版。

⑬ 鲁迅收在《热风》中的杂文《随感录三十八》中，列举了种种"爱国的议论"，揭示了"精神胜利法"的精义和具体言论："甲云：'中国地大物博，开化最早，道德天下第一。'这是完全自负。乙云：'外国物质文明虽高，中国精神文明更高。'/丙云：'外国的东西，中国都已有过，某种科学，即某子所说的云云。'这两种都是'古今中外派'的支流，依据张之洞的格言，'以中学为体西学为用'的人物。/丁云：'外国也有叫化子，——（或云）也有草舍，——娼妓，——臭虫。'这是消极的反抗。/戊云：'中国便是野蛮的好。'又云：'你说中国思想昏乱，乱到子孙，从过去昏乱起，直要昏乱到未来。……（我们是四万万人）你能把我们灭绝么？'这比丁更进一层，不去拖人下水，反以自己的丑恶骄人；至于口气强硬，却很有《水浒传》中牛二的态度。"（《鲁迅全集·热风》）。

⑭ 此处见鲁迅译文。见《鲁迅全集·且介亭杂文二集·〈中国新文学大事〉小说二集序》。

⑮ 以上引号中的文字，分别引自《鲁迅书信集·致许寿裳》《且介亭杂文二集·〈中国新文学大系〉小说二集序》《集外集·俄文译本〈阿Q正传〉序》等。

⑯ 张定璜：《鲁迅先生》，原载 1925 年 1 月 24 日《现代评论》第 1 卷第 7 期。

⑰ 引文见《鲁迅全集·〈呐喊〉自序》。

⑱《鲁迅全集·鲁迅书信集·致许寿裳》。

⑲《鲁迅全集·华盖集续编·〈阿Q正传〉的成因》。

⑳《鲁迅全集·鲁迅书集集·致刘岘》。

㉑《鲁迅全集·集外集·文艺与政治的歧途》。

㉒ 李欧梵：《铁屋中的呐喊》，尹慧敏译，岳麓书社，1999 年出版，第 64 页。

四、艺术之花如何绽开

《呐喊》：从生活到艺术

鲁迅的生平经历、人生阅历、教育历程；鲁迅的艺术思维与创作心理；中国——世纪的时代精神与文化语境状况。

鲁迅是一位大器晚成的作家。1918 年《呐喊》中的第一篇小说《狂人日记》发表的时候，他已经 38 岁了。他是带着充分的思想文化装备、生活储备与高层次的艺术素养，登上文坛的。特别是，他不仅已经具备了发展到很高水平的独特的艺术思维、创作心理，而且他的创作激发、人物形象酝酿，也已经相当长久、非常成熟。比如阿 Q 这个不朽的形象，就在他的心里活跃多年了。这些，对于一个作家创作的成功来说，是极为重要的。鲁迅的一鸣惊人，是水到渠成，决非偶然。因此，我们在历述、讨论了《呐喊》的各个方面之后，来追溯作家自身的种种状况，探索这朵民族艺术之花是如何绽开的，就显得非常必要。我们从中不仅可以了解鲁迅的生平、他的成长过程，而且还能大体知道一些文学创作的规律。这反过来，又对我们深入理解《呐喊》，会有很大帮助。

（一）"蚌病成珠"：在"从小康坠入困顿"的家庭中成长

　　鲁迅 1881 年 9 月 25 日出生于浙江绍兴。原名周树人，字豫才，小名樟寿。他的家族、家庭是绍兴一个叫作台门周家的望族。他祖父这一支是新台门周家。他出世时，家庭状况还可称小康：祖父在京城做官，担任翰林院撰修这样的职务，家有四五十亩水田。童年时光在家庭温馨和眼观世界中度过，智力和情感在其中增长发展，无知中建立着一个童年的，也为未来奠基的情感世界与理性世界。

　　他很爱看逢年过节的迎神赛会，有各种化了装的，装扮成许多神话、传说故事中人物的巡行表演。他还曾到外婆家安桥头，同农民的孩子一起游玩，享受到天真真挚、亲情友爱的温馨甜美，尤其是和小朋友们一同看社戏，看木莲戏。他最喜爱的是迎神赛会中的活无常和社戏中的女吊。

　　在同民间文艺的接触中，他喜爱并接受了中国传统艺术精神，接受了劳动者的思想情感，培育了审美情操，特别是培育了想象

名家解读中外文学名著书系

力，在自己心中潜移默化地构筑了一种想象中的鬼魂世界，也是活跃着具有鲜明个性、亲近人民的鬼魂的想象世界。这是鲁迅的艺术思维与创作心理的最早的积淀，是他日后的文学创作通向人民、通向中国传统最早建立的渠道。

他还接触了图画书，并由此走向绘画艺术和想象世界。在学校里他喜欢描画小说绣像，他爱读《尔雅音图》《毛诗品物图考》《点石斋丛画》《诗画舫》等有图画讲知识的图书。尤其在叔祖玉田公那里看到一本《山海经》，非常喜爱，后来保姆长妈妈给他买了一部，于是，这部虽然是讲地理知识却充满神话传说、充满幻想的书，把它又引入一个更丰富、更奇特、更有文化含量的想象的世界。无疑，这些图画，又把他带入一个更广阔更美好的想象世界，调动了他天真稚嫩的想象力，勾起他的更丰富的理想，训练了他最早的艺术想象力与创作力。

7岁（1888年）起他进了三味书屋读书。这是一个禁锢的世界，但也给他灌输了文化知识的甘泉。在这里留下的美好回忆，只是在先生读书入迷时画画儿了。他用一种叫"荆川纸"的，蒙在小说绣像上描画下来，积长久时日，《荡寇志》《西游记》的绣像，竟画了一大本。这同样培育了他的艺术思维和想象能力、艺术素质。

但是，这样美好的岁月，终于要结束了。这不幸日月的开始，是曾祖母的逝世。那年是1892年，鲁迅已经11岁。这年临近年终的时候，曾祖母去世了。为了遵从封建礼教的规定，在北京做官的祖父奔丧回家。

祖父向来脾气很不好，又为人耿介，直言快语。家中子侄辈都畏他几分。什么四七、五十等人都是台门不成器的东西。祖父常痛斥他们抽鸦片、游手好闲。不太平的空气弥漫在日渐衰落的新台门周家。

转年秋天，更发生一桩家庭地震似的大事件。祖父守孝在家，几位亲友子弟，包括后来也加进去的鲁迅父亲周伯宜在内，要参加乡试，托祖父通关节，不料事情败露。科场代人行贿，这在当时是司空见惯的，虽然一旦败露时会要严究。鲁迅祖父的事情却赶上了档口，光绪皇帝要表现励精图治，拿严惩这件科场舞弊案做样子，又加上主办此案的官员都是鲁迅祖父得罪过的人，他们从中做伐子，两面夹击，就给案犯一个"斩监候"的判决。

以后，祖父投案自首被关在杭州狱中，每年秋季等待问斩，要花许多银钱打点，才讨得一个"候斩"令，度过一年，明秋再照样行事。这样，家境就迅速衰落了。

在这种情形下，家里自然笼罩着愁云惨雾。鲁迅的父亲周伯宜因为父亲行贿下狱也有自己的一份罪责，心感愧疚；而自己的秀才功名也因此被革，家境又越来越坏，因此心情沮丧，脾气也变坏了。他又是喝酒，又是发脾气骂人，又是生病，后来竟因吸鸦片治病，久而上瘾。家庭的状况，更加悲切凄凉了。

在这种时候，作为长媳的鲁迅的母亲和作为长孙的鲁迅，感受到的苦痛忧伤，又是格外沉重的。在祖父案发时，鲁迅的父亲和鲁迅、作人兄弟都外出避难。鲁迅兄弟来到皇甫庄舅舅家。作人年岁小一点，悠游嬉戏，觉得是一件愉快的事；而鲁迅已经13岁了，感受到深深的苦痛，他到后来还记忆犹新，余痛尚在，回忆道："到我十三岁时，我家忽而遭了一场很大的变故，几乎什么也没有了；我寄住在一个亲戚家里，有时还被称为乞食者。"以后的事情，就更艰难、更苦痛，也更令人伤怀而所感所思良多了。父亲的病日渐沉重，鲁迅常常要忙于请医生、买药、典当，在药铺和当铺之间奔忙。母亲艰苦支撑家庭生活，父亲终于一病不起。族人中还有欺侮孤儿寡母者。人情冷暖，世态炎凉，其情其苦鲁迅深深地感受到，并被深深地刺伤了。他后来说："有谁从小康人家而坠入困顿的么，我以为在这途路中，大概可以看见世人的真面目。"看见世人的真面目，这是何等深沉的感叹！这就是说，他开始懂得社会、懂得人生了。这是一种人生觉醒。睁开眼睛看人世，并且获得了自己的视角、自己的感受、自己的思索。这对于一位未来的作家来说，是具有决定意义的。这成为他未来艺术思维与创作心理的坚实基础。

还有很重要的一点便是，这样的人生经历、这样的心境，很容易使他的心通向劳动人民，通向"病态社会的不幸的人们"。

少年时代，就在这样的以痛苦为基调的生活中，开始懂得人生、思索人生的境遇中，结束了。他完成了他的人生觉醒、艺术觉醒的最早而且最可贵的基础建构。海明威说过："痛苦的童年是作家最好的学校。"鲁迅不幸而拥有这样的童年，就读于这样的"作家学校"，而且所获丰厚。

一粒微尘落入蚌壳，使蚌染病，蚌以身体中特殊的汁液包裹它，一层又一层，最终却成了一颗光泽明亮的珍珠。"蚌病成珠"，这就是鲁迅童年的结论。

（二）碧落黄泉两茫茫：南京的革命洗礼与文化改塑

鲁迅17岁这一年（1898年），来到南京求学，进入江南水师学堂。第二年，又转入江南陆师学堂附设的矿路学堂。因为家境贫寒，只好上这样的不要学费的学校。但成长了的鲁迅，也是为了"逃异地，走异路，寻找别样的人们"才离开故乡来到南京的。

来到南京，鲁迅不仅是从一个县城来到了通都大邑，而且是从一个越府古城来到了六朝故都，文化的接触与熏陶，其广度、深度、气度和层次，都大不相同了。这是一种重要的文化转换。但尤其重要的是，他进了属于洋务运动范畴的新式高等学堂，学习从未见过的课程，如格致、地学、金石学（即现在的博物学、地质学、矿物学）等，还学习英语、德语。这就是学习西方近代自然科学与技术科学知识，也是学习不同于中国传统的自然科学世界观，同时也"顺便、夹带"地接受西方近代人文科学知识。还有重要的一点是，康有为、梁启超发动的维新运动此时正在兴起，新的书刊风行一时，《天演论》《时务报》《译学汇编》在新式学堂里都能读得到。这又在思想上、政治上、文化上开辟了一个新天地。尤其给鲁迅以巨大深刻影响的是赫胥黎著、维新派严复译述的《天演论》，"物竞天择"的规律、进化论的思想，给了鲁迅一个新的世界观基础，并且作为思考探寻正在维新的中华古国出路的指针。

鲁迅在南京的三个年头里，在思想正在走向定型的年岁里，进行了自觉的文化改塑，他具有了新时代、新的知识分子的文化-心理结构的雏形。

《呐喊》全新解读

（三）"翘首东云惹梦思"：日本"桥"上的文化接受

　　1902 年，21 岁的鲁迅赴日本留学，到 1909 年 28 岁时回国，在日本居留七年之久。这是他的非凡的年岁，是在一个民族的非凡的年代（从日本维新运动到中国辛亥革命的发展时期），在维新改革取得成功的异域他邦，孜孜以求、不倦学习、深入思索的七年。这也是一个伟大思想家、作家、文化大师，大致完成他的思想装备、文化储备和创作准备的七年。这期间，他还在思想文化论著方面初试锋芒，在翻译外国科学文化文艺作品方面倾注心血，并进行了中国现代文学运动的最早的"海外发动"。而且他还经受了失败的挫折、寂寞的考验。

　　初到日本，鲁迅先就读于属于语言培训的弘文学院。在短短的两年中，他除了学习、掌握语言工具，阅读大量报刊和哲学、历史、科学、文学等著作，来构建自己的新的知识结构之外，还编撰和翻译了不少论著。其中有《中国地质略论》《中国矿产志》《斯巴达之魂》《说钼》等；还翻译了法国著名科幻作家儒勒·凡尔纳所著《月界旅行》和《地底旅行》。从这些译著中可以看出，他当时的思想更多的是倾注于科学。

　　同时，他也像当时云集东京的许多留学生一样，"赴公馆，跑书店，往集会，听演讲"，参与当时的反清爱国活动。最值得注意的是，他这时候就常常和同学好友许寿裳讨论三个相关的重要问题：一、怎样才是最理想的人性？二、中国国民性中最缺乏的是什么？三、它的病根何在？也就是在这个时期（1902 或 1903 年）他写下了那首著名的《自题小像》诗："灵台无计逃神矢，风雨如磐黯故园。寄意寒星荃不察，我以我血荐轩辕。"他的这首献身诗和所研究的三个问题，表明他抱着一腔爱国热血，意欲献身祖国；他所注目属意的，不是当时多数留日学子所热衷的警察法政、声光化电，以为"黄金黑铁足以救中国"。他注意的是民族本体，是人的素质。

　　正因如此，他决定到仙台医学专科学校去学医，原因是想学日本民治维新的做法，用新的医学来推动维新运动；同时，平日用新医术来救治像他父亲一样被庸医害死的人，战时就去当军医。这种想法，总体上还是处于科学救国的范畴，但他的着眼点是人这个根本。这是鲁迅的深刻处。

在仙台医专，他的学习成绩本算中等，可以继续学业；但是，那个著名的"幻灯片事件"，改变了他的救国抉择和人生方向。有一天在课堂上，老师为了利用剩余的课时，放映了一部幻灯片。《〈呐喊〉自序》中说：

> 其时正当日俄战争的时候……我竟在画面上忽然会见我久违的许多中国人了，一个绑在中间，许多站在左右，一样是强壮的体格，而显出麻木的神情。据解说，则绑着的是替俄国做了军事上的侦探，正要被日军砍下头颅来示众，而围着的便是来鉴赏这示众的盛举的人们。

这很使鲁迅震惊而伤感，并且得出思索的结论：原来人的身体强壮与否倒是次要的，重要的是去除愚弱，去了那"看客态度"，否则"只能做示众的材料和看客"。因此，第一要务就是改变他们的精神。怎样来改变呢？"而善于改变精神的是，我那时以为当然要首推文艺，于是想提倡文艺运动了"①。

于是，鲁迅于7月离开仙台医专，停止学医，来到东京从事文艺运动的发动和实际工作。他更为广泛而有目的地研习欧洲的思想、文化、科技，研究19世纪到20世纪初的思想文化思潮。为了更好地学习欧美和俄罗斯思想文化科学知识，他学德语、学俄语。如果说，以前他偏重于自然科学，那么，现在他明显地偏重于社会科学，特别是人文科学，更侧重于文艺了。在文学方面，他更注目于欧美浪漫主义，更倾向俄国和东欧被压迫民族的作品。同时还与几位同学一起，听革命家、国学大师章太炎讲小学（即文字学）。在此时期，他还结识了辛亥革命的骁将徐锡麟、秋瑾、王金发、陶成章等，并且参与了他们的活动。

他的文艺运动的第一步，是与弟弟周作人和另外几个朋友筹备出版《新生》杂志，刊名取"新的生命"的意思。后来因为经费和人手两缺，夭折了。于是他同弟弟作人合译了收有英、美、法、俄、波兰等国作家的小说 16 篇和其他作品的《域外小说集》一、二两集。鲁迅这时的筹办文艺杂志和翻译外国小说并结集出版等活动，可以说是中国现代文学的第一次自觉的尝试和海外发动。但是，他们的活动距离五四新文化运动发起还差八九年，条件还不够成熟。走在前列的进军，只能遭到如入生人之境一样，无人赞成也无人反对，"如置身毫无边际的荒原"，他不能不感到悲哀和寂寞。

但他并没有停步在荒原。他花力气撰写了几篇论文，计有《人之历史》《科学史教篇》《文化编至论》《摩罗诗力说》《破恶声论》（未完）等。他广泛、全面、深刻地论述了西方近现代文化、科学、文学的发展状况与重要思潮的演变轨迹，论证了文学对于一个国家民族的复兴振拔的巨大作用，并且以热情和至诚，揭示了中国的荒凉寂寞，呼唤诗人哲士、精神界战士之出现。但是，他的这些论文，在当时由于与上述《新生》失败、《域外小说集》遭冷遇同样的原因，并没有引起太大的注意。鲁迅心头，应该是感到同样的悲哀和寂寞吧。然而，这些文章却成为最宝贵的历史文献和重要的思想文化资源，而受到后世和今天的研究者和读者的珍爱与重视；并且我们今天仍然能从中取得有益于今世社会-文化发展的有益的启示。

在遭到这一系列的失败和冷遇之后，鲁迅还曾同朋友计划过几件小事，都失败了；又曾计划去德国，也失败了。这时候，正好母亲及已经在日本结婚的周作人，都需要经济帮助，鲁迅便拾篚买舟，辞别在此生活了七年之久，并奠定一生思想文化基础的日本，回到久别的祖国。

（四）回顾古代，沉潜思索：辛亥革命的沉痛刻痕

1909 年 8 月，鲁迅回国，先在杭州浙江两级师范任教，讲授生理学和化学，担任日籍植物学教授的翻译。课余，开始进行《古小说钩沉》和《会稽郡故书杂集》的辑录整理工作。

次年（1910 年）7 月，他辞去浙江两级师范的职务，应蔡元培的邀请，回故乡任绍兴府中学堂学监（教务主任）兼博物学、

名家解读中外文学名著书系

生理卫生学教员。这时，他开始了搜集、整理、研究古文物的工作，亲自拓印石刻碑文。8月，辞职。

10月10日，武昌新军起义成功。

1912年3月中旬，到新成立的南京政府教育部工作。4月，随教育部迁北京。从1912年开始，到1918年创作《狂人日记》时为止，共计六年时间，习惯上笼统地称为鲁迅的沉默期。但事实上，这六年时光中，鲁迅的思想，在总体沉默中是不断在发展变化的。

鲁迅这时期抄古碑、读佛经、辑古籍，是研究思想史的规律、探寻人生的意义，是要从"古泉"中寻取新源。他的重点与方向，一个是古代小说，他认为小说出于稗官闾里，是"国人所白心""思士之结想"，反映了国民之心声、民族之精神；另一个则是反映故乡"俊贤之名，言行之迹，风土之美"的故书，它可以使后人"不忘于故"，继承这种积极的古代文明精神。还有则是《嵇康集》，嵇康是鲁迅称之为"文学的自觉时代"的魏晋名士，具有反传统、反世俗的反抗精神的代表。同时，还开始大量收集汉画像拓本，注意到向不为人所重视的碑文头上的雕像。这都是具有朴质雄浑气势和极高艺术价值的作品。总之，鲁迅的这种回到古代去，正是在发掘、整理中国古代文化精神的积极方面，为尔后的民族文化、民族精神的重塑与建设做扎实的工作。

1916年以后，国际国内的形势不断变化，鲁迅的精神生活也发生着变化，是一种"逐渐从沉默中抬起头来"的向上的、积极的趋势。他寄《青年》杂志、《新青年》给弟弟周作人、好友许寿裳，表现了对于新文化运动的热情与关注；他与教育部同事共同上书当局，反对"祭孔读经"；他从日本购读《露国（即俄罗斯）现代之思潮及文学》《文艺思潮论》等著作，表现了对于国外文学思潮的关注。这一切，都为他被钱玄同（金心异）的一击而爆发的行动准备了条件。

"山雨欲来风满楼"。中国社会新文化运动之风已经"满楼"，山雨即将来临。鲁迅心中也已是风满楼、雨欲来了。

不久，钱玄同来约稿；他同意写，便创作了《狂人日记》，从此一发而不可收。

（五）伟大战士、文化大师民族魂：《呐喊》以后的岁月

前面主要为了追溯鲁迅创作《呐喊》的时代背景、社会状况、历史条件，而追述鲁迅本人生平经历和思想发展历程。我们简述了他从出生到 1918 年《狂人日记》发表前的人生历程与思想脉络，以及艺术思维、创作心理的发生、发展过程。现在，姑且放下这条线索，而简述鲁迅在《呐喊》出版之后的生活历程，以对鲁迅生平有一个全面的了解。

在鲁迅发表了小说《狂人日记》《孔乙己》之后的 1919 年，5 月 4 日，学生在天安门集会，示威游行，要求军阀政府拒绝在丧权辱国的巴黎和约上签字，惩办卖国贼。著名的五四运动爆发，为中国的民主革命和社会发展开辟了新的道路。中国的经济、政治、文化从此全面走向现代化之途。新文化运动也更加蓬勃地向前推进。

但是，1921 年，运动高潮刚刚过去，新文化阵营就发生了分化。与此同时，反动军阀统治，反对改革、主张保存国粹的文化保守主义派，一个压制、一个反对新文化运动的发展。鲁迅一直坚持五四精神，继续主张思想革命，勇猛地向反动势力及其文化代表展开斗争，向文化保守主义进行论争。

《呐喊》出版之后，鲁迅成为著名的作家、文坛公认的泰斗。同时，他又在北京大学、北京女师大和世界语学校等校任教，讲授中国小说史课程，后来出版学术著作《中国小说史略》。这是他多年辑录、研究古小说的理论成果，是中国第一本小说史，其学术成就独步当时学术界，而且至今仍为人们所重视。他以他的作品，以他在大学校园里的影响，以他对文学社团、文学青年的关怀和支持，受到广泛的欢迎。他的思想和人格更加受到青年人和各界人们的崇敬。"思想界的权威""青年导师"是人们发自内心的赞颂。他的家是当时文学青年和青年学生乐于访问的作家与教授之家。

1924 年 11 月，北京女子师范大学发生了驱逐校长杨荫榆的"驱羊运动"，遭到压制，学生的反抗更加激烈。鲁迅与许多教授

名家解读中外文学名著书系

热情支持学生的教育改革、文化进步的行动。虽然因此遭到教育总长章士钊的免职，但他仍不退却。

1926 年，发生了"三一八"惨案。起因是学生反对日本侵略者和各帝国主义国家的侵略胁迫行径，要求政府采取有力对策。但学生的爱国行动竟遭到军阀政府的镇压，死伤 200 余人。女师大的学生刘和珍、杨德群等，也牺牲在枪林弹雨中。段祺瑞执政府密令严厉惩办李大钊等五位运动领袖，并传出通缉名单，包括鲁迅在内的 50 多名教授、学者、文人名列其中。鲁迅不得不离家避难。但他在斗争、流离中仍然写出一篇篇杂文，揭露、抨击、批判反动军阀统治及其帮忙帮闲文人。他称 3 月 18 日这一天是"民国以来最黑暗的一天"。他写了《记念刘和珍君》这篇挚情深沉的名文。他指出："真的猛士，将奋然而前行。"鲁迅的斗争杂文的揭露与批判力量和他在青年中的崇高威望与思想导师的地位，使军阀统治更加畏惧与痛恨。

由于军阀统治压迫的强化，而革命的中心在南方，同时，还因为与许广平的恋情，使他必须冲破守旧社会舆论的影响和封建礼教的束缚。鲁迅接受了厦门大学的聘请，于 1926 年 8 月与许广平一同离京南下。

从 1918 年到 1926 年这八年中，是鲁迅创作最旺盛、最丰收的时期。他在文学领域（小说、诗歌、散文、散文诗、杂文，诸多新文学体裁与艺术形态）可说是全面地展开，为新文学奠定了坚实的基础，开辟了前进的道路，为中国文学的现代性创获奉献了最优秀的成果和典范之作。同时，他还翻译了大量的外国文学创作、文学理论作品，为中国现代文学吸取异域佳果的营养，为中国现代翻译文学的创建与发展，筚路蓝缕，做了开辟道路和实际示范的工作。在学术研究领域，也为中国现代学术的建设与发展作出了巨大贡献。一部《中国小说史略》，至今辉耀学坛。

这期间，他创作了后来收在《彷徨》中的 11 篇短篇小说。其中《祝福》《孤独者》《伤逝》等均是不朽之作。他这时期所写的杂文后来结成杂文集出版的，计有《热风》、《华盖集》、《华盖集续编》和《坟》中的杂文。他还写了 23 篇散文诗，后来结集为《野草》出版。这是中国散文诗最早的作品，是艺术成就最高的作品，也是中国现代文学全部作品中最具有现代性，能与当时世界现代主义开山作品沟通媲美的杰作。

鲁迅在这个时期所写的杂文中，对封建军阀统治进行了公开的无情的挞伐和批判，对尊孔读经、提倡封建礼教的思想逆流也进行了深刻的无情的批判，并且进行了他所说的"挖祖坟"的工作。对于那些保存国粹、反对文化革新的文化保守主义者，也开展了原则的论争。特别是，他这时期所写的杂文中，用理论的、逻辑的、批判的语言，表述了《呐喊》中的小说用形象呈现和表达的思想、观点、观念。

在《热风》中，他主要以短小精悍的随感录提倡改革，批判守旧保守和落后的社会现象。

收在《华盖集》及其续编中的文章，已经从"随感"发展到杂文了：产生了一种新的文体，它更贴近现实，面对当面之强敌，也更展开、更深入、更尖锐，具有更丰富、深厚、精锐的思想和文化内涵。

他指出："不能革新的人种，也不能保古"，他号召："世上如果还有真要活下去的人们，就先该敢说，敢笑，敢哭，敢怒，敢骂，敢打，在这可诅咒的地方击退了可诅咒的时代！"他指出："我们目下的当务之急，是：一要生存；二要温饱，三要发展。"②他总结中国的历史说，它总是两种时代的循环："一、想做奴隶而不得的时代；二、暂时做稳了奴隶的时代。"他指出："而创造这中国历史上未曾有过的第三样时代，则是现在的青年的使命！"③他分析、解剖中国传统的社会与等级的制度是"有贵贱，有大小，有上下，自己被人凌虐，但也可以凌虐别人；自己被人吃，但也可以吃别人。一级一级的制驭着，不能动弹，也不想动弹了。"④这样的社会，这样的民族，是不能前进的。因此，他批判地指出："所谓中国的文明者，其实不过是安排给阔人享用的人肉筵宴，所谓中国者，其实不过是安排这人肉筵宴的厨房。"⑤因此，他在《灯下漫笔》中号召：

　　这人肉的筵宴现在还排着，有许多人还想一直排下去。扫荡这些食人者，掀掉这筵席，毁坏这厨房，则是现在的青年的使命。

这些杂文，对中国传统社会制度与文明进行了尖锐深刻的批判。而且，我们看到其中有在《呐喊》中的小说所表达的思想、主题。这是鲁迅用杂文的形式，直白地说出来的。这些杂文，可以说就是《呐喊》中小说的注解和诠释，它们互相依存，相得益彰。

在这两年中，在鲁迅的生活中，还发生了两个重大事件：一是由于弟媳羽太信子的挑唆，鲁迅与弟弟周作人决裂；二是与学生许广平的爱情。这两件事，对鲁迅的生活、思想、创作影响至深。不过，从"历史的结算"上看，前者的后果是，他失去了自小"兄弟怡怡"的作人，失去了大家庭的欢乐，内心留下永恒的痛楚和不灭的伤痕；但周作人却如许寿裳所说："失去了乃兄的帮助"，这不能不说是他后来沦为汉奸的外在重要因素之一。后者，则使鲁迅摆脱封建不幸婚姻的痛苦，获得许广平的真情挚爱，得到此后十年的幸福生活。

鲁迅在厦门只停留了四个月，就因为与校方意见不同和感到环境不适于己，同时许广平在广州，广东又已成为新的革命中心，于是便于 1927 年 1 月，就任广州中山大学教务长兼文学系主任。1927 年 4 月，国共分裂，广州发生了"四一二"反革命政变，国民党大肆逮捕、关押以至屠杀共产党员和进步学生，鲁迅因营救无效，愤而辞职，在广州暂住。在经过多方考虑之后，终于决定与许广平同赴上海。10 月，到达上海后，他婉拒了多所大学的聘请，决定以写作为生，做在风沙中搏斗奋击的战士，而不当能过安稳生活、享平静安详之福的学者教授，从此定居上海，直至逝世。

厦门—广州时期是一个思想与生活以及创作的重大转折期、过渡期。这时候的战斗与思想，都记录在《而已集》《三闲集》这两部杂文集中。

定居上海的十个年头（1927 年 10 月—1936 年 10 月），是鲁迅斗争最辉煌、思想更发展、创作达到新高峰的时期。中国社会与中国革命在这十年中，都经历了迅猛的变化、艰苦卓绝的斗争和广阔深入的发展。十年中，由于日本侵略者向中国南北大举进攻，而国民党则实施对外妥协退让，"攘外必先安内"的政策，抗日救国成为中华民族生死存亡的第一主题。文学的文化的斗争的发展，也以这一主题为不二母题。鲁迅在这时期，除了几篇历史小说的创作和对新文学、新艺术事业以及新一代文学艺术家的推进、支持、扶植之外，他的创作活动以杂文为主体。他以犀利的杂文，揭露、批判日本侵略者，揭露国民党反动派及其妥协投降政策，揭露反动统治对坚决发动全民进行抗战的中国共产党和其他爱国进步团体的压迫与杀戮。同时，对于国民性的批判也在同现实生活、日常思想行为和社会风情等的结合中，进行了深刻的揭示与批判。特别对于中国当时唯一的现代都会上海所表现出来的，在封建传统基础上，加上买办洋奴"新料"，接受外来影响而形成的现代病症，新的"中国现代国民性"，也给予了及时的深刻揭露与批判。正如他自己所说，"杂文"有时确很像一种小小的显微镜工作，也照秽水，也看浓汁，有时研究淋菌，有时解剖苍蝇。⑥

他的杂文，确实是"对于有害的事物，立刻给以反响或抗争，是感应的神经，是攻守的手足"⑦，"是匕首，是投枪，能和读者一同杀出一条血路"⑧，在总体上，真正是"'中国大众的灵魂'，现在是反映在我的杂文里了"⑨。而且，他的杂文是形象思维与逻辑思维的高度结合，是思想与艺术的完美统一，"它也能给人愉快和休息……它给人的愉快和休息是休养，是劳作和战斗之前的准备"⑩，具有高度的审美素质与价值。

鲁迅的后期杂文集，主要有《二心集》《南腔北调集》《伪自由书》《花边文学》，《且介亭杂文》一集、二集，末编。关于鲁迅后期的杂文，有一位学者的评论尤为精当。他说：

过去我最喜欢的是《热风》和《坟》，喜欢那种对于中国文化猛烈而庄严的批判乃至宣判；而对于后来那种卷入具体人事的笔战文章却略有微词，认为它们不免有些琐碎和不值得。这次阅读印象恰恰反过来，觉得那些笔战才更有人气和烟火气，才更真实因而也更深刻，反是早期那些面对整个文化作战的文章相比之下稍嫌浮泛了。一个大抱负者如鲁迅能不惜一身而卷入身边的人事之中，在最日常、最细微的事件中为自己的信念而斗争，不嫌敌人的渺小，这才真正称得上是得道之人，这里面我甚至觉得有几分禅机。⑪

在这最后的十年中，鲁迅以他的思想光芒、创作成就、斗争业绩，以及在进步的、革命的、先进文学艺术和文化事业发展上的巨大贡献，自然地成为全国公认的文化界的领袖与导师，他的思想言论和事业，导引和影响着广大群众。

1936年10月19日，鲁迅逝世。上海各界举行了自发的、隆重的祭奠与葬仪。全国各地与世界主要国家的报刊，登载了大量文电悼念，追述、评论他的伟大人格与伟大贡献。上海民众以书写了"民族魂"三字的旗帜，覆盖在他的棺木上。这是对他的最崇高、最恰当的评语。

【注　释】

① 《鲁迅全集·〈呐喊·自序〉》。
② 《鲁迅全集·华盖集·忽然想到（六）》。
③④⑤ 《鲁迅全集·坟·灯下漫笔》。
⑥ 《鲁迅全集·集外集拾遗·做"杂文"也不易》。
⑦ 《鲁迅全集·且介亭杂文·序言》。
⑧⑩ 《鲁迅全集·南腔北调集·小品文的危机》。
⑨ 《鲁迅全集·准风月谈·后记》。
⑪ 李书磊：《杂览主义·读鲁心史》，中央编译出版社，1996年出版，第109页。

五、《呐喊》：历史的解读、诠释与当代阅读

历来人们怎么解读《呐喊》，形成了怎样的诠释框架与体系？对《呐喊》中的不朽典型、艺术形象如何认识，怎样评价？当代社会如何接受《呐喊》？对《呐喊》的比较研究与比较文学研究。

《呐喊》在几十年的被阅读的历程中，经受着读者接受过程的考验，从它固有的"含义"中，被不同时代、不同历史条件下的不同读者群创造出不同的意义来。探讨这种垂直-历时性接受的过程，对于深入了解《呐喊》具有重要的价值。

（一）"疯子领我们走向光明"（五四时期的接受与诠释）

　　《狂人日记》一发表，立即受到当时还不很发达，也还不十分自觉的文学评论的注目与好评。新文学运动中的活跃人物、被胡适称为"只手打倒孔家店"的骁将吴虞，看了《狂人日记》之后，就写了一篇专文——《吃人与礼教》，指出："我觉得这日记把吃人的内容和仁义道德的表面，看得清清楚楚。那些戴着礼教假面具吃人的滑头伎俩，都被他把黑幕揭破了。"[①]青年大学生傅孟真，在他的《一段疯话》的评论中写道：

> 　　……又譬如鲁迅先生所作《狂人日记》的狂人，对于人世的见解，真个透彻极了；但是世人总不能不说他是狂人。哼哼！狂人，狂人！耶稣、苏格拉底在古代，托尔斯泰、尼采在近代，世人何尝不称他做狂人呢？但是过了些时，何以无数的非狂人，跟着狂人走呢？文化的进步，都由于有若干狂人，不问能不能，不管大家愿不愿，一个人去辟不经人迹的路。……疯子是乌托邦的发明家，未来社会的制造者。……
> 　　中国现在的世界，真是沉闷寂灭到极点了；其原因确是疯子太少。疯子能改换社会……
> 　　…………
> 　　我们最当敬崇的是疯子，最当亲爱的是孩子。疯子是我们的老师，孩子是我们的朋友。
> 　　我们带着孩子，跟着疯子去——走向光明去。[②]

名家解读中外文学名著书系

这是在社会-历史的政治层面上解读了《狂人日记》，正确地指出了它的直接批判封建礼教的锋芒，也肯定了"狂人"的"未来制造者"的价值，并将"狂人"的存在同耶稣、苏格拉底、托尔斯泰、尼采联系起来，认定他在人类文化进步上的意义，指出我们应当崇敬疯子，跟着疯子走，去创造未来的光明。这一解读，几十年来一直为人们所接受、认可，并以之为诠释的基础。

《阿Q正传》才发表了四章时，《小说月刊》编者雁冰（茅盾）即作出了最早的中肯的评价。他写道：

> 至于《晨报附刊》所登巴人先生的《阿Q正传》虽只登到第四章，但以我看来，实是一部杰作。阿Q这人，要在现实社会中去实指出来，是办不到的；但是我读这篇小说的时候，总觉得阿Q这个人很是面熟。是呵，他是中国人品性的结晶呀！我读了这四章，忍不住想起俄国龚伽洛夫的oblomou了！（现通译冈察洛夫的奥伯洛莫夫——引者注）而且阿Q所代表的中国人的品性，又是中国中上社会阶级的品性！细心的读者！你们同意我这话吗？③

雁冰这一段话，意义很丰富。他是鲁迅的第一个真正知音。首先他品味出了《阿Q正传》的"讽刺"背后的深沉的内容，不是一般搞笑逗人的滑稽之作。但更重要的是，他体察到了作者的真实的、具有深意的用心：阿Q是中国人品性的结晶；作品是写中国人的魂灵的。而且，他没有狭隘地依照作品的表层意义，将"阿Q精神"固定在一个流浪雇农身上，不只把这种"中国人品性"看作是穷苦人身上的痼疾，却看出这"又是中国中上社会阶级的品性"，即民族的通病。这种评论表现了他眼光的锐利，见解的通达深刻。同时，他还指出了"文学典型"和"现实人物"的区别，我们不能在现实生活中找出一个阿Q来。艺术典型是现实的更集中、更高、更完全、更突出，甚至变形的表现。这种审美的观念和批评原则，在20世纪20年代初，还不是社会上普遍具有的。雁冰之所见，远高出当时一般审美水准。

雁冰的评论发表后不久，北京的《晨报副刊》上，又发表了仲密（周作人）的评论。他首先肯定"《阿Q正传》是一篇讽刺小说"。这一论点，是在新文学理论的基础上，把"讽刺"纳入审美范围中，来加以评价与论证的。

接着，作者还指出，对于恶的"揭发"，就是相对应地"扶植一种美"；热烈燃烧的心，在反对邪恶时，那"热"就是融化在"哀怜与恐惧"里，这就变成"冷"了。这种"在善人里表出恶的余烬，在恶人里表出善的微光"，"只有真伟大的写实家才能够做到，不是常人所能企及"。周作人关于讽刺文学的论述，对于论定《阿Q正传》的性质与价值，对于《阿Q正传》的正确解读与诠释，很有指导意义。他确定了"因袭的讽刺文"与"理智文学"中的讽刺文学的区别。前者是消极的、伤感主义的、冷的，止于嘲骂、讥刺、谴责；而后者则是积极的、理想的、热的，是通过揭示恶而扶植善，冷产生热的结果，憎里面含爱，"在嫌恶卑劣的事里鼓舞我们去要求高尚的事物"。而当时中国"昏迁的社会"，最需要的正是这种理性的、热的、爱的讽刺文学，用讽刺之刺去刺激、去惊醒，去启迪善、热、爱的产生与追求。

作者接下来的论述更为重要，也更为可取。他把鲁迅的讽刺艺术所要表达的意见、情感、理想等，特别是它的根本之点，明确而正确地指出来了。他这样写道：

> 阿Q这人是中国一切的"谱"——新名词称作"传统"——的结晶，没有自己的意志而以社会的因袭的惯例为其意志的人，所以在现社会是不存在而又到处存在的。
>
> ……阿Q却是一个民族的类型。他象神话里的"众赐"（Pandora）一样，承受了恶梦似的四千年来的经验所造成的一切"谱"上的原则，包括对于生命幸福名誉道德各种意见，提炼精粹，凝为个体，所以实在是一幅中国人品性的"混合照相"，其中写中国人的缺乏求生意志，不知尊重生命，尤为痛切，因为我们相信这是中国人的最大病根。④

这里指出了阿Q是一个民族的类型，是中国人品性的"合照"，

名家解读中外文学名著书系

他的这种性格是中国一切传统的结晶,承受了四千年经验所造成的规则,形成了中国人最大的病根。并列举这病根、品性、传统、"谱"的主要表现是:缺乏求生意志,不知尊重生命等。他还进一步指出,这种揭露、这种讽刺,表现了小说作者对这一切传统、病根的"不客气地表示的憎恶",这是给中国社会的一服苦药。这些评论都是颇为深刻、颇有见地的,符合《阿Q正传》的实际和鲁迅的创作宗旨与创作心理。这一切,表现了当时中国人对《阿Q正传》的民族性解读与接受的基本认识、基本态度。这是一种公众性的民族阅读,是对于一个民族文本、民族寓言的解析。五四时期的中国对《阿Q正传》的民族解读,只能如此。这是当时新文化运动中,批判传统,反对旧文化、旧道德、旧制度,对民族的历史、性格都进行民族性反思的时代,所必然产生的阅读热点、理解热点。这表现出社会现实——文学创作——文学评论(社会解读—诠释—接受)的一致性。

这一评论,成为以后几十年对《阿Q正传》解读—诠释的起点与基础。

周作人文中还指出一个值得注意的观点,他指出,在《阿Q正传》中,"著者本意似乎想把阿Q痛骂一顿",但是,写着写着,"临了却觉得在未庄里阿Q却是唯一可爱的人物","比别人还要正直些",然而,却"终于被'正法'了"。周作人评论说,这正如托尔斯泰评论契诃夫所说的:"他想撞倒阿Q,将注意力集中于他,却反倒将他扶起了。"他总结说:"这或者可以说是著者的失败的地方。"这里,值得注意的是,揭示了一种艺术创作的规律,小说作者原意是痛骂、撞倒阿Q,但是,创造成功的艺术典型,被创造出来之后,便具有了独立的人格,具有自己行动的规范,他按照自己的性格与意志在小说所创造的世界里行动,而不听作家主观的摆布。阿Q就是这样行动的。这说明他是一个作家创造得极为成功的典型,具有了自己的独立的人格与性格。同时,鲁迅对于自己笔下的阿Q,虽然是痛其落后、愚昧,而予以深刻的揭露、尖锐的讽刺、猛烈的批判,但内心又是热爱他的,看到他正直的一面,他比未庄的人们更好的一面。这一切,证明了鲁迅的深刻的、充分的现实主义精神。《阿Q正传》的成功,阿Q

这个形象的成功，都是现实主义的重大胜利。至于说"这是著者的失败"却不恰当，最多只能说在目的是要"撞倒阿Q"得到的结果却是"扶起"这样的主客观背离上，是失败了吧。可惜，在以后几十年的解读与诠释中，人们并未注意这一艺术规律的发现，更未予以发展、充实。

1922年，胡适著《五十年来之中国文学》一文，其中特别写道：

> 第二，短篇小说也渐渐的成立了。……但成绩最大的却是一位托名"鲁迅"的。他的短篇小说，从四年前的《狂人日记》到最近的《阿Q正传》，虽然不多，差不多没有不好的。⑤

这篇文章，把《阿Q正传》等小说放在1872—1922年这半个世纪，包括政论文、学术论著等在内的广义的文学概念的范围里来作评价，而作出了"差不多没有不好的"的结论。这反映在《呐喊》出版前夕，它在中国近代——现代文学史上的地位，便已经由一位新文化运动的健将、历史学家予以论定了。

从1923年8月《呐喊》出版后到1925年，文化界评论界对《呐喊》和鲁迅，发表几篇重要的总体性的评论。它们较之前一时期的解读与诠释，更详细了，更展开了，也有了新的论证、新的评价。总括起来，这些评论有三个方面的内容。

（1）除了肯定前期评论中对几篇重要小说的评论外，对《呐喊》中的小说，对鲁迅的创作，作了总体性概括性的评价与论定。雁冰在《读〈呐喊〉》中评论说，看了《狂人日记》"只觉着受着一种痛快的刺戟，犹如久处黑暗的人们骤然看见了绚丽的阳光"，"中国人一向自诩精神文明第一次受到了无赖的怒骂"，"传统的旧礼教，在这里受着最刻薄的攻击，蒙上了'吃人'的罪名了"。《孔乙己》《药》《明天》《风波》《阿Q正传》等作品，"都是旧中国灰色的人生的写照"，"尤其是出世在后的长篇《阿Q正传》给读者难以磨灭的印象。现在差不多没有一个爱好文艺的青年口里不曾说过'阿Q'这两个字。……我们不断在社会的各个方面遇见'阿Q相'的人物，我们有时自己反省，常常疑惑自己心中也免不了带着一些'阿Q相'的分子"。雁冰甚至指出："我又觉得'阿Q相'未必全然是中国民族所特具。似乎这也是人类普遍弱点的一种。至少，在'色厉而内荏'这一点上，作者写出了人性的普遍的弱点来了。"⑥

署名"Y生"的在《读〈呐喊〉》中说："近年文艺界中，……有独树一帜特殊作，收效最大，最受我们满意之作，就要首推一位化名'鲁迅'君新近出版的《呐喊》了。"又说，《呐喊》中许多篇作品，"多为赤裸裸的写实，活现出社会之真实背景"。他总结性地写道："因此，我觉得《呐喊》确是今日文艺界一部成功的绝好的作品。有左右文艺思潮倾向的魔力，其中正因他有'特殊的面目与不朽的生命力的存在'。"⑦

杨邨人在《读鲁迅的〈呐喊〉》中，将它与《水浒》《儒林外史》相比，认为"谓之差不多，大约也就没有什么语病罢"⑧，则是把《呐喊》纳入古典小说系列，在比照中论定它的成就。并且还指出："鲁迅小说，却可说是在那沉寂的文坛中，零碎不续的所听见的惊人的声响。""对于中国民族性的弱点，特别地描写得十二分的真切。"⑨

（2）将《呐喊》中的主要篇章，作为辛亥革命的文学反映，来予以肯定。雁冰在《读〈呐喊〉》中指出："中国历史上的一件大事，辛亥革命，反映在《阿Q正传》里的，是怎样叫人短气呀！乐观的读者，或不免要非难作者的形容过甚，近乎故意轻薄'神圣的革命'，但是谁曾亲身在'县里'遇到这大事的，一定觉得《阿Q正传》里的描写是写实的。""我们现在看了这里的七八两章，大概会仿佛醒悟似的知道十二年来政乱的根因罢！"Y生在《读〈呐喊〉》中也说，《头发的故事》《风波》《白光》《孔乙己》《阿Q正传》等作品，"描写辛亥革命时，下级社会人的心理，与科举的余毒，为最深刻"。杨邨人在《读鲁迅的〈呐喊〉》中评论《风波》时指出："大概是因为思想张勋复辟的往事，……所以这篇的价值，便是在表现张勋复辟，那时民间的心理，真实而且确切。"⑩

（3）注意到鲁迅在《呐喊》中所表现出来的，对于群众落后和由此而来的悲观。雁冰在《读〈呐喊〉》中用了不太肯定的语气，指出这一点："鲁迅君或者是个悲观主义者"。接着又说，在《端午节》里表现了"比较的隐藏的悲观"，而"差不多说"，"就是作者所以始终悲观的根由"。"而且他对于'希望'的猜疑也更深了一层。"鲁迅的学生，也是鲁迅不少作品的催生者与编者的曾秋土（孙伏园），在《关于鲁迅先生》中，表示他认为《药》是给他印象最深刻的作品，他写道：

> 你要吃群众的肉，群众便为你祝福；你要为群众求福，群众便吃你的肉。这是人类的大悲剧，大概一辈子没有明白的日子的了。文学上描写这一点的也有过好几回，例如屠格涅夫的《工人和白手的人》，而鲁迅先生的《药》尤其是带了中国人的特色的。鲁迅先生对于世界，对于人类，对于中国，似乎都很悲观。……所以《药》有永远的价值，也是人们永远说不出的悲剧。

　　（4）对《呐喊》中的各篇作品进行细读，作了比以前更为细致的艺术思维与创作技法方面的分析。对总体上的风格与具体作品的格调，都进行了一定的分析。雁冰在他的《读〈呐喊〉》中，总体概括说："在中国新文坛上，鲁迅君常常是创造'新形式'的先锋：《呐喊》里的十多篇小说几乎一篇有一篇新形式，而这些新形式又莫不给青年作者以极大的影响，必然有多数人跟上去试验。"他还指出，《狂人日记》"冷隽的句子，挺峭的文调，对照着那含蓄半吐的意义，和淡淡的象征主义色彩，便构成了异样的风格"。1923 年出版的《小说年鉴》，对《呐喊》的作品几乎逐篇予以点评。如点评《兔和猫》："这是一页进化论的缩写。作者的小说，向来理智胜于热情，所以冷酷的、明晰的批判，充满了篇幅中间。"称赞《不周山》说："这是一篇带有象征意味的作品。""丰富的想象，和得力的描写，处处可以显出他的创作的天才。"评论《白光》时指出："篇中的陈士成当然是旧思想的代表。"认为上半篇有些像《儒林外史》，"但是深刻的心理解析，和冷刺的口吻，又毕竟和《儒林外史》不同"。对《故乡》，称是"很有名的作品"，它"不但气氛清隽，地方色彩也非常明显。最出色的，尤其在初见闰土一节。读了之后，觉得有一个驯良安全的乡人，活现在眼帘前面。"在评论《鸭的喜剧》时说："作者的作风，向来是节奏轻婉，而且带有讽刺的气氛的，在这一篇里，依旧非常明显。"⑪这里既有对于各篇的评论，也带有对《呐喊》与鲁迅的总体艺术风格的概括。杨邨人的《读鲁迅的〈呐喊〉》对《呐喊》进行了逐篇的、较详细的评论，对《狂人日记》在作了长篇评述后，总结道："……好处有两点：1. 很能够把狂人的心理，真实的分析而表现出来。2. 对于过去的历史和未来的社会，诋毁、咒诅，确切中肯。"称赞《风波》为"再经济没有的艺术"，"再高妙没有的艺术手腕"。特别是对九斤老太的刻画，"使我们佩服"。⑫玉狼（胡梦华）指出《呐喊》的两个"特异的地方是：（一）讽刺性质，（二）地方色彩"⑬。天用（朱湘）指出《呐喊》的三种创作方法是：姓名的制作；背景的烘托，人物的刻画。⑭

（5）进行初步的与古典文学作品的比较和属于比较文学研究的影响研究。

一些文章，将《呐喊》与《水浒传》《儒林外史》等古典长篇小说进行了一点比较。又如雁冰对"阿Q相"与梭罗古勃的"丕垒陀诺夫相"的两相比较。玉狼（胡梦华）说鲁迅小说的特异，使他想起了英国作家斯威夫特和高尔绥华斯。当然，这些都是极为初步的比较研究，只是一种滥觞而已。

（6）体察到《呐喊》中的现代文学气息和现代主义倾向。雁冰称《狂人日记》是"前无古人的作品"；Y生说，"《兔和猫》、《鸭的喜剧》、《不周山》及《自序》一篇"，又含有"不可解说的神秘的理想"；张定璜在《鲁迅先生》一文中拿《狂人日记》与几年前发表的《双枰记》《绛纱记》《焚剑记》比较，指出从这些作品的发表到1918年《狂人日记》问世，中间不过四年时间，然而，"他们彼此相去多么远"，"两种的语言，两样的感情，两个不同的世界！""读了他们再读《狂人日记》时，我们就譬如从薄暗的古庙的明灯底骤然飞去到夏日的炎光里来，我们由中世纪跨进了现代。"⑮

综上所述，可以看到应注意的几点。第一，在文学评论还在建设的初始阶段，文学批评还不是很开展的情况下，对于《呐喊》的评论就已经相当多、相当突出了。而且有的评论，已经具有相当的规模，进行了一定的分析。第二，评论主要集中在三点上：一是对国民性的落后的揭露；二是对辛亥革命的反映；三是对《呐喊》的艺术成就的肯定。

傅孟真在评论《狂人日记》时所说的"疯子领我们走向光明"，也许具有一定的象征意义。中国新文学的第一声呐喊，出自一个狂人之口，反映了中国历史的特点。而狂人对于弥天黑暗、吃人历史的揭露，正是为了今后人们走向光明。而《呐喊》中《狂人日记》以后的作品，也都蕴含着这样的共同主题和"母题"：通过揭露黑暗，揭示群众的落后，通过对病态社会不幸的人们的"病态生活与病态精神"的揭露，来唤醒人们起来疗救，追求和创造光明。我们可以说，20世纪20年代初中期对《呐喊》的解读、诠释与接受，已经基本上反映了《呐喊》的主要内涵、主要精神和主要思想与艺术成就，建设了对这部杰作的最早的接受框架。因此，我们花了这么长的篇幅来加以介绍。

（二）"呐喊"：民族之声

在以后长时期的鲁迅阅读与接受中，和中国文学的阅读与接受中，小说集《呐喊》一直是重要的部分。20年代初期的诠释与接受，基本上流传下来。狂人、阿Q、闰土、假洋鬼子、九斤老太以至豆腐西施等小说里的人物，已经活在人们的口头，流传于全国各处，成为一个日常使用的普通名词。尤其是阿Q，更是成为一个普遍使用的民族典型。他是一面镜子，照着中国社会与中国人。人们用以评人，也用以律己，"阿Q的精神胜利法"已经成为中国人缺点的代名词。一部作品，具有这样全民族认同性，具有这样广泛长久的影响，足可证明它的成就之大，它的意义之深，也证明它的不朽的艺术魅力和深厚的审美素质。

但是，阿Q的这种风行国中，主要的不是一种民族的自我讥讽、自我嘲弄，不是一种民族失败主义的叹息，而是由揭露走向肯定、由撞倒走向扶起、由消极走向积极、由反面走向正面的艺术教育作用的表现。它同《呐喊》中的其他作品一起，构成一种发自民族肌体深层的呐喊：要改变黑暗环境，要革新传统文化，要改造国民性，如此来振兴民族。

也曾有过否定的意见和不同的声音，比如成仿吾的全面否定，西谛（郑振铎）的阿Q革命是不符合他的本性的，否则就是两重人格，阿Q时代已经死了，阿Q和《阿Q正传》的作者鲁迅，都是过时的人物，如此等等。对于这些评论，鲁迅有的作过答复，表达了自己的不同意见，如对成仿吾和郑振铎。但从社会接受来说，这些评论当时就处于少数地位，既受到过同时代人的反驳，后来，实践也证明他们的意见被时间和公众接受所淘汰，没有成为一种垂直接受——历时接受的资源被人们所吸收。这反映了历史的和群众的公正的汰选。

历史事实证明，《呐喊》成为一种民族觉醒的"呐喊"表现，同时又成为唤醒未醒者和未来者的呐喊。一代又一代青年因读了《呐喊》而认识了我们的民族，了解了我们的社会，理解了中国的人生，也明白了民族的命运和如何挽救它。一代又一代青年，在《呐喊》的警醒下，走上革命的道路，走上献身人民的道路。

《呐喊》唤醒的不仅是一代又一代人的民族觉醒、社会觉醒和人生觉醒，而且唤醒了人们的审美储能。许多现代和当代作家，是在《呐喊》和鲁迅的其他作品的启示下，绽开了艺术思维之花，走上文学创作之路。而当他们已经走上创作之路后，仍然受到《呐喊》的影响和启迪。在许多中国现代作家和当代作家的回忆录和文章中，有许多这方面的记述。

（三）走出国门的阿Q

1925年4月17日，一位在中国工作的苏联人王希礼（B. A. Vassiliev），给中国的翻译家曹靖华写了一封信，表达他对《呐喊》和鲁迅的高度评价。他在信中说，他以前读的都是中国古代文学作品，"描写什么贵族的特殊生活，对于民众毫没有一点关系"，"我读了以后，对于中国的国民生活及社会心灵，还是一点不知道"。可是：

读了鲁迅先生的《呐喊》以后，我很佩服你们中国的这一位很大真诚的"国民作家"！他是社会心灵的照相师，是民众生活的记录者！

他的取材——事实都很平常，都是从前的作家所不注意的，待到他描写出来，却十分的深刻生动，一个个人物的个性都活跃在纸上了！他写得又非常诙谐，可是那般痛的热泪，已经在那纸的背后透过来了！他不只是一个中国的作家，他是一个世界的作家！⑯

王希礼决意翻译《阿Q正传》，并请鲁迅写一自传，鲁迅应邀写了《俄文译本〈阿Q正传〉序及著者自叙传略》一文。文中除自述创作意旨之外，还特别表示："这一篇在毫无'我们的传统思想'的俄国读者的眼中，也许又会照见别样的情景的罢，这实在是使我总觉得很有意味的。"⑰不过王希礼译俄文本《阿Q正传》到1929年才由列宁格勒出版社出版。

紧接着1926年3月，京报副刊又空谷足音似地发表了来自更加毫无中国传统思想、与中国更为隔绝的欧洲的评论。这个对《阿Q正传》的评论出自法国著名作家罗曼·罗兰之口，虽然极简短，但是很重要。事情的原委是留法的中国学生敬隐渔将《阿Q正传》译成法文后，寄给罗曼·罗兰审阅，罗曼·罗兰乃得读《阿Q正传》，在回信中他评论说："这是充满讽刺的一种写实的艺术。……阿Q的苦脸永远的留在记忆中的。"⑱阿Q带着忧伤而愚钝的苦脸，走向欧洲。这是中国现代文学典型，第一个走进欧洲，而且截至目前，他还是唯一的一个。

梁社乾（Gaorge Kin Leung）英译的《阿Q正传》，于1926年由上海商务印书馆出版。这是《阿Q正传》的最早外文译本。同年5月6日，敬隐渔的法译本《阿Q正传》在《欧罗巴》杂志发表。阿Q就更广泛地与英国和欧洲读者见面了。

1928年，井上红梅译的日文本《阿Q正传》发表在《上海日日新闻》上，算是与在上海的日本读者见面了。第二年，就在日本出版的《奇谭》杂志上发表了，题目却改成了"支那革命畸人传"。这也许有利于日本读者的接受，但与鲁迅的原意却相去甚远了，也不能概括《阿Q正传》的内容和阿Q的性格。1931年，长江阳译的《阿Q正传》在《满蒙》杂志（中国，大连）1—5月号发表；9月，日本又出版了松浦珪三的日译本《阿Q正传》；10月，又出版了林守仁（日本译者山上正义的中文笔名）的译本。这是鲁迅校阅过的可靠日译本。1932年，鲁迅的及门弟子增田涉（他于1931年在上海每天去鲁迅家听讲《中国小说史略》）的译本，收在《世界幽默全集·中国篇》和《鲁迅选集》中出版。

　　1936年，捷克的中国学学者普实克译出《阿Q正传》（收在他所译的鲁迅小说集中），鲁迅为他写了序言。译本于1937年出版。鲁迅已经逝世，未及看到这个他一向同情而爱其文学作品的东欧国家的译本。[19]

　　鲁迅逝世后，各国纷纷出版《阿Q正传》的译本，包括东方各民族语言的译本，多种新的日译本，东欧的波、匈、罗马尼亚等国译本，美、英、德、法、意、西班牙、瑞典、冰岛的译本，拉丁美洲各国译本，还有20多种苏联各民族文字译本。阿Q就这样走向全世界。[20]他不仅带去了中国与欧、亚、美各国的文字之交、文学之交、文化之交，而且使各国人民借此了解中国，了解中国人。一个具有深刻自我批判勇气和能力的民族，产生了这个民族自我批判的杰出文学作品，表现、证明了民族的觉醒。

　　阿Q的形象，还在国外舞台上出现了。苏联在30年代初上演过《阿Q在广州的街垒上》，日本上演过田汉改编本《阿Q正传》，法国在1975年上演让·儒尔德伊尔和贝尔纳·夏尔特勒改编的话剧《阿Q》。[21]

　　《阿Q正传》不仅被译成世界各国文字，与世界人民见面，而且得到普遍的认同，国外发表了许多赞扬的评论。日本的中岛健藏于1954年编《二十世纪前半叶的世界十大小说》，将《阿Q正传》列入其中，介绍了其内容梗概，并有专门论述。法国的罗曼·罗兰除了前引信中的评论之外，在同一信中还说："在法国大革命的时期，也有类似阿Q的农民。"日译者山上正义指出了阿Q的普遍意义：

阿 Q 这个名词，目前也不是一个固有的名词，甚至已成为一个通俗的普通名词，阿 Q 同张三、李四一起，已成为日本的太郎、长松相类似的一个普通名字了。[22]

阿 Q 已经不只是走进了中国的"张三、李四"群，成为人们口头语中的普通名词，而且走进日本的"太郎、长松"群，成为日本口头语的普通名词了。

特别值得指出的是，在外国的百科全书中，不仅有鲁迅的条目，而且有《阿 Q 正传》的条目，其中自然也有对于阿 Q 的评语。1979 年，《不列颠百科全书》中这样评介《阿 Q 正传》和阿 Q：

> 《阿 Q 正传》是鲁迅的代表作。这是幽默和怜悯同情的混合物，它是对旧秩序的否定；它在中国现代语言里加进了"阿 Q 主义"这个字，这个名词特征出了中国人对"精神胜利法"偏爱的合理的失败。[23]

进入许多国家的大百科全书，成为条目，这说明《阿 Q 正传》已经进入世界文化的总汇之中，进入人类文化的总积淀之中了。

（四）阿 Q 是怎样一个典型

阿 Q 是怎样一个典型？向来在这个问题上，有不同的解读与诠释，因此也就有许多争论。

有一种意见认为阿 Q 是一个农民的典型。这有几种具体的说法，如"一个雇农的典型"，"一个辛亥革命时期农民的典型"，"一个落后而不自知其落后的农民的典型"，还有的说是"农村无产者的革命性"的典型，等等。这种种说法自然有着作品实际的依据，因为作品里明明写着阿 Q 是怎样一个居无定所、到处帮工谋食的雇农，他的生活就是这样一个雇农的生活。这本来是没有疑问的。不过在新中国成立后，这种论点受到严峻的挑战。因为农民的政治地位大大上升了，对农民的评价特别高，工农联盟是国体、政体的基础，农民是社会栋梁，甚至出现了"中国农民比欧洲工人还要进步"的说法，还出现了知识分子、知识青年到农村去接受贫下中农再教育的社会运动。尤其雇农，是农村无产阶级，是最革命的力量，是革命的主要动力和依靠力量，怎么能允许他们之中出现阿 Q？阿 Q 怎么可以是他们的典型代表？

又有的作者指出，鲁迅是国民性的代表，或者说是国民劣根性的代表，是中国人性格的代表；有的说是精神性代表，有的说是阿 Q 精神的"寄植者"。这个说法遇到的最大挑战和难题是：人都是有阶级性的，社会分裂成几个阶级，基本的有人民大众与相继"变换"的剥削阶级、统治阶级（奴隶主、地主、资产阶级），怎么会有超阶级的典型呢？怎么会有全民性的典型呢？同时，文学典型也都是分属不同阶级的，也要定阶级、划成分的，怎么可以有本属最纯的被压迫、被剥削阶级的人，身上却有压迫阶级、剥削阶级的缺点、特点？这是绝对违反阶级论的。因此，这种说法在政治上由此也就在艺术理论上站不住脚。

还有的论者则提出，阿 Q 是"精神胜利法的'共名'"，就像诸葛亮是"智慧"的共名，堂·吉诃德是可笑的主观主义的"共名"一样。而且说"阿 Q 相"并不是旧中国一国的特有现象，而是在走向没落的失败的剥削阶级和落后的还没有觉醒的人民中间，都会产生阿 Q 精神。这种"共名说"的首先的和主要的危险自然也是与阶级论抵触，抹杀了阿 Q 的阶级性，把剥削阶级身上的缺点、"可耻"的现象，也"共"到阿 Q 身上去了，共同处在"精神胜利法"中。

所有这些论述，都各有它成立的道理，足以说明、解读阿 Q 的典型性，也都各有其不足和缺点。而这些问题的产生，也带有时代的局限，打上了各个历史时期的精神气质和批评气质的烙印。

新时期以来，由于第三次思想解放运动的推动，改革开放时期的更开阔宏放的时代气质和文艺理论批评观念的变化，在这一问题的认识上不那么狭隘、绝对化和教条主义了，能够有一种宽容多元的文化态度和审美观念，对于以前论辩中的各种观点，能够吸取精华而去其偏颇，取其正确的而去其由于时代局限而来的不全面的地方。

现在有的论者还提出，阿Q是一种精神典型。阿Q最成功地表现了人类易于逃避现实、退入内心、寻求精神胜利的弱点。阿Q与世界文学中的那些屈指可数的精神典型，是人类最宝贵的精神遗产，其中包含着"人类心灵方面的新发现"[24]。

其实，要把握、理解阿Q典型的真实意义，鲁迅自己的表白是很重要的，这应该是最主要、最基本的依据，我们仔细、认真地体会他之所说，是根本的解读依据。——当然，有的作家主观自述的创作立意，与作品的实际会有出入，或者是没能达到或者是恰好违背了原意与初衷；但鲁迅所创作的《阿Q正传》不属于这种情况。这里，我们且抄录几段重要的鲁迅自述，以供读者品味。

> 我虽然已经试做，但终于自己还不能很有把握，我是否真能够写出一个现代的我们国人的魂灵来。
>
> …………
>
> 要画出这样沉默的国民的魂灵来，在中国实在算一件难事，因为，已经说过，我们究竟还是未经革新的古国的人民，所以也还是各不相通，并且连自己的手也几乎不懂自己的足。我虽然竭力想摸索人们的魂灵，但时时总自憾有些隔膜。在将来，围在高墙里的一切人众，该会自己觉醒，走出，都来开口的罢，而现在还少见，所以我也只得依了自己的觉察，孤寂地姑且将这些写出，作为在我眼里所经过的中国的人生。[25]
>
> 十二年前，鲁迅作的一篇《阿Q正传》，大约是想暴露国民的弱点的。[26]

根据鲁迅以上的自述，以及鲁迅其他一些关于创作《阿Q正传》的经过、设想和技法的记述，我们试从创作心理与创作心理运行过程的角度，来推断《阿Q正传》的形成过程以及阿Q典型的形成及其意义。

《呐喊》全新解读

鲁迅说，阿Q的影像在他的心理活动已经有好几年了。这个"阿Q的影像"可以肯定不是后来在《阿Q正传》中形成的阿Q，而只是一个"阿Q典型"的雏形，基本的性质与模样已经有了，但还不是那么完整、充实、丰厚。这"基本形象"，就是他的老家台门周家的住户阿贵。作为现实主义大师，鲁迅的创作是从生活出发、从实际出发的，创作《阿Q正传》和阿Q典型，起步、基础、原型就是阿贵。也是阿贵这个原型，激发了他的创作想象。但同时，鲁迅又是一位思想家、革命作家，他的思想里蕴藏着、活动着、思索着对于中国命运、民族复兴的课题，探索着民族解放的出路，由此连及群众的愚昧、冷漠、落后等表现及问题，观察到许多国民性的缺点，包括落后农民中的、统治者中的，以至和他一同在日本留学的学生中的，种种落后的、可笑的、令人痛心的表现（如清朝统治者明明吃了大败仗，还要充胜者、充天朝大国；留学生的印了许多中国历史上的胜迹，表明"我们过去如何阔"，等等），这些零碎的、紊乱的、纷繁的、花色多样的社会—人物—现象，都在他脑子里活动、跳跃，而逐渐地吸附到以阿贵为原型的一个具体人物身上；而当他在创作过程中不断丰富阿Q的形象时，这方面的材料也被调动起来，注入阿Q体内。从另一方面看，鲁迅立意要暴露中国国民性的弱点，但小说不能抽象地来列举，而要想象出一个人物来，阿贵入选，于是又自觉地将其他中国人的弱点注入其中。当然，这种"注入"不是外科手术式的，而是精神性的、"化学反应"式的，即鲁迅是立足于阿Q原型的特点，又按照他的生活、思想、情感、思维与行为方式准则，主动去融进各种中国人特点，成为自己的精神内涵。也就是说，是以一个南国农村流浪雇农的思想、心理、行为方式去融会吸收的。鲁迅说阿Q应是30岁左右，生活在南中国水乡，"样子平平常常，有农民式的质朴、愚蠢，但也很沾染了些游手之徒的狡猾。在上海，从洋车夫和小车夫里面，恐怕可以找出他的影子来的，不过没有流氓样，也不像瘪三样"[27]。鲁迅甚至说："只要头上戴一顶瓜皮小帽，就失去了阿Q，就记得我给他戴的是毡帽。这是一种黑色的，半圆形的东西，将帽沿边翻起一寸多，戴在头上的"[28]。他还说："阿Q的像，在我的心目中流氓气还要少一点，在我们那里有这么凶相的人物，就可以吃闲饭，不必给人家做工人了"㉙。从这些记述，可以想见鲁迅对于阿Q的形象和形象的内在思想、情感是想得多么细致，规定得是多么具体。阿Q实实在在，必须是一个穷苦、质朴而又有些狡猾，但不是流氓瘪三的流浪雇农。

这就决定了阿Q首先不是别的阶层的人，但他又有别的阶层的人们身上的缺点、弱点、性格特征。而同时，他又必须担负其他"任务"，他要体现作家的创作意旨，在他身上，作家要达到自己的创作宗旨。鲁迅不是一个普通的写实作家，不能只满足于把他在现实生活中熟悉的一个农民的形象，在艺术和叙述上加工一下就写出来，完成一个"写实"的任务就行了；他要在思想上、精神上加工、提炼、提高这个原型，使他具有民族的代表性。

阿Q就是这样诞生的，被创造出来的，他"命定地"（作家要求他）成为暴露国民弱点的典型，成为具有"现代中国人之魂灵"的典型。

这里，有着丰富、深沉的创作经验、艺术技巧与典型创造的思想的、艺术的、审美的成功宝贵经验。

（五）"阿Q精神"的精神分析

阿Q作为一个产生于20世纪之初的中国文学典型，作为一个中国国民性弱点的表现的文学典型，以及作为其高度与深度都达到表现了人类共性的某一点的中国文学典型，他的精神世界应该是多元的、丰富的、复杂的，具有内在矛盾的，也应该是以它的"原生态的存在"，而可以在不同时代、不同地区、不同阶层的人们中，看到不同的表现、不同的内涵，其中有的是作家自己在创作时也未曾想到和预计到的。如果说"一千个人中就会有一千个哈姆雷特"，那么就可以说"一千个人中就可以有一千个阿Q"。我们现在试着来探讨其精神世界的几个主要的方面—范畴—内涵。

1. 封建治绩造成的愚昧

阿Q是愚昧的。他不识字，他自以为是，许多事情他不懂还要装懂，他还好以自己的愚昧嘲笑别人，比如笑城里人的葱花切得太细和把板凳叫条凳之类。但他绝不是天生如此，他是叫封建统治者、剥削压迫他的人们整治的。他的愚昧是封建统治的"治绩"。反动统治者是害怕人民的"不愚昧"的。鲁迅说，我们的圣人把人分为十个等级，一级治一级，现代人虽然旧时的等级名目不用了，"但那鬼魂却依然存在，并且变本加厉，连人的身体也有了等差，使手对于足也不免视为下等的异类"，这样就使一个人不能感受到别人肉体上和精神上的痛苦。再加上，难认的方块字，剥夺了人们说话和交流的权利，而只能听到几个圣人之徒的意见和道理。固因此而永远地愚昧下去。

愚昧是阿Q精神世界的主要和首要的成分。这是阿Q精神的主要特征之一。揭示他的愚昧，"怒其不幸"，就是要改变他的这一品性，而改变之道就是改变旧制度（等级制度等），改变文化（首先是语言文字），改变环境，把国民从致其愚昧的环境中解放出来。

2. 抵御弥天黑暗的麻木

阿Q是一个精神麻木的典型。人类的灵性似乎已在他身上消失。他对于许多世界上的事情都是木然无知、无所反应，甚至于发生在自己身上、与自己有关的事情，他也茫然无所知，反应很慢或者没有反应。他向吴妈求爱，遭到秀才痛打，走开之后他立即忘掉，没有事儿似的春米去了。听到吴妈在那边寻死寻活，大家劝说、人们去看热闹，他竟也去凑热闹，觉得有趣，不知道把这件事和自己闹的乱子连起来，心想"这小孤孀不知道闹着什么玩意儿了？"他甚至死到临头也是麻木的。官府抓起他是因为他参加了革命党，审问他时倒以为是革命党抓了他，说自己早想来投，可是"假洋鬼子不准我！"画押时，惴惴于自己画得不圆，押赴刑场他不明白在将他游街示众，面对众看客他后悔没有唱几句戏文。总之，连面对死亡，他也是糊糊涂涂、麻木不仁的。

阿Q这种麻木是由于极端贫穷的生活、社会层层的高压、人们彼此冷漠：从物质世界到精神世界的弥天黑暗所造成的。然而，这只是一方面，另一方面，这麻木又成为他抵御黑暗的一种精神上的盾牌。不如此，他就无法活下去，他就会死在稍稍苏醒一点的敏感与机灵之中。

对于这种病症的治疗，首先就是狠狠地刺激，使其产生一点感觉。鲁迅在《阿Q正传》中运用夸张的手法，运用讽刺，就是这个目的，想通过强刺激使麻木的国民觉醒，使每个麻木的个体彼此沟通。

3. "沙聚之邦"里的冷漠

鲁迅在日本留学时所写的论文《摩罗诗力说》中说，中国由于几千年来的封建统治，造成了人们成为一盘散沙的"沙聚之邦"，每个人是一个孤独的世界，精神上、情感上互相近乎自我麻木和相互冷漠，没有交流、没有关怀，没有同情、没有恻隐，对于他人的生命以至自己的生命都是漠然看客的冷漠，连为救助自己的人为救助自己而牺牲时，也是冷漠以对。这也是一种精神的炼狱，使人的精神禁锢、凝固，悄悄地死去。

阿Q对于人们关于"看过杀头么"的问题，回答是："咳，好看。杀革命党。咳，好看好看。"冷漠从他的内心溢出，竟以"欢乐"的语气与情绪出之。而当他被绑赴刑场时，他自己又被无边的冷漠所包围。人们的喊"好"声，人们那"又纯又锋利"的、比追逐人们的狼的鬼火似的眼光还可怕的追逐的眼光，使他被无边冷漠所包围、所惊吓，感到灵魂在被噬咬。甚至，他"伏法"之后，城里的人们还觉得不满足，"以为枪毙并无杀头这般好看"。对于人、对于自己的同胞，对于生命，都是这么近于残酷的冷漠。对于这种冷漠精神和精神中的冷漠的揭示，就是要使人们从对于"冷漠"的感觉中惊醒过来，互相沟通、理解以至于相助相爱。

4. 大石重压下衰草的挣扎

阿Q的生活和生命，都像是一棵压在巨石下面的小草，而且由于环境、条件都很恶劣，这小草已衰败、在衰败，是一株衰草了。但是，人总是要活的，无论怎么可怜，生命总是趋向生存的。于是只能曲折地生长、存活。阿Q就是这样地挣扎着生活的。他到处流浪，无家可归，不知父母，无有亲人，靠卖苦力为生，在麻木中度日，在冷漠中生存，没有欢笑没有爱。精神也是在荒凉中挣扎。他想过许多方法，寻求不少地方，做了许多努力，但没有效，依旧只能挣扎。挣扎，是他的生存方式。而挣扎也是他的精神世界的依托、他的精神支柱。这不仅是一种消极的活法，而且有一点积极的精神因素和精神成果在里面。不管怎么麻木、怎么冷漠，我只是挣扎。挣扎是精神上的一点亮光。对于这挣扎精神，作者不是讽刺而是肯定。这是压迫与黑暗所产生、所逼出来的一点心灵的火花。

5. "社群孤独"的自我拯救

在弥天黑暗中，在大石压制下，在冷漠包围中，阿Q深深感受到一种社群孤独。而人是需要在群体中生存的社会动物，人先天地存在一种依赖社群和被社群接受的需要的，这是一种生命需要、一种心理需求。为了摆脱这种社群孤独，阿Q寻求慰藉，包括向吴妈求爱。但他失败了。但他又以麻木对付过去了，使失败与失望在心理上消失。这是一种自我拯救。不靠自己救自己，如何活下去？这也是他心中的一点点积极的，但却是可怜的精神成果。用了种种方法，包括麻木、自慰、自叹和自我肯定，来实现自我拯救。

（六）"精神胜利法" 蕴藏的心理内涵

阿Q精神的主要特点、精髓，是精神胜利法。鲁迅提炼出、归纳出这样一个精神现象、心理症状的名称"精神上的胜利法"，这本身就是一个很大的贡献；在对现代中国人的，在对中国国民性的认识上，以至在对人的精神——心理现象的认识上，都是如此。这在思想史上、文化史上都是一个贡献，而他用文学形象人格化地表现了这一现象和这种人物，则是在文学上、在艺术创造上，以至在美学上，也都是一种十分有意义的贡献。

鲁迅具体地创造了一个流浪雇农阿Q的形象，具体地呈现了他的社会生活、他与各种人物（上层社会与底层社会）的关系，以及他的思想、情感、言行与心理。这就从外在到内在，从个体到群体，从物质层面到精神层面，表现了也说明了阿Q和他的精神胜利法的历史的、时代的、社会的、阶级与阶层的根源，并且借此反映了社会的面貌与时代的精神。

精神胜利法，最直接、最表层的释义，自然就是事实上失败了，却在精神上自认为胜利了。比如阿Q被人打了，本是失败了，但转念一想，"我总算被儿子打了"，"于是也心满意足得胜的走了"。这种"胜利"得来的关键是阿Q的那"一想"，在于他的主观情态。只要他能找到一种说法来说明他是胜利的，他就是胜利者。而这种"理由"总是能够找得到的，即使找不到，也可以主观地创造出来。比如他承认自己是虫豸，很自贱了，而自己就成为世界上"第一个能够自轻自贱的人"，这不又成为"第一"而胜利了吗？

这样，我们痛心地看到，这种永久的、精神上的胜利，就堵塞了永久的事实上的进步之路、改革之途。因为，他胜利了，他满足了，他不必改进什么、丢掉什么、取得什么。一个民族，它的精神的肌体上，留着这种劣根性，是决不会进行改革、获得进步的。在鲁迅揭示出这种精神现象和心理病症时，正是中国上上下下，即从统治阶级、上层社会到劳动群众、下层社会，普遍存在这种问题。在近代和现代，中国由强到弱，备受列强欺凌，无论社会制度、传统文化还是经济发展、生产水平，都落后于时代，需要改革，急起直追；但是，从上到下、从官到民、从劳动群众到士大夫们，却仍是抱残守缺、唯我独尊，反对新思想新文化，死抱国粹不放，认为古老的精神文化如何优于西方的科技工商，如此等等。这正是一种精神胜利法的典型表现。鲁迅也正是总结、集中了这种社会现象、心理症状、文化品性，也是民族文化—心理结构中的劣根性，又是针对这种国民性，创造了阿Q这个文学典型，用来针砭时弊、惊醒民众，为五四新文化运动，为新的改革运动，开辟精神道路。

当然，作为社会关系总和的人，作为中国近现代社会的"时代的人"和作为一个流浪的雇农的阿Q的性格、文化—心理结构，积淀了和承载着众多民族的、社会的、时代的、历史的、文

名家解读中外文学名著书系

化的内涵，它们既复杂多元又融会汇合，既矛盾多样又统一凝聚，质的多元性、功能的复杂性、"系统"的构造性，形成了一种庞杂混乱但又融合统一的性格系统。精神胜利法是汇合这一切的聚焦点，是表现这一切的突出特征，也是展现这一切的窗口和发泄这一切的渠道。也可以说，精神胜利法既是具体的，又是一个符号、一种象征。因人而异，因阶层而异，因时代而异，可以"充填"以各种各样的社会、历史、时代、文化、阶级阶层以至个体性的内涵。

我们分析阿Q这个具体的"精神胜利法"者时，自然应该顾到他的个体性，顾到他是一个乡村流浪雇农。他所遇到的事情，他的生活内涵，他的社会处境，和由此而来的他的思想、感情、心理、性格，都有其社会性和个人特点，这就是舂米、打零工、进城、偷盗、受欺、挨打、孤苦无告、生活无着等。因此，他的精神胜利的具体社会内涵与心理内涵，都是这一切实际生活的反映、反应、反馈和反拨。这样，从阿Q的实际出发，我们就不能不得出结论说，阿Q，依凭精神胜利法，来苦苦地生活，艰难地生存，可怜地舒泄。他依靠精神胜利法，来抚慰自己，当被骂挨打之时，他抚摸身体和心理的伤痕，心想"儿子打老子"，"我第一个能自轻自贱"，用精神的手制造出虚假的心理上的胜利，来抚慰自己的心灵。

但是在这种自慰与自贱中，又透露了他心灵深处的自尊。他劝慰自己，说这是儿子打老子，"我第一个能自轻自贱"，那出发点正是自尊。他需要自尊，但他无法自尊。然而他从"自轻自贱"中转化到"第一个"，"儿子打老子"，便从自卑自贱的"儿子"转化到"自大自尊"的"老子"，于是从自贱中转化为自尊。他这样曲折地"得到"了自尊。他是怎样地打心眼里需要自尊和维护自尊啊。

阿Q奉行精神胜利法，这就表明他虽然总是处于失败的地位，但是，他的内心却存埋着胜利的愿望。他甚至在事实上已经失败了的时候，也在思想上将"失败"转换为胜利，得到一种精神上的慰藉和满足。这就说明，第一，他是不甘心失败，希冀着胜利的；第二，他不能忍受失败的痛苦，甚至麻木中也能遭到失败痛苦的侵袭，因此他就用精神制造了胜利，维护了自己的可怜的尊严。这种对于胜利的期望与追求，是他心中的一种自我补偿的手段，还是他心中的亮光，是他要起来改变自己失败命运的起点。这亮光是那么微弱，那起点是这么渺小，但究竟是亮光与起点。这是阿Q身上的积极因素与潜存力量。

因此，阿Q的精神胜利法，是流变的，不是凝固的；是各种因素汇融的，不是单一单向的。重要的是环境和条件。得到良好的环境和有利的条件，就能向好的方向转化。

（七）"阿Q的革命"问题

"阿Q的革命"问题，包含多重相关联的意义。阿Q会不会去革命？阿Q会怎样去革命？革命胜利了，他会怎样、会做什么？

阿Q会不会去革命，做革命党？鲁迅对这个问题的答案是肯定的。有人曾怀疑阿Q做革命党，认为如果这样，他的人格就是两个。鲁迅结合他的创作过程，明确地回答了这个问题：

> 这样地一周一周挨下去，于是乎就不免发生阿Q可要做革命党的问题了。据我的意思，中国倘不革命，阿Q便不做，既然革命就会做的。我的阿Q的运命，也只能如此，人格也恐怕并不是两个。[31]

这就是说，从客观形势说，小说故事的发展，必然出现革命，会有革命党产生；从阿Q的处境和性格发展说，他一定会要去革命，做革命党。阿Q内心是充满了哀愁、不满、痛苦和怨恨的，也有反抗情绪，也希望胜利，这都是他去做革命党的原因和动力。问题是，阿Q会怎样去做革命党和做了革命党以后会怎么样？

在《阿Q正传》中，有这样的描写：阿Q本来是对革命党"深恶而痛绝之的"，因为他认为革命就是造反，造反就是与他自己为难。这说明他的社会觉醒很低，不懂得自己的利益所在；他对革命党的认识也是错误的。但是，当他看到举人老爷那样怕革命党，他就"神往"了：

"革命也罢"，阿Q想，"革这伙妈妈的命，太可恶！太可恨！……便是我，也要投革命党了。"

　　这就很明显，阿Q的转向革命党是因为他所恨的举人害怕他们，这说明他有一种反对剥削者、压迫者的本能，也就是朴素的阶级感情吧，所以他决定投降革命党。他既不是说投奔，也不是说参加，而是说"投降"，阿Q就是这样做革命党的！

　　阿Q还没有真的做革命党，就已经做起了美梦，如何报私仇，如何抢金银财宝，还有女人，等等。而他的实际行动，除了盘上辫子，到尼姑庵去"革命"，就是到假洋鬼子那里去投革命党了。

　　阿Q只能这样做革命。阿Q肯定会做革命党，因为他有对于旧制度、旧生活的代表者如举人老爷等人的仇恨，有"朴素的阶级感情"，这是好的，应该肯定的。但是，他头脑里旧的东西又太多了，他身上蕴含着的破坏因子也太多了，他做了革命党，他胜利了，就只会做那些事情。

　　鲁迅对于这种阿Q式的革命和阿Q式的革命党，是认识很深的。其实，早在1926年，国民党正欲夺取全国政权时，他在《〈阿Q正传〉的成因》中，就明确地说过："民国元年已经过去，无可追踪了，但此后倘再有改革，我相信还会有阿Q似的革命党出现。我也很愿意如人们所说，我只写出了现在以前的或一时期，但我还恐怕我所看见的并非现代的前身，而是其后，或者竟是二三十年之后。其实这也不算辱没了革命党，阿Q究竟已经用竹筷盘上了他的辫子了……"

　　鲁迅的话说得多么准确，多么具有历史远见！

　　鲁迅所写的阿Q的革命是非常深刻的。

（八）阿Q的现代接受

　　阿Q诞生已经90多年了，对它的公众接受、社会接受，已经发生了很大的变化。以前是中国国民的不觉醒，精神胜利法成为他们摆脱愚昧与落后的障碍，成为他们安贫守愚的心理屏障。它所显示的是锐利的批判光芒。

然而，时世变换，中国人民已经觉醒，已经站起来了。问题发生在另一些方面。也许会如早在20年代钱杏邨就说过的"死亡了的阿Q时代"到了。然而事实却证明，阿Q并没有死。精神胜利法和阿Q式的革命，仍然有用和仍然发生。当然，情况变化，从形式到内容也都有了变化，但是，鲁迅的作品所提供的"含义"和"基核"仍在。这证明了作品与典型自身的不朽。

1. 埃德加·斯诺："阿Q还那么多吗?"

远在30年代，鲁迅接受美国记者埃德加·斯诺的访谈，在谈到阿Q时，就曾说："民国以前，人民是奴隶。民国以后，我们变成了奴隶的奴隶了。"

斯诺问："既然国民党已进行了第二次革命，难道你认为现在阿Q依然跟以前一样多吗?"

鲁迅大笑道："更坏，他们现在管理着国家呢。"②

鲁迅在《阿Q正传》中根据阿Q的性格发展，预言他将那样革命和革命后会去掠夺人民的财物。到30年代，他根据国民党政府的现实表现，断言他们是一群阿Q，因为他们在掠夺人民的财物，证明他们当初的革命就是阿Q式的革命。

现在的情况已经根本不同，我们是人民的政权。不过，在这个政权里面，有少数人，比如那些巨贪官员们，却仍然是"阿Q式的革命者"，他们利用手中的权力，侵吞和掠夺人民的财产。他们是得了势的阿Q。

现在的农民，也已经早就不是阿Q时代的农民了。但是，农民中的那些犯罪分子，不是恶性地发展了阿Q身上的消极的东西吗?他们为了自己的小小的私利，竟然去毁电讯线路、偷铁路钢材、拆走建筑材料，等等。那种"现代性"的麻木、愚昧、落后，充分显示出一种阿Q式的魂灵，他们不愧为阿Q的子孙。

在其他阶层中，难道就没有阿Q了吗?就拿知识分子来说吧，他们有知识，甚至有学问，他们比阿Q高得多。他们并不麻木、愚昧、落后。不过，他们之中有的人，却有另一面的阿Q相。他们灵魂深处的冷漠有时是存在的。他们自视甚高，睥睨一切，唯我独尊，不关心他人，无视民族利益。他们的作为，是另一种"阿Q心态"的表现。"有文化的阿Q"，不像阿Q那样的麻木、迟钝，他们是"机灵的阿Q"，也许这比"农民"式阿Q更坏。

2. 唐德刚教授："我就是一个阿Q！"

然而，阿Q的性格是复杂的，作为中国人的国民性的一个方面，以至作为人性的一种表现，他的性格中的某些因素，在本质上具有一定的积极意义，或者，在一定条件下，有些因素会向积极方面转换。比如，作为对自尊的维护、对自强的向往、对自卫的坚持的性格因素与表现，就是如此。还有，作为对自身状况的改善的希求，和用精神安慰抚慰自我的不幸、痛苦与沦落，"精神胜利法"在某种条件下，会积极地转换。

这是一位美籍华人学者的自白：

……阿Q并无其人，阿Q的故事也是百分之百的虚构。……历史上哪有个真阿Q呢？

可是问题又出来了——至少在讲台上就站着个阿Q，那就是我自己。我就时时在做阿Q，或做具体而微的阿Q。举一个我个人社会行为的切实例子。

侨居美国四十年，我前二十多年是在哥伦比亚大学度过的。在那第二十三四年时，我在哥大做个教中国文学史的兼任副教授，并做了全任中文图书部主任。……

然而虽然他恪尽职守，职位也不高，却忽然被免职了。面临生存危机。"……气愤、绝望、自卑交织于怀，不知如何是好。"此时，碰到了"老朋友阿Q"，"阿Q的关怀，才又使我打起勇气活下来"。

这一晚我听老友阿Q之言，听了一夜，终于想通了。我想："哼，汉学！上自文武周公仲尼，下至康梁胡适冯友兰……

诗词歌赋，平上去入，经史子集，章草篆隶……上至殷商甲骨，下至当今的简体字……谈现代史论蒋宋孔陈

《呐喊》全新解读

……写朦胧诗、看现代画……如此这般……这批毛子哪个比得上俺阿Q呢……他们开除我……哼，他们加在一起再搞十年，也比不了我阿Q一人……奶奶的，老子被儿子开除了……"

做了一夜的阿Q，思想搞通；手之舞之，足之蹈之，不禁大乐——问题全部解决，与"赵老太爷"又和好如初。……这儿分明就有一个大阿Q嘛！

那晚我也在苦索丁文江博士，却遍找不着。我那晚如找着了丁文江博士，而错过了阿Q先生，我就活不到天亮了。

……历史上、社会上并无阿Q其人，其实它的社会代表性，却远超过丁文江博士呢。㉝

这是一个"夫子自道"的实例。它表明阿Q的精神胜利法的积极意义与作用。这可能不是鲁迅所能想到的，也不是他创作《阿Q正传》的初衷。他着眼和着力于猛烈而深沉的批判。但是，伟大的文学作品和不朽的艺术典型，却能因为它的包容性大，它的丰富、深厚、多元、复杂的内涵，以及它的人物形象的"生态复杂性"，而能让接受者从"形象的内在意义层"，从它的"原意"中，经过自己的联想、想象、发挥、重塑，经过罗兰·巴特尔所说的"读者的工作"，而创出新的"意义"来。这是符合艺术规律的。

唐德刚教授这样的发扬阿Q精神，运用精神胜利法，是在异国他乡，是不承认自己的"国学"（中国学）水平不如那些洋人的中国学水平。虽然他在文中采取了一种夸大的幽默说法，而实际上他的国学水平，在总体上，应该说是肯定确如他自己所说，是高于洋人学者的。他这种精神胜利法虽说是得自阿Q的神授，但并不是如阿Q一样，没有根据地自大，更不是别人打了自己，说是儿子打了老子，或是自己打了自己而以能自轻自贱为荣。这里，就是发自作品的"含义"的转移，由接受者的主观所产生的"意义"了。

名家解读中外文学名著书系

3. 丁玲说：“我们都是阿Q!”

已故著名革命作家、诗人聂绀弩虽有诗句云：“嵩衡泰华皆O等，庭户轩窗且Q豪。”㉞收入此诗的《散宜生诗》一书中，有朱正写的后记，其中说：

> 这些诗显示出来的是怎样的精神状态呢？胡乔木同志在序中指出：“作者虽然生活在难以想象的苦境中，却未表现颓唐悲观，对生活始终保有乐趣甚至诙谐感，对革命前途始终抱有信心。”作者认为这种评论“不仅知诗，而且知人”，大约他也正是这样看待自己的诗的。不过他评论自己的诗作，却不能说得如此冠冕，而将这种精神状态归结为阿Q气。后记中，绀弩同志谈到自己一些诗句之后，自评道：“何等阿Q气，岂只诙谐、幽默、打油而已哉！阿Q气是奴性的变种，当然是不好的东西，但人能以它为精神依靠，从某种情况下活过来，它又是好东西。”

这里，聂绀弩因为自己以阿Q的精神胜利为“精神依靠，从某种情况下活过来”，所以称“阿Q气”“又是好东西”。他在北大荒这严寒的边陲之地，以年过半百之身，坐牢、劳改，得以活过来，并且能够不颓唐悲观，就是依靠一种阿Q的精神。这篇《附记》的作者接着还写道：

> 在绀弩同志写这后记的一年以前，我写一封信给李锐同志，诉说自己在三十年间遭遇的横逆，信中说：“何况我这个人还有一些阿Q精神，并不认为自己吃了多少亏，因为这对我也是一种特殊形式的锻炼……”我把这封信拿给丁玲同志看过，她看到此处也笑了起来，说：“你说你是阿Q，那天我还和陈明在说，我们都是阿Q!”㉟

这是一些身处逆境的作家、知识分子的真实心态。他们自觉地（！）接受阿Q，运用精神胜利法来帮助自己度过精神危机。当然，这已经不是阿Q的精神胜利法的"古典形态"，而是在它的精髓的基础上，敷以现代的、文化的，甚至革命的内涵，并作了现代处理。他们内心里不是如阿Q那样卑微狠琐，而是有理想、有信仰、有自信的，只是客观环境却否定了他们的一切，而将之打入了另册，视为异类；而他们为了维护自尊、实行自卫、坚持自强，以精神胜利法抵御了周遭的冷眼、歧视与荒寒。

虽然如此，我们还是可以看到，《阿Q正传》提供了"原型"，提供了"精神胜利法"这个精神法宝，提供了"含义"中原本就有的"合理的思想内核"。这一切自然是鲁迅所没有想到的。他绝不可能预计到尔后几十年的社会的变化。但是，他所创造的艺术典型阿Q的内在文化蕴含的丰厚深沉，的确显出了它的丰富与不朽。

（九）《呐喊》：艺术构造的特征与源泉

至此，我们可以并应该在总体上来介绍《呐喊》所构造的是怎样一种艺术世界，它的主要特征是什么，它达到了怎样的思想与艺术的成就高度，它在中国现代文学史上居于何种地位。

1. 思想光芒照射创作过程和作品整体

鲁迅的创作心理和作品整体，一个突出特点，就是思想的光芒闪射光华。而这思想的光芒又具有时代特点、历史内涵、哲理深度与个人特色。这是鲁迅及其创作的特点和优点，也是其他五四作家所远不及的。《呐喊》中的作品是他的这一艺术特征的最初体现和第一批成果。鲁迅是以一位思想家的身姿进入文学创作领域的。他的"改造国民性"的思想，是他的救国救民思想的原点和核心，是他创作的起点。《呐喊》中的作品，绝大多数都是在这一思想照射下创作出来的；而其中所有的作品都闪耀着锐利而深沉的思想光芒。关于礼教吃人，关于精神胜利法，关于"孤独者与庸众"[38]的对立，关于中国群众总是看客，关于人与人的难于相通，关于勇于面对现实、面对黑暗，等等，都是从中国的历史和社会生活中提炼出来的，都是切中中国国民性要害的，也都是中国社会改革中遇到的重大问题。这些问题，都是鲁迅自己独立思索的结果，是他独自提出来的历史与现实相结合的命题和民族母题，具有他个人的原创性。

当然，更重要、更可贵的是这些思想不是外在地存在的，也不是从外面灌到作品里去的，而是形象地表现出来，是与典型人物的形象结合，是他们自身合理地产生的思想，而且，作品的整个叙事都蕴含着这种思想的"粒子"、成分和氛围。狂人、阿Q、九斤老太、N先生，都在自己的言行中表现出各自的思想，他们是某种思想的自觉主体、承载者和"生成者"，而像孔乙己、华老栓、单四嫂子、闰土等，则都是以他们的行动"演绎"出某种思想，他们是某种思想的构成部分。思想与形象的结合，思想由人物、事件、故事有机地体现出来，这才是优秀文学作品的关键。

2. 富有时代特征和个人特色的现实主义精神

鲁迅是伟大的现实主义作家。他的现实主义精神，表现在他的作品的主题、题材、人物都来自中国的现实生活，都是他通过自己的生活经历、观察与体验，又用思想的汁液浸泡过，经过"思索"的提炼、升华、结晶而成的。进入《呐喊》作品中的，都是19世纪末20世纪初的中国社会生活与中国人，而且在《呐喊》中，他特别关注刚刚过去的辛亥革命的现实，其影响和效应正在现实生活中发生重大的和根本性作用。《呐喊》的取材和其中的主要典型，都是农村和农民。这是当时中国社会结构的主体和社会生活的主体。总之，一切都是19—20世纪之交的中国的。

《呐喊》现实主义精神的深刻处还表现在，鲁迅以深邃、锐利的思想，以充满挚爱与热情的批判精神，用形象、用典型人物，进行了民族的自我批判，而且这种批判是中肯的、切中要害的、深入的、锐利的、"泪痕悲色"，忧国忧民。它的批判的广度和深度，都高出于当时现实主义世界文坛达到高峰的批判现实主义。这在《狂人日记》、《药》、《明天》和《阿Q正传》等作品中表现得尤为突出。

3. 创造性的心理现实主义

《呐喊》作品中，充分体现出心理描写的深刻和成功。这一点，我们在分析《阿Q正传》时详细说到了。《狂人日记》，几乎是用狂人心理来构成全部叙事，并准确地表现了狂人心理。他的心理描写都达到"心理学理论上的准确"。心理描写向来是中国传统小说的弱点，而西方（包括俄国）的小说，则长于长篇大论和细致入微的、客观化的心理描写（叙述者对于作品人物心理的叙述、介绍）。鲁迅的心理描写，又不同于它们。他的心理描写是精练的、简要的，心理与行动紧密结合的，而且不少是一种准确精到的意识流描写。《狂人日记》《药》《明天》《阿Q正传》《白光》中，都有许多这方面的精彩篇章。我们只要稍一检视这些作品的某些片段，就可以具体看到和感受这种成功的心理描写。

4. 象征主义

鲁迅主张使用广义的象征主义，在《呐喊》中他就是这么做的。象征、意象、隐喻，在文学作品中，具有十分重要的作用和意义。象征能在个性中反映种类的特性，在个别中反映一般，在短暂中反映永恒；意象之中蕴含着丰富复杂的内涵，由可视的形象使人勾起许多的联想和想象。愿意并善于使用象征、意象和隐喻，是作家擅长形象思维的表现，是用形象来思维、来表现的重要能力和方法。《呐喊》中这种成功的范例很多。《狂人日记》中的月亮、陈年流水簿，《药》中的"人血馒头"、坟堆、花环，《明天》中的"暗夜""明天"，《故乡》中的"路"，《白光》中的"白光"，都具有象征的意义。人的姓名也表现出一样象征性，《狂人日记》中的"古久先生""娘子村"，《药》中的夏（瑜）、与华（老栓），《明天》中的"单（与"孤单"的"单"是同一字）四嫂子"等都具有象征的意味。而《狂人日记》《药》《明天》则在总体上都有一种象征的意义。

5. 悲剧意识与悲剧美

鲁迅的创作心理中具有浓厚深沉的悲剧意识，他的作品具有一种悲剧美。他的生活经历、时代的精神、民族的灾难、人民的苦难与不觉醒，以致改革者前赴后继的牺牲，改革与革命连连失败，都带有深刻的悲剧性。鲁迅作为伟大的爱国者和"我以我血荐轩辕"的献身民族的伟大作家，将这一切内化为自己的思想情感的基本素质，而形成了自己内在的悲剧意识与悲剧审美观。他欣赏果戈理的"泪痕悲色，振其邦人"的艺术特色。他认为，正是这种悲剧色彩、悲剧内涵，足以震动人心、鼓舞人心，促国人之觉醒。他在《自言自语》中描写过"火的冰"和"火的冰的人"，那是一种炽热的火，被客观环境所冻结了。为冰所包裹，这是一种热烈、振奋、跃动的内核却被冰冷的凝固所包围，这是一个悲剧性的写实和形象化；这种"'火的冰'的人"则是一位热情如火、挚情似火而被冰冷的环境现实所裹胁的人，内心炽热，外表冰冷，悲天悯人，悲剧意识跃然纸上。

这种悲剧意识与悲剧美，在《呐喊》中表现得尤为突出。《孔乙己》为悲惨命运和周遭的凉薄氛围，构成沉重的悲剧色彩。《狂人日记》整篇笼罩着一种热烈而孤独地发出惊人警世诤言的狂人，在冷漠境遇中奋战的悲剧氛围。《药》的浓重的悲剧性体现在夏氏的悲凉牺牲与华氏的愚昧麻木的对立之中。《明天》中单四嫂子的失子，特别是在悲凉境遇中的孤苦无靠，渗透着深邃的人生悲剧。《阿Q正传》更是一部深沉、深刻的悲剧作品，一种带有民族寓言性的大悲剧。阿Q自身的命运的悲剧，阿Q的愚昧、落后、不觉醒、精神胜利法所体现和暗示的民族性的悲剧，以一种含而不露的幽默讽刺流露而出。越是看似冷冷地讥讽，越是显出作家内心的炽热。爱人之弥深，斥之越痛。"悲为美"（钱钟书），悲剧意识与悲剧美，为《呐喊》增加了更多更美的艺术价值。

6. 语言的功能、力量与美

"语言是存在的家园"，作为语言艺术的小说——尤其是短篇小说，语言也是它得以"存在"的家园。鲁迅在《呐喊》中，便是建造了一个美丽的"语言家园"，将他的"为改良人生"的艺术，将他的思想之光、现实主义、象征主义、悲剧美等，都注入这个"语言家园"之中，也都凭这个"语言家园"而存在，而发光显彩。鲁迅的语言是独创的，前无古人、后无来者。他有很高的文化素养，有很深厚的中国古语造诣，有外国语言的训练与吸纳，更从书面与口头、从民族和民间文学中，吸取有益的成分，综合地、融合地构成了他的独特的叙述语言，不仅凭此创作了《呐喊》中的作品，也为五四新文学的叙述语言奠定了基础。

他的叙述语言，是简洁的、明快的，富于表现力的，具有象征力。《呐喊》中的叙述语言不是"告知"，而是"呈现"；它富有写意性、象征性、意象性和隐喻与反讽。《呐喊》的叙述语言，是通俗化、大众化的，是活在现代人口中的语言，它不同于传统俗文学中的话，它是适于表达现代思想、人物与生活的现代语言。但又是日常语言的提炼、"美化"，是经过加工的文学语言。《呐喊》为中国现代文学建立了现代叙事的语言规范。他的反讽技巧㉟表现在"不动声色"，但内心激励地以幽默的语言以至词汇，来表现悲惨、凄切和使人愤恨的人和事。

7. 新泉涌于渊深

《呐喊》是鲁迅创造的中国文化与中国新文学的一股新泉，它是五四新文学涌出的第一股最佳的新泉。这新泉的渊源是很丰厚、很深远的。这里有鲁迅少年时代所吸受的中国古典文化、古典小说、笔记野史的文化与文学艺术的民族文化汁液，特别是吸吮了民间艺术、民间文学的营养；这里还有鲁迅在从日本回来后，对中国古小说、传奇小说等的收集、整理与研究，对《小说旧闻钞》《古小说钩沉》《唐宋传奇集》等的辑录整理，以及《中国小说史略》的撰写，具体表现了他在这方面的功力和成就。总之，他的《呐喊》的思想与艺术之泉源远流长，富有民族文化与文学艺术的深厚根底。他强调他的创作小说，看重中国白描——文学上的和艺术上的白描；看重农村过年用的画纸（年画）上的技法，看重不多写风月，对话也不写一大篇，等等，都说明他从民族文学艺术与文化源泉中所得到的甘泉佳液。这是《呐喊》的艺术成就的根基。

《呐喊》所继承的民族传统，更重要的是民族的艺术精神、民族的文化精神。中国传统审美观念中，重"文以载道"，重文学的为人世之用、为教化立言，这是鲁迅"文学为改良人生"的基本思想的民族渊源。中国审美理想重表现，重写意，重象征与意象，这都是中国从《离骚》到唐诗宋词以至戏曲的审美特征。《呐喊》中，正是在叙事文学中继承了这种民族艺术之泉。

当然，他不是单纯地继承，而是有扬弃，有革新，有创造以至"背叛"。中国文化与文学传统中，以小说为末事，是不当作文学看的。但鲁迅背叛了它。他说："在中国，小说不算文学，做小说的也决不能称为文学家"。但是，他既收集整理古小说，一本又一本，又自己来创作文学，并以极严肃的态度，以之为"改良人生与改良社会"的武器。他的《呐喊》从主题立意到艺术形式，从人物到语言，都是新的，不同于旧的小说。《呐喊》中的小说，完全打破了中国传统小说的单线条、纵向发展、头尾相接的"单结构的叙事形态"，而是根据不同的主题与题材，采取了多种多样的，截取生活的一个片段，纵剖面地横向展开，如《药》《明天》等；或以纵向发展为主而插入横向展开，纵横结合地展开的模式，如《阿Q正传》；或以纵向的自我叙述为主，以横向展开为辅，如《狂人日记》。

鲁迅曾谦逊地说过，他的创作小说，"大约所仰仗的全在先前看过的百来篇外国作品和一点医学上的知识"[38]。的确，他的艺术创造的渊源中，外国文学是重要资源。他喜爱俄国和东欧被压迫民族作家的作品，他提到的有俄国的果戈理和波兰的显克微支；日本作家中，他喜欢夏目漱石和森鸥外。《呐喊》中的小说，不少可以寻觅到它们所借鉴的外国作品，以及在思想上特别是艺术上的外国文学的其他渊源。例如《狂人日记》与果戈理的同名小说；《阿Q正传》的技巧，有果戈理和显克微支的影响在，它与显克微支的《炭画》《胜利者巴特克》一样，使用了一种反讽语调："叙述者用超然的讥讽语调来讲述乡村生活中最可鄙的人物"[39]。鲁迅喜欢的日本作家夏目漱石在个别词句和修辞上，也给了鲁迅一定的影响。许多研究者指出过《呐喊》中的《药》《明天》《阿Q正传》等主要作品，在艺术上与外国小说的联系。这些说明了鲁迅对外国文学的借鉴。

当然，鲁迅在借鉴外国文学作品方面，更是主动的、积极的，有目的、有选择、有批判的。他不是照搬、袭用，而是依据国情、依据题材、依据创作主旨和人物特点，来滤过、吸取、发展、改塑。如他的《狂人日记》中的狂人，与果戈理的《狂人日记》中的狂人就是完全不同的：一个是真的发了狂的小人物，在日记中发出他的呻吟、哀叹之声；而鲁迅笔下的狂人，却是传达真理的觉醒者，发出的是觉醒的声音、反抗的呼号。

（十）中国现代文学最高峰与中国现代作家第一人

《呐喊》中作品的陆续发表，当时就得到很高的评价，五四运动的领导们如陈独秀、胡适都公开为文或在书信中给予全面肯定和高度评价，为中国现代文学评论的发展开辟最新园地。堪称中国第一代文学批评家的周作人、茅盾等也给予了高度评价和中肯论述。《呐喊》的出版标志着中国现代文学成熟了，进入一个新的阶段，奠定了今后发展的基础，开辟了今后前进的道路。以后，一代接一代的作家，直至当代活跃的青年作家中的一些人，都得到《呐喊》的启迪，受到一定的影响，有的甚至是在《呐喊》哺育下成长起来。

（1）《呐喊》开辟了中国现代文学的广阔的现实主义道路。《呐喊》吸收了许多国家创作流派的艺术精神与技巧，借鉴并自创了现代主义的因素，但是，它的基本精神、方向、形态，是现实主义——坚实的、广阔的、深邃的、心理的、批判的、"广纳百川"的现实主义，它突破了已步入式微阶段的传统现实主义和已达到高峰的批判现实主义的规范，构建了中国的、东方的、具有中国传统文化风范与艺术精神的新的现实主义范式。当时和以后，就有人公开声明或内心私称鲁迅为文化"宗师与艺术导师"，学习他的现实主义精神与创作方法，从事创作和投身文学事业。

（2）在这种新的中国的现实主义精神支持下，鲁迅开辟了新文学改良人生、改良社会的道路。文学反映中国人民的苦难、民族的危亡、流血的斗争，以文学来唤醒人民、教育人民，反抗侵略者、反对反动统治，特别是贯穿一种民族自我批判的精神，成

名家解读中外文学名著书系

为新文学向革命文学转型的内在动力，也是一切进步的、人民的、真正的文学的共同品性的基本素质。

（3）创获了中国文学最早的现代性成果。《呐喊》中的作品，具有许多鲁迅发自内心感受与情感体验和艺术精神的现代性，以及借鉴了尼采、陀思妥耶夫斯基和俄国与东欧一些作家作品中的现代主义艺术精神与技巧，创获了中国现代文学的第一批现代性。"创获现代性"是中国20世纪文学的基本方面与任务。鲁迅也终生为此而奋斗不息。《呐喊》中所创获的现代主义因素与成果，启发了后来的几代作家，至今是我们应该重视文学的、美学的与文化的佳果。

（4）创造了不朽的艺术典型和一批出色的文学形象。文学作品，尤其是叙事文学，成就的高低及其价值，重要的和基本的一点，就是它所创造的文学典型的意义和价值如何。鲁迅创造的阿Q这个形象，已经是走遍中国、走向世界的不朽典型。阿Q是一个民族典型，是一个世界性典型，也被证明是一个人类性典型。他已进入世界文学典型的"英雄谱"中。

阿Q之外，《呐喊》中还出现了孔乙己、单四嫂子、九斤老太、闰土、假洋鬼子等一系列深入人心、令人难忘的成功的文学典型。

（5）创造了中国现代短篇小说最早的与成熟的范型。如何叙事，是小说的基本课题。《呐喊》问世，打破了中国以话本小说为主要形态和固定模式的叙事范型，建立了新的短篇小说叙事范型。《呐喊》："现代小说范型形成"，是新文学第一个十年的主要成就。以后，或者模仿，或者参照，或者接受影响，一代又一代作家在《呐喊》引导下走上文学之路，有的作家则是在借鉴《呐喊》之后又突破了它，或走向其他小说范型的创作与创造。《呐喊》是中国最重要的文学资源之一。

总之，《呐喊》成为中国现代文学的最高峰，阿Q成为中国现代文学的第一艺术典型，它的作者鲁迅也成为中国现代作家第一人。

【注　释】

①《新青年》第六卷第六号。

② 1919 年 4 月 1 日《新潮》第一卷第四号。

③ 1922 年 2 月 10 日《小说月报》第十三卷第二号。

④ 1922 年 3 月 19 日《晨报副刊》。

⑤ 1922 年 3 月《申报》五十周年纪念册。

⑥ 雁冰《读〈呐喊〉》，载 1923 年 10 月 8 日《时事新报》副刊《学灯》和《文学旬刊》第 91 期。

⑦ 引文均见 1923 年 10 月 16 日《时事新报》副刊《学灯》。

⑧⑨⑩ 杨邨人：《读鲁迅的〈呐喊〉，1924 年 6 月 13 日《时事新报》副刊《学刊》。

⑪《小说年鉴》，1923 年小说研究社出版。转引自中国社会科学院文学研究所鲁迅研究室主编《1913—1983 鲁迅研究学术论著资料汇编》，中国文联出版公司，1985 年出版，第 39—40 页。

⑫ 杨邨人：《读鲁迅的〈呐喊〉》，原载 1924 年 6 月 12—14 日《时事新报》副刊《学灯》。

⑬ 玉狼（胡梦华）：《鲁迅的〈呐喊〉》，1924 年 10 月 8 日《时事新报》副刊《学灯》。

⑭ 天用（朱湘）：《〈呐喊〉一桌话之六》，1924 年 10 月 27 日《文学周报》第 145 期。

⑮ 张定璜：《鲁迅先生》，载 1925 年 1 月 24 日《现代评论》第 1 卷第七期。

⑯ 王希礼：《一个俄国的中国文学研究者对于〈呐喊〉的观察》，1925 年 6 月 16 日《京报副刊·民众文艺》。

⑰《鲁迅全集·集外集·俄文译本〈阿 Q 正传〉序及著者自叙传略》。

⑱ 原信引文见 1926 年 3 月 2 日《京报副刊·〔柏生〕罗曼·罗兰评鲁迅》。另据戈宝权依据敬隐渔致鲁迅函中所引罗曼·罗兰的话是这样的："〈阿 Q 正传〉是高超的艺术底作品。其证据是在读第二次比第一次更觉得好。这可怜的阿 Q 底惨像遂留在记忆里了。"（戈宝权：《〈阿 Q 正传〉在国外》，人民文学出版社，1981 年出版，第 9 页。

⑲ 以上资料据戈宝权著《〈阿 Q 正传〉在国外》，人民文学出版社，1981 年出版。

⑳ 据戈宝权著《〈阿 Q 正传〉在国外》，人民文学出版社，1981 年出

名家解读中外文学名著书系

版。

㉑ 转引自戈宝权著《〈阿Q正传〉在国外》，人民文学出版社，1981年出版，第15页。

㉒㉓ 转引自戈宝权著《〈阿Q正传〉在国外》，人民文学出版社。1981年出版，第15页。

㉔ 张梦阳著：《阿Q新论》，陕西人民教育出版社，1996年出版；张梦阳著：《静斋梦录·从老远地方指出阿Q的典型意义》，学苑出版社，1999年出版。

㉕《鲁迅全集·集外集·俄译本〈阿Q正传〉序及著者自叙传略》。

㉖《鲁迅全集·伪自由书·由再读保留》。

㉗㉘《鲁迅全集·且介亭杂文·寄〈戏〉周刊编者的信》。

㉙《鲁迅全集·书信集·致刘岘》。

㉚《鲁迅全集·集外集·俄文译本〈阿Q正传〉序及自叙传略》。

㉛《鲁迅全集·华盖集续编·〈阿Q正传〉的成因》。

㉜ 埃德加·斯诺：《鲁迅印象记》，原载《我在旧中国十三年》，三联书店1973年出版。

㉝ 原载唐德刚：《文学与失学》，转摘自《中华读书报》，2000年9月20日。

㉞㉟ 见《散宜生诗》，人民文学出版社，1985年出版，第97、39页。原有注云："Q豪，意为精神胜利。见《阿Q正传》。"

㊱ 见李欧梵：《铁屋中的呐喊》，岳麓书社1999年出版，第61页。

㊲〔美〕帕特里克·哈南：《鲁迅小说的技巧》（收《国外鲁迅研究论集》，北京大学出版社1981年出版）："《药》和《明天》的主要结构是并列性反语。""《明天》的反语结构甚至更清楚。……酒店与寡妇单四嫂子的家真的平列着……"

㊳《鲁迅全集·而已集·〈阿Q正传〉的成因》。

㊴ 乐黛之编：《国外鲁迅研究交论集（1960—1981）》，北京大学出版社，1981年出版，第309页。

六、永不凋谢的艺术之花：
《呐喊》名篇解读

"中国狂人"的诞生：《狂人日记》

狂人日记①

　　某君昆仲，今隐其名，皆余昔日在中学校时良友；分隔多年，消息渐阙。日前偶闻其一大病；适归故乡，迂道往访，则仅晤一人，言病者其弟也。劳君远道来视，然已早愈，赴某地候补②矣。因大笑，出示日记二册，谓可见当日病状，不妨献诸旧友。持归阅一过，知所患盖"迫害狂"之类。语颇错杂无伦次，又多荒唐之言；亦不著月日，惟墨色字体不一，知非一时所书。间亦有略具联络者，今撮录一篇，以供医家研究。记中语误，一字不易；惟人名虽皆村人，不为世间所知，无关大体，然亦悉易去。至于书名，则本人愈后所题，不复改也。七年四月二日识。

一

　　今天晚上，很好的月光。

　　我不见他，已是三十多年；今天见了，精神分外爽快。才知道以前的三十多年，全是发昏；然而须十分小心。不然，那赵家的狗，何以看我两眼呢？

　　我怕得有理。

二

　　今天全没月光，我知道不妙。早上小心出门，赵贵翁的眼色便怪：似乎怕我，似乎想害我。还有七八个人，交头接耳的议论我，又怕我看见。一路上的人，都是如此。其中最凶的一个人，张着嘴，对我笑了一笑；我便从头直冷到脚跟，晓得他们布置，都已妥当了。

　　我可不怕，仍旧走我的路。前面一伙小孩子，也在那里议论我；眼色也同赵贵翁一样，脸色也都铁青。我想我同小孩子有什么仇，他也这样。忍不住大声说，"你告诉我！"他们可就跑了。

　　我想：我同赵贵翁有什么仇，同路上的人又有什么仇；只有廿年以前，把古久先生的陈年流水簿子③，踹了一脚，古久先生很不高兴。赵贵翁虽然不认识他，一定也听到风声，代抱不平；约定路上的人，同我作冤对。但是小孩子呢？那时候，他们还没有出世，何以今天也睁着怪眼睛，似乎怕我，似乎想害我。这真教我怕，教我纳罕而且伤心。

　　我明白了。这是他们娘老子教的！

三

　　晚上总是睡不着。凡事须得研究，才会明白。

　　他们——也有给知县打枷过的，也有给绅士掌过嘴的，也有衙役占了他妻子的，也有老子娘被债主逼死的；他们那时候的脸色，全没有昨天这么怕，也没有这么凶。

　　最奇怪的是昨天街上的那个女人，打他儿子，嘴里说道，"老子呀！我要咬你几口才出气！"他眼睛却看着我。我出了一惊，遮掩不住；那青面獠牙的一伙人，便都哄笑起来。陈老五赶上前，硬把我拖回家中了。

　　拖我回家，家里的人都装作不认识我；他们的眼色，也全同别人一样。进了书房，便反扣上门，宛然是关了一只鸡鸭。这一件事，越教我猜不出底细。

　　前几天，狼子村的佃户来告荒，对我大哥说，他们村里的一个大恶人，给大家打死了；几个人便挖出他的心肝来，用油煎炒了吃，可以壮壮胆子。我插了一句嘴，佃户和大哥便都看我几眼。今天才晓得他们的眼光，全同外面的那伙人一模一样。

　　想起来，我从顶上直冷到脚跟。

《呐喊》全新解读

他们会吃人，就未必不会吃我。

你看那女人"咬你几口"的话，和一伙青面獠牙人的笑，和前天佃户的话，明明是暗号。我看出他话中全是毒，笑中全是刀。他们的牙齿，全是白厉厉的排着，这就是吃人的家伙。

照我自己想，虽然不是恶人，自从踹了古家的簿子，可就难说了。他们似乎别有心思，我全猜不出。况且他们一翻脸，便说人是恶人。我还记得大哥教我做论，无论怎样好人，翻他几句，他便打上几个圈；原谅坏人几句，他便说"翻天妙手，与众不同"。我那里猜得到他们的心思，究竟怎样；况且是要吃的时候。

凡事总须研究，才会明白。古来时常吃人，我也还记得，可是不甚清楚。我翻开历史一查，这历史没有年代，歪歪斜斜的每页上都写着"仁义道德"几个字。我横竖睡不着，仔细看了半夜，才从字缝里看出字来，满本都写着两个字是"吃人"！

书上写着这许多字，佃户说了这许多话，却都笑吟吟的睁着怪眼睛看我。

我也是人，他们想要吃我了！

四

早上，我静坐了一会。陈老五送进饭来，一碗菜，一碗蒸鱼；这鱼的眼睛，白而且硬，张着嘴，同那一伙想吃人的人一样。吃了几筷，滑溜溜的不知是鱼是人，便把他兜肚连肠的吐出。

我说，"老五，对大哥说，我闷得慌，想到园里走走。"老五不答应，走了；停一会，可就来开了门。

我也不动，研究他们如何摆布我；知道他们一定不肯放松。果然！我大哥引了一个老头子，慢慢走来；他满眼凶光，怕我看出，只是低头向着地，从眼镜横边暗暗看我。大哥说，"今天你仿佛很好。"我说，"是的。"大哥说，"今天请何先生来，给你诊一诊。"我说"可以！"其实我岂不知道这老头子是刽子手扮的！无非借了看脉这名目，揣一揣肥瘠；因这功劳，也分一片肉吃。我也不怕；虽然不吃人，胆子却比他们还壮。伸出两个拳头，看他如何下手。老头子坐着，闭了眼睛，摸了好一会，呆了好一会；便张开他鬼眼睛说，"不要乱想。静静的养几天，就好了。"

不要乱想，静静的养！养肥了，他们是自然可以多吃；我有什么好处，怎么会"好了"？他们这群人，又想吃人，又是鬼鬼祟祟，想法子遮掩，不敢直捷下手，真要令我笑死。我忍不住，便放声大笑起来，十分快活。自己晓得这笑声里面，有的是义勇和正气。老头子和大哥，都失了色，被我这勇气正气镇压住了。

但是我有勇气，他们便越想吃我，沾光一点这勇气。老头子跨出门，走不多远，便低声对大哥说道，"赶紧吃罢！"大哥点点头。原来也有你！这一件大发见，虽似意外，也在意中：合伙吃我的人，便是我的哥哥！

吃人的是我哥哥！

我是吃人的人的兄弟！

我自己被人吃了，可仍然是吃人的人的兄弟！

五

这几天是退一步想：假使那老头子不是刽子手扮的，真是医生，也仍然是吃人的人。他们的祖师李时珍做的"本草什么"④上，明明写着人肉可以煎吃；他还能说自己不吃人么？

至于我家大哥，也毫不冤枉他。他对我讲书的时候，亲口说过可以"易子而食"⑤；又一回偶然议论起一个不好的人，他便说不但该杀，还当"食肉寝皮"⑥。我那时年纪还小，心跳了好半天。前天狼子村佃户来说吃心肝的事，他也毫不奇怪，不住的点头。可见心思是同从前一样狠。既然可以"易子而食"，便什么都易得，什么人都吃得。我从前单听他讲道理，也胡涂过去；现在晓得他讲道理的时候，不但唇边还抹着人油，而且心里满装着吃人的意思。

《呐喊》全新解读

六

黑漆漆的，不知是日是夜。赵家的狗又叫起来了。

狮子似的凶心，兔子的怯弱，狐狸的狡猾，……

七

我晓得他们的方法，直捷杀了，是不肯的，而且也不敢，怕有祸祟。所以他们大家连络，布满了罗网，逼我自戕。试看前几天街上男女的样子，和这几天我大哥的作为，便足可悟出八九分了。最好是解下腰带，挂在梁上，自己紧紧勒死；他们没有杀人的罪名，又偿了心愿，自然都欢天喜地的发出一种呜呜咽咽的笑声。否则惊吓忧愁死了，虽则略瘦，也还可以首肯几下。

他们是只会吃死肉的！——记得什么书上说，有一种东西，叫"海乙那"⑦的，眼光和样子都很难看；时常吃死肉，连极大的骨头，都细细嚼烂，咽下肚子去，想起来也教人害怕。"海乙那"是狼的亲眷，狼是狗的本家。前天赵家的狗，看我几眼，可见他也同谋，早已接洽。老子眼看着地，岂能瞒得我过。

最可怜的是我的大哥，他也是人，何以毫不害怕；而且合伙吃我呢？还是历来惯了，不以为非呢？还是丧了良心，明知故犯呢？

我诅咒吃人的人，先从他起头；要劝转吃人的人，也先从他下手。

八

其实这种道理，到了现在，他们也该早已懂得，……

忽然来了一个人；年纪不过二十左右，相貌是不很看得清楚，满面笑容，对了我点头，他的笑也不像真笑。我便问他，"吃人的事，对么？"他仍然笑着说，"不是荒年，怎么会吃人。"我立刻就晓得，他也是一伙，喜欢吃人的；便自勇气百倍，偏要问他。

"对么？"

"这等事问他什么。你真会……说笑话。……今天天气很好。"

天气是好，月色也很亮了。可是我要问你，"对么？"

他不以为然了。含含胡胡的答道，"不……"

"不对？他们何以竟吃？！"

"没有的事……"

"没有的事？狼子村现吃；还有书上都写着，通红斩新！"

他便变了脸，铁一般青。睁着眼说，"有许有的，这是从来如此……"

"从来如此，便对么？"

"我不同你讲这些道理；总之你不该说，你说便是你错！"

我直跳起来，张开眼，这人便不见了。全身出了一大片汗。他的年纪，比我大哥小得远，居然也是一伙；这一定是他娘老子先教的。还怕已经教给他儿子了；所以连小孩子，也都恶狠狠的看我。

九

自己想吃人，又怕被别人吃了，都用着疑心极深的眼光，面面相觑。……

去了这心思，放心做事走路吃饭睡觉，何等舒服。这只是一条门槛，一个关头。他们可是父子兄弟夫妇朋友师生仇敌和各不相识的人，都结成一伙，互相劝勉，互相牵掣，死也不肯跨过这一步。

十

大清早，去寻我大哥；他立在堂门外看天，我便走到他背后，拦住门，格外沉静，格外和气的对他说，

"大哥，我有话告诉你。"

"你说就是。"他赶紧回过脸来，点点头。

"我只有几句话，可是说不出来。大哥，大约当初野蛮的人，都吃过一点人。后来因为心思不同，有的不吃人了，一味要好，便变了人，变了真的人。有的却还吃，——也同虫子一样，有的变了鱼鸟猴子，一直变到人。有的不要好，至今还是虫子。这吃人的人比不吃人的人，何等惭愧。怕比虫子的惭愧猴子，还差得很远很远。

　　"易牙⑧蒸了他儿子，给桀纣吃，还是一直从前的事。谁晓得从盘古开辟天地以后，一直吃到易牙的儿子；从易牙的儿子，一直吃到徐锡林⑨；从徐锡林，又一直吃到狼子村捉住的人。去年城里杀了犯人，还有一个生痨病的人，用馒头蘸血舔。

　　"他们要吃我，你一个人，原也无法可想；然而又何必去入伙。吃人的人，什么事做不出；他们会吃我，也会吃你，一伙里面，也会自吃。但只要转一步，只要立刻改了，也就人人太平。虽然从来如此，我们今天也可以格外要好，说是不能！大哥，我相信你能说，前天佃户要减租，你说过不能。"

　　当初，他还只是冷笑，随后眼光便凶狠起来，一到说破他们的隐情，那就满脸都变成青色了。大门外立着一伙人，赵贵翁和他的狗，也在里面，都探头探脑的挨进来。有的是看不出面貌，似乎用布蒙着；有的是仍旧青面獠牙，抿着嘴笑。我认识他们是一伙，都是吃人的人。可是也晓得他们心思很不一样，一种是以为从来如此，应该吃的；一种是知道不该吃，可是仍然要吃，又怕别人说破他，所以听了我的话，越发气愤不过，可是抿着嘴冷笑。

　　这时候，大哥也忽然显出凶相，高声喝道，

　　"都出去！疯子有什么好看！"

　　这时候，我又懂得一件他们的巧妙了。他们岂但不肯改，而且早已布置；预备下一个疯子的名目罩上我。将来吃了，不但太平无事，怕还会有人见情。佃户说的大家吃了一个恶人，正是这方法。这是他们的老谱！

　　陈老五也气愤愤的直走进来。如何按得住我的口，我偏要

对这伙人说，

"你们可以改了，从真心改起！要晓得将来容不得吃人的人，活在世上。

"你们要不改，自己也会吃尽。即使生得多，也会给真的人除灭了，同猎人打完狼子一样！——同虫子一样！"

那一伙人，都被陈老五赶走了。大哥也不知那里去了。陈老五劝我回屋子里去。屋里面全是黑沉沉的。横梁和椽子都在头上发抖；抖了一会，就大起来，堆在我身上。

万分沉重，动弹不得；他的意思是要我死。我晓得他的沉重是假的，便挣扎出来，出了一身汗。可是偏要说，

"你们立刻改了，从真心改起！你们要晓得将来是容不得吃人的人，……"

十一

太阳也不出，门也不开，日日是两顿饭。

我捏起筷子，便想起我大哥；晓得妹子死掉的缘故，也全在他。那时我妹子才五岁，可爱可怜的样子，还在眼前。母亲哭个不住，他却劝母亲不要哭；大约因为自己吃了，哭起来不免有点过意不去。如果还能过意不去，……

妹子是被大哥吃了，母亲知道没有，我可不得而知。

母亲想也知道；不过哭的时候，却并没有说明，大约也以为应当的了。记得我四五岁时，坐在堂前乘凉，大哥说爷娘生病，做儿子的须割下一片肉来，煮熟了请他吃，[10]才算好人；母亲也没有说不行。一片吃得，整个的自然也吃得。但是那天的哭法，现在想起来，实在还教人伤心，这真是奇极的事！

十二

不能想了。

四千年来时时吃人的地方，今天才明白，我也在其中混了多年；大哥正管着家务，妹子恰恰死了，他未必不和在饭菜里，暗暗给我们吃。

我未必无意之中，不吃了我妹子的几片肉，现在也轮到我自己，……

有了四千年吃人履历的我，当初虽然不知道，现在明白，难见真的人！

十三

没有吃过人的孩子，或者还有？

救救孩子……

一九一八年四月。

【注　释】

① 本篇最初发表于 1918 年 5 月《新青年》第四卷第五号。

② 候补　清代官制，通过科举考试或捐纳取得官衔，而没有补授实缺的中下级官员，在吏部候选，由吏部汇列呈请分发名单，每月抽签分发到某部或某省，听候委用，称为候补。

③ 古久先生的陈年流水簿子　这里比喻我国长期封建社会的历史。也可理解为"古久先生"象征古老的中国，"陈年流水簿子"则象征厚重的历史记载。

④ "本草什么"　指《本草纲目》，故意不写出全名，以示狂人写日记的昏乱状态。《本草纲目》是明代医学家李时珍（1518—1593）的药物学著作。书里有唐代以人肉治痨病的记载，所以《狂人日记》中说李时珍"明明写着人肉可以煎吃"。这也是狂人的误记，同样是一种昏乱状态的表现。

⑤ "易子而食"　语见《左传》宣公十五年，其中记载宋将华元对楚将子反叙说宋国都城被楚军围困时，形容其惨状说："敝邑易子而食，析骸而爨。"

⑥ "食肉寝皮"　语出《左传》襄公二十一年。书中记载：晋国州绰对齐庄公说："按'二子'指齐国的殖绰和郭最，譬于禽兽，臣食其肉而寝处其皮矣。"

⑦ "海乙那"　英语 hyena 的音译，即鬣狗（又名土狼），一种食肉兽，常跟在狮虎等猛兽之后，吃它们以剩下的残尸。

⑧ 易牙　也叫狄牙，雍人，名巫，也称雍巫。春秋时齐国人，是齐桓公的近臣，长于调味，也善逢迎。相传他煮了自己的儿子作羹献给齐

桓公。这里却说"易牙蒸了他儿子，给桀纣吃"，桀纣是夏商时人，这也是"狂人"昏乱状态的表现。

⑨ 徐锡林　隐指徐锡麟（1873—1907），中国近代民主革命烈士，字伯荪，浙江绍兴人，清末革命团体光复会的重要成员。1907 年与秋瑾准备在浙、皖两省同时起义，7 月 6 日，在安庆，乘学堂举行毕业典礼之机刺死安徽巡抚恩铭，并率领学生攻占军械局。但起义失败，被捕后当日惨遭杀害，心肝被恩铭的卫队挖出炒食。

⑩ 指"割股疗亲"，相传割取自己大腿上的肉煎药，能够医治父母的重病。这是没有根据的，是封建社会的一种愚孝行为。

 解读

关于《狂人日记》，鲁迅曾经说过它产生的契机。在 1918 年 8 月 20 日《狂人日记》发表后不久，给好友许寿裳的信中说：

> 《狂人日记》实为拙作……后以偶阅《通鉴》，乃悟中国人尚是食人民族，因成此篇。此种发现，关系亦甚大，而知者尚寥寥也。

在《〈中国新文学大系〉小说二集》中又说：

> ……一八三四年顷，俄国的果戈理（N. Gogol）就已经写了《狂人日记》；一八八三年顷，尼采（Fe. Neitgsche）也早借了苏鲁支（Zarathustra）的嘴，说过："你们已经走了从虫豸到人的路，在你们里面还有许多份是虫豸。你们做过猴子，到了现在，人还尤其是猴子，无论比那一个猴子"的。……但后起的《狂人日记》意在暴露家族制度和礼教的弊害，却比果戈理的忧愤深广，也不如尼采的超人的渺茫。

这两段记事说明，要揭示中国家族制度和礼教的弊害——"吃人"的本质，表现一种深沉的忧愤。这里鲁迅确立了主题，这是他要表现的我们民族的"母题"之一。这一点很重要，但是知道的人很少。你把很少人

《呐喊》全新解读

知道的真理说出来，在中国，习惯上就称你甚至骂你是疯子。于是创作的目标也就出现了，要描写一个疯子，用疯话的形态，说出那些真理来。而且，果戈理不是有一篇《狂人日记》吗，不是就虚拟了一个狂人和他的日记，通过它来表现作家所要表现的内容与思想吗？但是，这里有一个危险：这么做，"狂人"可能成为一个不真实的人、苍白的形象，成为"传声筒"。那么，怎么办？基本的也是重要的有两条。

第一，疯子必须像疯子。这一点，好办。恰好就在几年前，表弟阮久荪得了疯病，而且恰好患的就是被迫害狂，他的惊恐和处处以为人们是在预谋和实施杀害他的计划，那表现是很真切、很具象的。鲁迅在接待、照顾他就医，以至雇人送他回乡的过程中看得很真切。再有，他的医学知识，自然也帮助他来真实地写出一个狂人的真实来。

第二，狂人之所以致狂的内在思想要真实、贴切，要有深度。这一点，便表现在鲁迅总结的家族制度和礼教是吃人的，中国数千年的历史是"吃人"文化这一点上。连狂人自己也吃过人。这种反传统的思想和他所反对的传统及其吃人的实质，这些都是真实的，击中要害的，具有深度的。它正是当时新文化运动反传统的主要目标。

这样，在创作立意上，就达到了内容与形式、思想与艺术的融合统一。

《狂人日记》在艺术形式上完全是崭新的。它不是直接呈现出一种狂人的日记，而是加上一个序言，告诉读者这是他的学友兄弟俩之一，在患狂症时的日记，他拿来了，展开阅读。这"序"便成为一个故事封套，给人讲一段关于学友的兄弟发狂、记日记的故事。这一方面，增加了小说的真实感，同时，另一方面，又拉远了狂人的日记同读者的距离——是隔了一层才来看日记的。同时，这"序"也许还有一层意思，即"序"中说的那"迫害狂"病人早已好了，到某地去等待委任官差了。"狂人已经好了，又走上旧轨道了。——他否定了自己的过去。"这种"思想——行为倒退的革新者"的现象，是鲁迅感到痛心而时常提及的，他的朋友中亦不乏这种人。他在《孤独者》《在酒楼上》这些后来写的小说中也写过这种人。"序"中这样写出，也有一种警世的作用。

《日记》正文共计13节，每节都很短，第13节只有两行两句话。但每一节都把狂人的思想从两个方面推进一步，也是向两个相关的主题深化。第一个是狂人所认定的要吃他的事实，一步一步坐实，符合逻辑地发展，"他们"所设计的一个一个阴谋都被他识破了，一直走向结尾："吃人→从过去到现在→吃我"。另一个方面的主题则是：从外人到家人到自己，都有吃人的历史，其逻辑发展是："狼子村人→大哥、母亲→我自己"。两条线索都归结到一个主题："救救孩子……"

《日记》记录了狂人眼里所看到的世界与人的活动，他把这一切都汇聚和奔向吃人这一主题，他之所见、所想，都是日常的、正常的事物与活动，但在狂人眼里都成为预谋吃人的表现。这种描写，一种是狂人的真实的感受，它在心理学、生理学上以及实际生活方面，都是真实的：狂人的确是如此表现。但是，在另一方面，"吃人"之说，从现实到历史都是虚幻的，因为这是狂人的幻觉和妄想。不过，这却是表面的意义，而在深层的意义上，这却是真实的，是血淋淋的事实。狂人说出的是真理。这样，前一种生活的真实（狂人之真狂表现），在"意义"层面上是虚假的（狂人不是狂，而是一个看穿了历史与现实本质的先觉者）；而后者的虚幻在本质上都是真实的。

整个作品，都具有象征的意义。"吃人"就是一种总体的象征。文中也充满了象征：月色，"陈年流水簿"，"咬你几口"，"狮子似的凶心，兔子的怯弱，狐狸的狡猾"，"救救孩子"等，连名字也具有象征的意识：狼子村，古久先生，"海乙那"。"众兽（狗、狼、海乙那、狮、兔、狐）的连续出现，竟建立一个与人的领域相平行的兽的领域。这正符合现代人类学家用人兽并列来象征人性中自杀与乱伦的价值观的解释；而'兽'的意象也使人看到孟子的'人之异于禽兽者几希'的反响。"

《狂人日记》的语言是崭新的中国现代叙述语言与文学语言，这是以前从未有过的，是五四时代的新产物，是鲁迅的创造。它是新的词汇、新的句式、新的表现方式，其中蕴含着新的文化背景与思想意义。它是明快的、简洁的、优雅的、美丽的，富有表现力的。它运行的节奏，隐藏的情绪，象征的意味，暗含的意象，以及反讽的语意，直到整体上表现的意境，都是现代的，符合内容表达的需要，并与之契合的。

《狂人日记》在创作上，受到俄国果戈理的《狂人日记》的直接影响，但主题、内容更广阔、巨大、深沉，是一种民族的忧愤与母题，而果戈理的同名作则只是悲苦小人物的哀鸣与呻吟。俄国作家安德列夫，向为鲁迅所赏识，他的《红笑》也写了两兄弟中一人疯了。但《红笑》中的疯子是真疯，《狂人日记》中的狂人却是说出真理的被迫害的先觉者。鲁迅还借取了尼采的思想，这一点他在自评中说明了。不同的是，他在《狂人日记》中，表达了人的身上心里还保留着"吃人"的野蛮成分的。这种真实与虚幻的颠倒交错，构成了一种艺术上的张力，并产生一种吸引注意与欣赏的审美潜力。

整个叙述（日记），表现上是"错乱"的，而在意绪上、思想上、心理上，则是急促的、跳跃的、紧张的。一种心理紧张的语言、氛围和思想，急切地说出令人令己惊悚的真理。这大概就是鲁迅自评所说的"太逼促"吧，但这"逼促"（紧张）是符合《狂人日记》主题需要的。这种艺术风格正与主题之紧迫惊世相契合。

《狂人日记》的整个叙述是一步步发展的、深入的，是故事的逐步发展和深入，是狂人心理——思想的逐步展开和深入，同时也就是主题思想的逐步阐明与深入。日记的第一篇，写月光，但更表现了狂人的心态：见月亮而忽然想到"以前的三十多年，全是发昏"；又忽然跳到赵家的狗，多看了他两眼。这里虽然还看不出更多东西，但狂人的怪异情态已经初步显示出来了。第二篇就展开一些了：所有的人，从老人到小孩，都神态一样，怀着鬼胎，目的全是想要吃人。这里，迫害狂的心态表述出来了，而狂人的真正心思也说明了，更重要的是指明了两点：1. 和赵贵翁是二十年前"把古久先生的陈年流水簿子，踹了一脚"，所以结下了仇。这把狂人曾经反传统、反陈规的历史，象征性地透露出来了。2. 连小孩子也"睁着怪眼睛"，则是"他们娘老子教的"。这又将孩子的受害说明了。同时，与结尾的"救救孩子"的呼号前后呼应起来了。第三、四、五篇，"故事"、狂人心态和主题思想又都进一步展开了，深入了，阐明了：（一）"他们会吃人，就未必不会吃我。"（二）历史用"仁义道德"四个字，掩盖着"吃人"的事实。（三）自己的哥哥也会吃"我"。"吃人的是我哥哥！""我是吃人的人的兄弟！"（四）医生也吃人，哥哥讲道理的时候"心里也满装着吃人的意思"。（五）至此，吃人的历史、现实、"道理"、原因，全讲到了。"故事"、心态和主题全面展开了。第六篇是一个转折：虚写，烘托气氛。——日夜不分，狗又叫起来，"狮子似的凶心，兔子的怯弱，狐狸的狡猾，……"，写出"吃人的人们"的心态特点，一些恰当的比喻，引人思索而富于形象性。第七篇转入"吃法"的描写——只"会吃死肉"，不担"杀人的罪名"；以及诅咒吃人的人要从亲人做起，"劝转吃人的人，也先从他下手"。这样，迫害狂就从被吃的恐惧，转向"劝人不再吃人"了，思想前进，主题深化了。第八篇便转入"劝"的主题，并批驳了"吃人的道理"：所谓"从来如此"！"从来如此，便对么？"——这一提问，使作品的思想进入对传统的礼教的批判：从来如此的事并不都对。第九篇讲的"理论"：人们想吃人又怕被别人吃，吓得用疑心极深的眼光"面面相觑"。何必呢？"去了这心思"，跨过这一门槛、这一关头，就好了；但是，"父子兄弟夫妇朋友师生仇敌和各不相识的人”，就是不肯跨过这一步！

第十篇则又一次“峰回路转”：一面是连大哥在内的众人，形成了一个“吃人的阵势”；一面是狂人的力劝他们再不要“吃人”。这里更进一步提出了人们对付觉醒的狂人的老法式，就是给他们戴上“疯子”的恶谥；同时狂人的力劝也更为有力。他指出：“你们可以改了，从真心改起！要晓得将来容不得吃人的人，活在世上。”在这一篇里，狂人的种种心态，在众多人与事的现象面前，表现得惟妙惟肖；狂人的思想、形象，也更进一步突显出来了。

第十一篇再次转折：大哥不必说了，就连母亲也参与了“吃”了亲生女儿的悲惨事！但妹妹死时，母亲确实哭得很伤心。“这真是奇极的事！”这是象征地表现出，封建礼教戕害人，使父母出于对子女的爱，却又用礼教思想——制度来管束他们，结果害死了他们，——这等于是“吃”了他们。然而他们浑然不知，又真诚地哭得很伤心。这是矛盾的，又是极悲惨的。

第十二篇写狂人很自然地联系到自己，既然大哥、母亲都参与了“吃”妹妹的事，“我未必无意之中，不吃了我妹子的几片肉”！而且“现在也轮到我自己”！这样，就得出了一个结论：我们有了“四千年吃人的历史”，我们每个人都有了“四千年吃人的履历”！

第十三篇，一个十分简短而又铿锵有力的结尾：“没有吃过人的孩子，或者还有？/救救孩子……”这也就是说，要把我们的后代从封建礼教的束缚和戕害下解放出来。

综观以上十三篇日记，三个线索，即故事的情节、狂人的心态、主题思想，纠结在一起，同时展开、同时发展、同时显现，因此它们也就互相推动、互相引发、互相阐释。这是这篇新型小说的高妙之处、成功之处。

阅读《狂人日记》可以先掌握它的表面意义层次，看明白每一篇日记所说的内容是什么，然后再细读，理解它的深层次的意义，包括每篇日记所表现的狂人的所见、所闻、所感，他的心态和反应，以及这种反应所体现的作者意图。再进一步，我们就可以细细揣度、领会、品味其中的象征、比喻、意象，由此可以更深入地理解这篇小说的思想内容和深刻意义，也能欣赏它的艺术成就和审美特征了。

通过这种和狂人以日记的形式来表述自己的心理、理想的方式，《狂人日记》塑造了一个先觉者的“狂人”形象。通过这个成功的形象，揭露、抨击了中国几千年的封建礼教制度，指出了它的“吃人”的本质，并号召人们起来同它斗争，为消灭它而奋斗。

《呐喊》全新解读

社会对苦人儿的凉薄：《孔乙己》

孔乙己[1]

鲁镇的酒店的格局，是和别处不同的：都是当街一个曲尺形的大柜台，柜里面预备着热水，可以随时温酒。做工的人，傍午傍晚散了工，每每花四文铜钱，买一碗酒，——这是二十多年前的事，现在每碗要涨到十文，——靠柜外站着，热热的喝了休息；倘肯多花一文，便可以买一碟盐煮笋，或者茴香豆，做下酒物了，如果出到十几文，那就能买一样荤菜，但这些顾客，多是短衣帮，大抵没有这样阔绰。只有穿长衫的，才踱进店面隔壁的房子里，要酒要菜，慢慢地坐喝。

我从十二岁起，便在镇口的咸亨酒店里当伙计，掌柜说，样子太傻，怕侍候不了长衫主顾，就在外面做点事罢。外面的短衣主顾，虽然容易说话，但唠唠叨叨缠夹不清的也很不少。他们往往要亲眼看着黄酒从坛子里舀出，看过壶子底里有水没有，又亲看将壶子放在热水里，然后放心：在这严重监督之下，羼水也很为难。所以过了几天，掌柜又说我干不了这事。幸亏荐头的情面大，辞退不得，便改为专管温酒的一种无聊职务了。

我从此便整天的站在柜台里，专管我的职务。虽然没有什么失职，但总觉有些单调，有些无聊。掌柜是一副凶脸孔，主顾也没有好声气，教人活泼不得；只有孔乙己到店，才可以笑几声，所以至今还记得。

孔乙己是站着喝酒而穿长衫的惟一的人。他身材很高大；青白脸色，皱纹间时常夹些伤痕；一部乱蓬蓬的花白的胡子。穿的虽然是长衫，可是又脏又破，似乎十多年没有补，也没有洗。他对人说话，总是满口之乎者也，教人半懂不懂的。因为他姓孔，别人便从描红纸②上的"上大人孔乙己"这半懂不懂的话里，替他取下一个绰号，叫作孔乙己。孔乙己一到店，所有喝酒的人便都看着他笑，有的叫道，"孔乙己，你脸上又添上新伤疤了！"他不回答，对柜里说，"温两碗酒，要一碟茴香豆。"便排出九文大钱。他们又故意的高声嚷道，"你一定又偷了人家的东西了！"孔乙己睁大眼睛说，"你怎么这样凭空污人清白……""什么清白？我前天亲眼见你偷了何家的书，吊着打。"孔乙己便涨红了脸，额上的青筋条条绽出，争辩道，"窃书不能算偷……窃书！……读书人的事，能算偷么？"接连便是难懂的话，什么"君子固穷"③，什么"者乎"之类，引得众人都哄笑起来：店内外充满了快活的空气。

听人家背地里谈论，孔乙己原来也读过书，但终于没有进学④，又不会营生；于是愈过愈穷，弄到将要讨饭了。幸而写得一笔好字，便替人家钞钞书，换一碗饭吃。可惜他又有一样坏脾气，便是好喝懒做。坐不到几天，便连人和书籍纸张笔砚，一齐失踪。如是几次，叫他钞书的人也没有了。孔乙己没有法，便免不了偶然做些偷窃的事。但他在我们店里，品行却比别人都好，就是从不拖欠；虽然间或没有现钱，暂时记在粉板上，但不出一月，定然还清，从粉板上拭去了孔乙己的名字。

孔乙己喝过半碗酒，涨红的脸色渐渐复了原，旁人便又问道，"孔乙己，你当真认识字么？"孔乙己看着问他的人，显出不屑置辩的神气。他们便接着说道，"你怎的连半个秀才也捞不到呢？"孔乙己立刻显出颓唐不安的模样，脸上笼上了一层灰色，嘴里说些话；这回可是全是之乎者也之类，一些不懂了。在这时候，众人也都哄笑起来：店内外充满了快活的空气。

在这些时候，我可以附和着笑，掌柜是决不责备的。而且掌柜见了孔乙己，也每每这样问他，引人发笑。孔乙己自己知道不能和他们谈天，便只好向孩子说话。有一回对我说道，

“你读过书么？”我略略点一点头。他说，“读过书，……我便考你一考。茴香豆的茴字，怎样写的？”我想，讨饭一样的人，也配考我么？便回过脸去，不再理会。孔乙己等了许久，很恳切的说道，“不能写罢？……我教给你，记着！这些字应该记着。将来做掌柜的时候，写账要用。”我暗想我和掌柜的等级还很远呢，而且我们掌柜也从不将茴香豆上账；又好笑，又不耐烦，懒懒的答他道，“谁要你教，不是草头底下一个来回的回字么？”孔乙己显出极高兴的样子，将两个指头的长指甲敲着柜台，点头说，“对呀对呀！……回字有四样写法⑤，你知道么？”我愈不耐烦了，努着嘴走远。孔乙己刚用指甲蘸了酒，想在柜上写字，见我毫不热心，便又叹一口气，显出极惋惜的样子。

有几回，邻舍孩子听得笑声，也赶热闹，围住了孔乙己。他便给他们茴香豆吃，一人一颗。孩子吃完豆，仍然不散，眼睛都望着碟子。孔乙己着了慌，伸开五指将碟子罩住，弯腰下去说道，“不多了，我已经不多了。”直起身又看一看豆，自己摇头说，“不多不多！多乎哉？不多也。”⑥于是这一群孩子都在笑声里走散了。

孔乙己是这样的使人快活，可是没有他，别人也便这么过。

有一天，大约是中秋前的两三天，掌柜正在慢慢的结账，取下粉板，忽然说，“孔乙己长久没有来了。还欠十九个钱呢！”我才也觉得他的确长久没有来了。一个喝酒的人说道，“他怎么会来？……他打折了腿了。”掌柜说，“哦！”“他总仍旧是偷。这一回，是自己发昏，竟偷到丁举人家里去了。他家的东西，偷得的么？”“后来怎样？”“怎样？先写服辩⑦，后来是打，打了大半夜，再打折了腿。”“后来呢？”“后来打折了腿了。”“打折了怎样呢？”“怎样？……谁晓得？许是死了。”掌柜也不再问，仍然慢慢的算他的账。

中秋过后，秋风是一天凉比一天，看看将近初冬；我整天的靠着火，也须穿上棉袄了。一天的下半天，没有一个顾客，我正合了眼坐着。忽然间听得一个声音，"温一碗酒。"这声音虽然极低，却很耳熟。看时又全没有人。站起来向外一望，那孔乙己便在柜台下对了门槛坐着。他脸上黑而且瘦，已经不成样子；穿一件破夹袄，盘着两腿，下面垫一个蒲包，用草绳在肩上挂住；见了我，又说道，"温一碗酒。"掌柜也伸出头去，一面说，"孔乙己么？你还欠十九个钱呢！"孔乙己很颓唐的仰面答道，"这……下回还清罢。这一回是现钱，酒要好。"掌柜仍然同平常一样，笑着对他说，"孔乙己，你又偷了东西了！"但他这回却不十分分辩，单说了一句"不要取笑！""取笑？要是不偷，怎么会打断腿？"孔乙己低声说道，"跌断，跌，跌……"他的眼色，很像恳求掌柜，不要再提。此时已经聚集了几个人，便和掌柜都笑了。我温了酒，端出去，放在门槛上。他从破衣袋里摸出四文大钱，放在我手里，见他满手是泥，原来他便用这手走来的。不一会，他喝完酒，便又在旁人的说笑声中，坐着用这手慢慢走去了。

自此以后，又长久没有看见孔乙己。到了年关，掌柜取下粉板说，"孔乙己还欠十九个钱呢！"到第二年的端午，又说"孔乙己还欠十九个钱呢！"到中秋可是没有说，再到年关也没有看见他。

我到现在终于没有见——大约孔乙己的确死了。

一九一九年三月。①

【注　释】

① 本篇最初发表于 1919 年 4 月《新青年》第六卷第四号。发表时篇末有作者的附记，说明作者创作的用意："这一篇很拙的小说，还是去年冬天做成的。那时的意思，单在描写社会上的或一种生活，请读者看看，并没有别的深意。但用活字排印了发表，却已在这时候，——便是忽然有人用了小说盛行人身攻击的时候。大抵著者走入暗路，每每能引读者的思想跟他堕落：以为小说是一种泼秽水的器具，里面糟蹋的是谁。这实在是一件极可叹可怜的事。所以我在此声明，免得发生猜度，害了读者的人格。一九一九年三月二十六日记。"

② 描红纸　旧时通用的一种儿童摹写毛笔字的字帖，上面印有用红

色写的汉字，儿童用毛笔蘸黑色在红字上描摹以练字。最通行的一种，上面印有"上大人孔（明代以前作丘）乙己化三千七十士尔小生八九子佳作仁可知礼也"这样一些笔画简单、三字一句和似通非通的文字。它的起源颇早，明代、唐均有记载。

③"君子固穷" 语见《论语·卫灵公》："子曰：'君子固穷，小人斯滥矣。'"意思是君子困厄时尚能安守，小人困厄时就不守约束而胡作非为了。

④ 进学 院考（道考）孝取者，名列府县字籍，叫进学。按明清科举制度分级考试，县考初试，再府考复试，再参加院考，进学后成为秀才，才可参加三年一次的乡试（有级考试），取中的称名举人。

⑤ 回字有四样写法 回字常见的三种写法是：回、囘、囬。第四种写作"囘"（见《康熙字典·备考》），极少见。

⑥"多乎哉？不多也。" 语见《论语·子罕》："……子闻之，曰：'大宰知我乎？吾少也贱，故多能鄙事。'君子多乎哉？不多也。"这里孔乙己只是说茴香豆不多了，与孔子所说的原意无关。

⑦ 服辩 又作仗辩，即认罪书。

⑧ 根据注①所引作者的附记，本文当作于1918年冬天。这里篇末所署的写作时间，是作者在编集时所补记。或为误记。

解读

孔乙己本是一个读书人，在封建社会实行的科举制度中，读书人唯一的出路就是考功名，县试、府试、道试、乡试（省一级），秀才、举人、进士，等等，一级一级地考上去。连秀才也考不上，叫作没有功名。如果没有别的谋生本领，就几乎是废人。孔乙己就是这样，既不会营生，"于是愈过愈穷，弄到将要讨饭了"，于是替人抄书，可他又好吃懒做，还小偷小摸，偷书籍纸张笔砚。"如是几次，叫他钞书的人也没有了"。所以，他是穿长衫而又站着喝酒的唯一的人。他的形象是穷困潦倒的："他身材很高大；清白脸色，皱纹间时常夹些伤痕；一部乱蓬蓬的花白的胡子。穿的虽然是长衫，可是又脏又破，似乎十多年没有补，也没有洗。"这副模样，却既站着喝酒，又满口的之乎者也；而且当有人嘲笑他偷窃时，他又要申辩，并说别人是"凭空污人清白"，还狡辩地说什么"窃书不能算偷"。这些描写，活脱地画出了孔乙己的矛盾惶遽状态。在这样的介绍之后，对孔乙己的身世、生活状况和性情，我们就有了一个

名家解读中外文学名著书系

大致的了解，他的形象也明晰地站在读者面前。然后，就是实际的、"现场的"、具体的"事件"和表现了。一次纪事是孔乙己喝过半碗酒，人们故意问他是否真的识字，这显然是挑衅性的提问，孔乙己不屑置辩；接着又问他怎么连半个秀才也捞不到，这是更进一步的嘲笑了。这很使孔乙己伤心、难堪，于是"立刻显出颓唐不安的模样，脸上笼上了一层灰色"，嘴里说些之乎者也的话，大概是为自己辩解吧，然而大家"一些不懂"，竟都哄笑起来了。而"店内外充满了快活的空气"。孔乙己是这样的使人快活，但他自己并不快活，只是做了使别人快活的材料罢了。这可以说是"孔乙己受难的一页"。人们拿他的不幸来取笑逗乐，把别人的痛苦作为寻开心的作料。社会的凉薄和对于苦人儿毫无同情心，就在这中间表现出来了。而孔乙己的生活和性格——老实、无能、受欺压，也在其中显现出来。

第二个"事件"和情节则是孔乙己在咸亨酒店喝酒时和"我"（也就是小店员）的谈话——因为别人总是嘲笑戏弄他，所以只好和孩子说话，这也表现了孔乙己的可怜。他好心地教给"我""回字的四种写法"，又不受欢迎，听得人家不耐烦而走开了。这显出孔乙己的更加孤寂。——同时，这也就渲染了凉薄的空气和环境，更深层次地表现了"凉薄"，因为，连孩子也不喜欢他。接下来是孔乙己同孩子们的欢快的相处：孩子们围着他，"他便给他们茴香豆吃，一人一颗"。然而孩子们紧着要，孔乙己慌了，只好将碟子罩住，连说："不多了，我已经不多了。"又"自己摇头说，'不多不多！多乎哉？不多也。'""于是这一群孩子都在笑声里走散了"。这里倒有一点欢乐的气氛；但也暗含着悲凉：孩子们只是为了他的茴香豆而已，而他的茴香豆又不能满足供应。可怜的孔乙己只有这样一点点"不能满足别人的欢乐的欢乐"！孔乙己的形象和性格也在这种"活动"中体现出来，他朴素诚恳，喜欢孩子，也许这是他对于生活的爱的表现。但生活使他没有条件也没有权利享受这一点点"爱"！这里也进一步表现了社会的凉薄。孔乙己这样使人快活，但他自己却并不快活！

后面是转折也是情节的发展：掌柜的从粉板上发现孔乙己还欠十九个钱，这才觉得他"的确长久没有来了"。他提起这件事，一个喝酒的人就说起了孔乙己偷了举人家的东西，被打折了腿。有没有孔乙己，对人们毫无影响，人们毫不在意；只是看到他欠钱了才说起他，而他被打折了腿，人们也毫不在意。"许是死了"，人们这样说，像说一件极无所谓的事。"凉薄"，充斥在一切时间和空间之内。

接着便是实写：孔乙己以悲惨的形象出现了。他脸孔黑瘦，身穿破夹袄，"盘着两腿，下面垫一个蒲包，用草绳在肩上挂住"，用两手在地上"走"路。然而人们还要笑骂他，说他因为偷而被打折了腿，使他无地自容，只能自我解嘲说"不要取笑！""跌断，跌，跌……"。他喝完酒，又在别人的说笑声中，用手慢慢走去了。这是很悲惨的一幕。孔乙己就生活在这样的不把他当人的环境和人生中。

　　自从这次孔乙己走后，就很久没有看见他了；到了年关，掌柜的只念叨孔乙己还欠十九个钱，而不念孔乙己；到第二年端午又是念及孔乙己所欠的十九个钱，而把人忘记了。以后，就永远没有看见这个可怜的苦人儿。——他悄悄地离开了这个凉薄的世界。

　　小说以极为简洁的故事情节，构筑了孔乙己悲惨的命运。

名家解读中外文学名著书系

133

《药》：两个"中国之子"的死

药①

一

秋天的后半夜，月亮下去了，太阳还没有出，只剩下一片乌蓝的天；除了夜游的东西，什么都睡着。华老栓忽然坐起身，擦着火柴，点上遍身油腻的灯盏，茶馆的两间屋子里，便弥满了青白的光。

"小栓的爹，你就去么？"是一个老女人的声音。里边的小屋子里，也发出一阵咳嗽。

"唔。"老栓一面听，一面应，一面扣上衣服；伸手过去说，"你给我罢。"

华大妈在枕头底下掏了半天，掏出一包洋钱②，交给老栓，老栓接了，抖抖的装入衣袋，又在外面按了两下；便点上灯笼，吹熄灯盏，走向里屋子去了。那屋子里面，正在窸窸窣窣的响，接着便是一通咳嗽。老栓候他平静下去，才低低的叫道，"小栓……你不要起来。……店么？你娘会安排的。"

老栓听得儿子不再说话，料他安心睡了；便出了门，走到街上。街上黑沉沉的一无所有，只有一条灰白的路，看得分明。灯光照着他的两脚，一前一后的走。有时也遇到几只狗，可是一只也没有叫。天气比屋子里冷得多了；老栓倒觉爽快，仿佛一旦变了少年，得了神通，有给人生命的本领似的，跨步格外高远。而且路也愈走愈分明，天也愈走愈亮了。

老栓正在专心走路，忽然吃了一惊，远远里看见一条丁字街，明明白白横着。他便退了几步，寻到一家关着门的铺子，蹩进檐下，靠门立住了。好一会，身上觉得有些发冷。

"哼，老头子。"

"倒高兴……。"

老栓又吃一惊，睁眼看时，几个人从他面前过去了。一个还回头看他，样子不甚分明，但很像久饿的人见了食物一般，眼里闪出一种攫取的光。老栓看看灯笼，已经熄了。按一按衣袋，硬硬的还在。仰起头两面一望，只见许多古怪的人，三三两两，鬼似的在那里徘徊；定睛再看，却也看不出什么别的奇怪。

没有多久，又见几个兵，在那边走动；衣服前后的一个大白圆圈，远地里也看得清楚，走过面前的，并且看出号衣③上暗红色的镶边。——一阵脚步声响，一眨眼，已经拥过了一大簇人。那三三两两的人，也忽然合作一堆，潮一般向前赶；将到丁字街口，便突然立住，簇成一个半圆。

老栓也向那边看，却只见一堆人的后背；颈项都伸得很长，仿佛许多鸭，被无形的手捏住了的，向上提着。静了一会，似乎有点声音，便又动摇起来，轰的一声，都向后退；一直散到老栓立着的地方，几乎将他挤倒了。

"喂！一手交钱，一手交货！"一个浑身黑色的人，站在老栓面前，眼光正像两把刀，刺得老栓缩小了一半。那人一只大手，向他摊着；一只手却撮着一个鲜红的馒头④，那红的还是一点一点的往下滴。

老栓慌忙摸出洋钱，抖抖的想交给他，却又不敢去接他的东西。那人便焦急起来，嚷道，"怕什么？怎的不拿！"老栓还踌躇着；黑的人便抢过灯笼，一把扯下纸罩，裹了馒头，塞与老栓；一手抓过洋钱，捏一捏，转身去了。嘴里哼着说，"这老东西……。"

"这给谁治病的呀？"老栓也似乎听得有人问他，但他并不答应；他的精神，现在只在一个包上，仿佛抱着一个十世单传的婴儿，别的事情，都已置之度外了。他现在要将这包里的新的生命，移植到他家里，收获许多幸福。太阳也出来了；在他面前，显出一条大道，直到他家中，后面也照见丁字街头破匾上"古□亭口"这四个黯淡的金字。

二

老栓走到家，店面早经收拾干净，一排一排的茶桌，滑溜溜的发光。但是没有客人；只有小栓坐在里排的桌前吃饭，大粒的汗，从额上滚下，夹袄也贴住了脊心，两块肩胛骨高高凸出，印成一个阳文的"八"字。老栓见这样子，不免皱一皱展开的眉心。他的女人，从灶下急急走出，睁着眼睛，嘴唇有些发抖。

"得了么？"

"得了。"

两个人一齐走进灶下，商量了一会；华大妈便出去了，不多时，拿着一片老荷叶回来，摊在桌上。老栓也打开灯笼罩，用荷叶重新包了那红的馒头。小栓也吃完饭，他的母亲慌忙说：

"小栓——你坐着，不要到这里来。"

一面整顿了灶火，老栓便把一个碧绿的包，一个红红白白的破灯笼，一同塞在灶里；一阵红黑的火焰过去时，店屋里散满了一种奇怪的香味。

"好香！你们吃什么点心呀？"这是驼背五少爷到了。这人每天总在茶馆里过日，来得最早，去得最迟，此时恰恰蹩到临街的壁角的桌边，便坐下问话，然而没有人答应他。"炒米粥么？"仍然没有人应。老栓匆匆走出，给他泡上茶。

"小栓进来罢！"华大妈叫小栓进了里面的屋子，中间放好一条凳，小栓坐了。他的母亲端过一碟乌黑的圆东西，轻轻说：

"吃下去罢，——病便好了。"

小栓撮起这黑东西，看了一会，似乎拿着自己的性命一般，心里说不出的奇怪。十分小心的拗开了，焦皮里面窜出一道白气，白气散了，是两半个白面的馒头。——不多工夫，已

《呐喊》全新解读

经全在肚里了，却全忘了什么味；面前只剩下一张空盘。他的旁边，一面立着他的父亲，一面立着他的母亲，两人的眼光，都仿佛要在他身里注进什么又要取出什么似的；便禁不住心跳起来，按着胸膛，又是一阵咳嗽。

"睡一会罢，——便好了。"

小栓依他母亲的话，咳着睡了。华大妈候他喘气平静，才轻轻的给他盖上了满幅补钉的夹被。

三

店里坐着许多人，老栓也忙了，提着大铜壶，一趟一趟的给客人冲茶；两个眼眶，都围着一圈黑线。

"老栓，你有些不舒服么？——你生病么？"一个花白胡子的人说。

"没有。"

"没有？——我想笑嘻嘻的，原也不像……"花白胡子便取消了自己的话。

"老栓只是忙。要是他的儿子……"驼背五少爷话还未完，突然闯进了一个满脸横肉的人，披一件玄色布衫，散着纽扣，用很宽的玄色腰带，胡乱捆在腰间。刚进门，便对老栓嚷道：

"吃了么？好了么？老栓，就是运气了你！你运气，要不是我信息灵……"

老栓一手提了茶壶，一手恭恭敬敬的垂着；笑嘻嘻的听。满座的人，也都恭恭敬敬的听。华大妈也黑着眼眶，笑嘻嘻的送出茶碗茶叶来，加上一个橄榄，老栓便去冲了水。

"这是包好！这是与众不同的。你想，趁热的拿来，趁热吃下。"横肉的人只是嚷。

"真的呢，要没有康大叔照顾，怎么会这样……"华大妈也很感激的谢他。

"包好，包好！这样的趁热吃下。这样的人血馒头，什么痨病都包好！"

华大妈听到"痨病"这两个字，变了一点脸色，似乎有些不高兴；但又立刻堆上笑，搭赸着走开了。这康大叔却没有觉察，仍然提高了喉咙只是嚷，嚷得里面睡着的小栓也合伙咳嗽起来。

"原来你家小栓碰到了这样的好运气了。这病自然一定全好；怪不得老栓整天的笑着呢。"花白胡子一面说，一面走到康大叔面前，低声下气的问道，"康大叔——听说今天结果的一个犯人，便是夏家的孩子，那是谁的孩子？究竟是什么事？"

"谁的？不就是夏四奶奶的儿子么？那个小家伙！"康大叔见众人都耸起耳朵听他，便格外高兴，横肉块块饱绽，越发大声说，"这小东西不要命，不要就是了。我可是这一回一点没有得到好处；连剥下来的衣服，都给管牢的红眼睛阿义拿去了。——第一要算我们栓叔运气；第二是夏三爷赏了二十五两雪白的银子，独自落腰包，一文不花。"

小栓慢慢的从小屋子走出，两手按了胸口，不住的咳嗽；走到灶下，盛出一碗冷饭，泡上热水，坐下便吃。华大妈跟着他走，轻轻的问道，"小栓，你好些么？——你仍旧只是肚饿？……"

"包好，包好！"康大叔瞥了小栓一眼，仍然回过脸，对众人说，"夏三爷真是乖角儿，要是他不先告官，连他满门抄斩。现在怎样？银子！——这小东西也真不成东西！关在牢里，还要劝牢头造反。"

"阿呀，那还了得。"坐在后排的一个二十多岁的人，很现出气愤模样。

"你要晓得红眼睛阿义是去盘盘底细的，他却和他攀谈了。他说：这大清的天下是我们大家的。你想：这是人话么？红眼睛原知道他家里只有一个老娘，可是没有料到他竟会那么穷，榨不出一点油水，已经气破肚皮了。他还要老虎头上搔痒，便给他两个嘴巴！"

"义哥是一手好拳棒，这两下，一定够他受用了。"壁角的驼背忽然高兴起来。

"他这贱骨头打不怕，还要说可怜可怜哩。"

花白胡子的人说，"打了这种东西，有什么可怜呢?"

康大叔显出看他不上的样子，冷笑着说，"你没有听清我的话；看他神气，是说阿义可怜哩!"

听着的人的眼光，忽然有些板滞；话也停顿了。小栓已经吃完饭，吃得满身流汗，头上都冒出蒸气来。

"阿义可怜——疯话，简直是发了疯了。"花白胡子恍然大悟似的说。

"发了疯了。"二十多岁的人也恍然大悟的说。

店里的坐客，便又现出活气，谈笑起来。小栓也趁着热闹，拼命咳嗽；康大叔走上前，拍他肩膀说：

"包好! 小栓——你不要这么咳。包好!"

"疯了。"驼背五少爷点着头说。

四

西关外靠着城根的地面，本是一块官地；中间歪歪斜斜一条细路，是贪走便道的人，用鞋底造成的，但却成了自然的界限。路的左边，都埋着死刑和瘐毙的人，右边是穷人的丛冢。两面都已埋到层层叠叠，宛然阔人家里祝寿时候的馒头。

这一年的清明，分外寒冷；杨柳才吐出半粒米大的新芽。天明未久，华大妈已在右边的一坐新坟前面，排出四碟菜，一碗饭，哭了一场。化过纸⑤，呆呆的坐在地上；仿佛等候什么似的，但自己也说不出等候什么。微风起来，吹动他短发，确乎比去年白得多了。

小路上又来了一个女人，也是半白头发，褴褛的衣裙；提一个破旧的朱漆圆篮，外挂一串纸锭，三步一歇的走。忽然见华大妈坐在地上看他，便有些踌躇，惨白的脸上，现出些羞愧的颜色；但终于硬着头皮，走到左边的一坐坟前，放下了篮子。

那坟与小栓的坟，一字儿排着，中间只隔一条小路。华大妈看他排好四碟菜，一碗饭，立着哭了一通，化过纸锭；心里暗暗地想，"这坟里的也是儿子了。"那老女人徘徊观望了一回，忽然手脚有些发抖，跄跄踉踉退下几步，瞪着眼只是发怔。

华大妈见这样子，生怕他伤心到快要发狂了；便忍不住立起身，跨过小路，低声对他说，"你这位老奶奶不要伤心了，——我们还是回去罢。"

那人点一点头，眼睛仍然向上瞪着；也低声吃吃的说道，"你看，——看这是什么呢？"

华大妈跟了他指头看去，眼光便到了前面的坟，这坟上草根还没有全合，露出一块一块的黄土，煞是难看。再往上仔细看时，却不觉也吃一惊；——分明有一圈红白的花，围着那尖圆的坟顶。

他们的眼睛都已老花多年了，但望这红白的花，却还能明白看见。花也不很多，圆圆的排成一个圈，不很精神，倒也整齐。华大妈忙看他儿子和别人的坟，却只有不怕冷的几点青白小花，零星开着；便觉得心里忽然感到一种不足和空虚，不愿意根究。那老女人又走近几步，细看了一遍，自言自语的说，"这没有根，不像自己开的。——这地方有谁来呢？孩子不会来玩；——亲戚本家早不来了。——这是怎么一回事呢？"他想了又想，忽又流下泪来，大声说道：

"瑜儿，他们都冤枉了你，你还是忘不了，伤心不过，今天特意显点灵，要我知道么？"他四面一看，只见一只乌鸦，站在一株没有叶的树上，便接着说，"我知道了。——瑜儿，可怜他们坑了你，他们将来总有报应，天都知道；你闭了眼睛就是了。——你如果真在这里，听到我的话，——便教这乌鸦飞上你的坟顶，给我看罢。"

微风早经停息了；枯草支支直立，有如铜丝。一丝发抖的声音，在空气中愈颤愈细，细到没有，周围便都是死一般静。两人站在枯草丛里，仰面看那乌鸦；那乌鸦也在笔直的树枝间，缩着头，铁铸一般站着。

许多的工夫过去了；上坟的人渐渐增多，几个老的小的，在土坟间出没。

华大妈不知怎的，似乎卸下了一挑重担，便想到要走；一面劝着说，"我们还是回去罢。"

　　那老女人叹一口气，无精打采的收起饭菜；又迟疑了一刻，终于慢慢地走了。嘴里自言自语的说，"这是怎么一回事呢？……"

　　他们走不上二三十步远，忽听得背后"哑——"的一声大叫；两个人都竦然的回过头，只见那乌鸦张开两翅，一挫身，直向着远处的天空，箭也似的飞去了。

一九一九年四月。

【注　释】

　　① 本篇最初发表于1919年5月《新青年》第六卷第五号。

　　② 洋钱　指银元。银元是从外国流入我国的，所以俗称洋钱。

　　③ 号衣　指清朝士兵穿的军衣，前后胸缀圆形白布，上面写有"兵"或"勇"字。

　　④ 鲜红的馒头　即蘸有人血的馒头。

　　⑤ 化过纸　纸指纸钱。迷信习俗认为将纸钱烧化，死人在阴间可以当钱使用。

解读

　　《药》打破了第一人称的叙事（讲故事）的方式，而是改为客观呈现的方式，——客观地把发生的事件通过描写（不是"我"的讲述）呈现出来。而且，打破了中国传统小说叙事的连续性叙述，而是跳跃式、中间不衔接、不交代前后关节，分段式、分别地一幕一幕场景显示出来，相同的和不同的人物先后出场，演绎事件。这是完全西方现代小说写法。

　　《药》的构思和视点的选择，非常巧妙而富有深意。鲁迅在日本留学时相识、在绍兴府中学堂交往过的，辛亥革命中英勇牺牲的女烈士秋瑾，是一位光照史册的女侠。他被杀戮于绍兴城的古轩亭口。与他同案牺牲的刺杀巡抚恩铭未成而血洒刑场的徐锡麟烈士，也是鲁迅在日留学时相识的革命战友，牺牲后被剖腹剜心。这是鲁迅创作《药》的直接、具体的历史触动与事实。以鲁迅对此事历史背景、具体事实的了解，他与两位烈士的直接接触，对许多细节可能的掌握，以及他的创作技巧，他完全可以直接写这个烈士血染中华大地的事件，成为一个正面的英雄颂歌。但是，鲁迅并没有这么做。他选择了另一种故事构造和叙事视点。他构造了一个穷苦茶馆老板华老栓为给儿子治痨病，花钱买人血馒头的故事框架。叙事视点就聚焦于华老栓一家。实写他如何寄希望于人血馒头治好儿子的痨病，实写买人血馒头的过程；而虚写（由小说中其他人物间接叙述）革命党人夏瑜在牢中的表现和牺牲的情形。没有实写，便构不成故事；而没有虚写，就失去了故事的意义，只是一个穷人买人血馒头治病的普通事而已。因此，实写的部分，在"意义"上倒是"虚无"；而虚写的部分，则是充实以"意义"的坚实部分。这正是实者虚也，虚者实也。唯其这样构造故事，才产生了尖锐的矛盾：革命党人夏瑜是为了拯救穷苦人于苦难之中而牺牲，而被拯救的华老栓一家却昏聩糊涂，要吃蘸了他的鲜血的馒头来治身体的病。这正应了鲁迅的话：愚弱的国民体格健全与否倒在其次，主要问题是改变他们的精神。而重要的是，尖锐地表现了鲁迅的那种沉痛的感受："孤独的精神的战士，虽然为民众战斗，却往往反为这'所为'而亡"。

夏瑜作为革命党人的活动、言行，在小说中虽然是间接地被叙述的，但却是很突出，很精到。那"康大叔"说，这夏瑜，"关在牢里，还要劝牢头造反"，他说"这大清的天下是我们大家的"。红眼睛阿义因为从夏瑜身上没有搜到钱物，便打了他，而夏瑜却说他"可怜、可怜"。一个坚定的，在精神上居于很高层次的革命战士的形象，却从反面的、贬斥的叙述中树立起来了。这种叙述由于"叙述者"与"被叙述者"之间的对立与人格悬殊，而既显出革命党人的崇高精神面貌，又反衬出环境的落后与黑暗。

《药》的故事，细节都是真实的，符合日常生活的实际，如华老栓一家的各种活动，刽子手的言行，等等。但整个叙述在总体上则是象征的。有总体的象征，有具体的象征。在总体象征上，"那对老夫妇姓华，'华'是中国古称'华夏'的一半。他们的儿子（也是中国的儿子）病了，必须用革命者的血来治疗，这革命者恰恰又姓'夏'。这样，这两个作为象征的姓氏就表明了两个青年正是一对，为了一个'中国之子'使另外一个'中国之子'无益地牺牲了生命"。在具体的层面上，鞋底造成的路——"自然的界限"，花环、乌鸦，都有一种象征的意味。虽然具体地象征什么，看法与解读不少，不很统一，但是，这种象征的意象，带着一种朦胧的意蕴与美，给人以一种欲言还休的心领神会的感受。也许没有确解还要好些。

当然，花环象征着人们对于牺牲的革命党人的悼念与崇敬，象征着洁白、美丽、希望，等等。鲁迅曾说：

> 既然是呐喊，则当然须听将令的了，所以我往往不恤用了曲笔，在《药》的瑜儿的坟上平空添了一个花环，……因为那时的主将是不主张消极的。

不过这花环只是预示着未来的微末的希望，它给作品的最后增添了亮色，但是作品的整体的强烈的、尖锐的、对立性的革命/觉醒与落后/愚昧、独醒者/庸众的对抗的紧张与由此带来的黑暗，却是沉重的，不能为花环所冲淡的。鲁迅也就是要用这种紧张、对抗、黑暗来促世人醒悟，促革命者醒悟：要有面对惨淡人生的勇气。

鲁迅说他的小说都取白描的手法，力避行文的唠叨，也不描写风月。《药》作为一种"呈现"的小说，仍然坚持了这一点，特别的精练，但白描勾勒，不枝不蔓，真是用所谓"铁线描"似的手法，把场景、风物、人的言行突出地呈现出来，给人以深刻的印象，尤其坟场上的风物情景和两位老母亲的行事言对，达到了十分精粹的程度，而经久耐读，给人以审美的愉悦感受。

名家解读中外文学名著书系

凄楚的哀歌：《明天》

明 天①

"没有声音，——小东西怎了？"

红鼻子老拱手里擎了一碗黄酒，说着，向间壁努一努嘴。蓝皮阿五便放下酒碗，在他脊梁上用死劲的打了一掌，含含糊糊嚷道：

"你……你你又在想心思……。"

原来鲁镇是僻静地方，还有些古风：不上一更，大家便都关门睡觉。深更半夜没有睡的只有两家：一家是咸亨酒店，几个酒肉朋友围着柜台，吃喝得正高兴；一家便是间壁的单四嫂子，他自从前年守了寡，便须专靠着自己的一双手纺出棉纱来，养活他自己和他三岁的儿子，所以睡的也迟。

这几天，确凿没有纺纱的声音了。但夜深没有睡的既然只有两家，这单四嫂子家有声音，便自然只有老拱们听到，没有声音，也只有老拱们听到。

老拱挨了打，仿佛很舒服似的喝了一大口酒，呜呜的唱起小曲来。

这时候，单四嫂子正抱着他的宝儿，坐在床沿上，纺车静静的立在地上。黑沉沉的灯光，照着宝儿的脸，绯红里带一点青。单四嫂子心里计算：神签也求过了，愿心也许过了，单方也吃过了，要是还不见效，怎么好？——那只有去诊何小仙了。但宝儿也许是日轻夜重，到了明天，太阳一出，热也会退，气喘也会平的：这实在是病人常有的事。

单四嫂子是一个粗笨女人，不明白这"但"字的可怕：许多坏事固然幸亏有了他才变好，许多好事却也因为有了他都弄糟。夏天夜短，老拱们呜呜的唱完了不多时，东方已经发白；不一会，窗缝里透进了银白色的曙光。

单四嫂子等候天明，却不像别人这样容易，觉得非常之慢，宝儿的一呼吸，几乎长过一年。现在居然明亮了；天的明亮，压倒了灯光，——看见宝儿的鼻翼，已经一放一收的扇动。

单四嫂子知道不妙，暗暗叫一声"阿呀！"心里计算：怎么好？只有去诊何小仙这一条路了。他虽然是粗笨女人，心里却有决断，便站起身，从木柜子里掏出每天节省下来的十三个小银元和一百八十铜钱，都装在衣袋里，锁上门，抱着宝儿直向何家奔过去。

天气还早，何家已经坐着四个病人了。他摸出四角银元，买了号签，第五个便轮到宝儿。何小仙伸开两个指头按脉，指甲足有四寸多长，单四嫂子暗地纳罕，心里计算：宝儿该有活命了。但总免不了着急，恐不住要问，便局局促促的说：

"先生，——我家的宝儿什么病呀？"

"他中焦塞着②。"

"不妨事么？他……"

"先去吃两帖。"

"他喘不过气来，鼻翅子都扇着呢。"

"这是火克金③……"

何小仙说了半句话，便闭上眼睛；单四嫂子也不好意思再问。在何小仙对面坐着的一个三十多岁的人，此时已经开好一张药方，指着纸角上的几个字说道：

"这第一味保婴活命丸，须是贾家济世老店才有！"

单四嫂子接过药方，一面走，一面想。他虽是粗笨女人，却知道何家与济世老店与自己的家，正是一个三角点；自然是买了药回去便宜了。于是又径向济世老店奔过去。店伙也翘了长指甲慢慢的看方，慢慢的包药。单四嫂子抱了宝儿等着；宝儿忽然攀起小手来，用力拔他散乱着的一绺头发，这是从来没有的举动，单四嫂子怕得发怔。

名家解读中外文学名著书系

太阳早出了。单四嫂子抱了孩子，带着药包，越走觉得越重；孩子又不住的挣扎，路也觉得越长。没奈何坐在路旁一家公馆的门槛上，休息了一会，衣服渐渐的冰着肌肤，才知道自己出了一身汗；宝儿却仿佛睡着了。他再起来慢慢地走，仍然支撑不得，耳朵边忽然听得人说：

"单四嫂子，我替你抱勃罗！"似乎是蓝皮阿五的声音。

他抬头看时，正是蓝皮阿五，睡眼朦胧的跟着他走。

单四嫂子在这时候，虽然很希望降下一员天将，助他一臂之力，却不愿是阿五。但阿五有点侠气，无论如何，总是偏要帮忙，所以推让了一会，终于得了许可了。他便伸开臂膊，从单四嫂子的乳房和孩子中间，直伸下去，抱去了孩子。单四嫂子便觉乳房上发了一条热，刹时间直热到脸上和耳根。

他们两人离开了二尺五寸多地，一同走着。阿五说些话，单四嫂子却大半没有答。走了不多时候，阿五又将孩子还给他，说是昨天与朋友约定的吃饭时候到了；单四嫂子便接了孩子。幸而不远便是家，早看见对门的王九妈在街边坐着，远远地说话：

"单四嫂子，孩子怎了？——看过先生了么？"

"看是看了。——王九妈，你有年纪，见的多，不如请你老法眼④看一看，怎样……"

"唔……"

"怎样……？"

"唔……"王九妈端详了一番，把头点了两点，摇了两摇。

宝儿吃下药，已经是午后了。单四嫂子留心看他神情，似乎仿佛平稳了不少；到得下午，忽然睁开眼叫一声"妈！"又仍然合上眼，像是睡去了。他睡了一刻，额上鼻尖都沁出一粒一粒的汗珠，单四嫂子轻轻一摸，胶水般粘着手；慌忙去摸胸口，便禁不住呜咽起来。

宝儿的呼吸从平稳变到没有，单四嫂子的声音也就从呜咽变成号咷。这时聚集了几堆人：门内是王九妈蓝皮阿五之类，门外是咸亨的掌柜和红鼻子老拱之类。王九妈便发命令，烧了一串纸钱；又将两条板凳和五件衣服作抵，替单四嫂子借了两块洋钱，给帮忙的人备饭。

第一个问题是棺木。单四嫂子还有一副银耳环和一支裹金的银簪，都交给了咸亨的掌柜，托他作一个保，半现半赊的买一具棺木。蓝皮阿五也伸出手来，很愿意自告奋勇；王九妈却不许他，只准他明天抬棺材的差使，阿五骂了一声"老畜生"，怏怏的努了嘴站着。掌柜便自去了；晚上回来，说棺木须得现做，后半夜才成功。

掌柜回来的时候，帮忙的人早吃过饭；因为鲁镇还有些古风，所以不上一更，便都回家睡觉了。只有阿五还靠着咸亨的柜台喝酒，老拱也呜呜的唱。

这时候，单四嫂子坐在床沿上哭着，宝儿在床上躺着，纺车静静的在地上立着。许多工夫，单四嫂子的眼泪宣告完结了，眼睛张得很大，看看四面的情形，觉得奇怪：所有的都是不会有的事。他心里计算：不过是梦罢了，这些事都是梦。明天醒过来，自己好好的睡在床上，宝儿也好好的睡在自己身边。他也醒过来，叫一声"妈"，生龙活虎似的跳去玩了。

老拱的歌声早经寂静，咸亨也熄了灯。单四嫂子张着眼，总不信所有的事。——鸡也叫了；东方渐渐发白，窗缝里透进了银白色的曙光。

银白的曙光又渐渐显出绯红，太阳光接着照到屋脊。单四嫂子张着眼，呆呆坐着；听得打门声音，才吃了一吓，跑出去开门。门外一个不认识的人，背了一件东西；后面站着王九妈。

哦，他们背了棺材来了。

下半天，棺木才合上盖：因为单四嫂子哭一回，看一回，总不肯死心塌地的盖上；幸亏王九妈等得不耐烦，气愤愤的跑上前，一把拖开他，才七手八脚的盖上了。

但单四嫂子待他的宝儿，实在已经尽了心，再没有什么缺陷。昨天烧过一串纸钱，上午又烧了四十九卷《大悲咒》⑤；收敛的时候，给他穿上顶新的衣裳，平日喜欢的玩意儿，——一个泥人，两个小木碗，两个玻璃瓶，——都放在枕头旁边。后来王九妈掐着指头仔细推敲，也终于想不出一些什么缺陷。

这一日里，蓝皮阿五简直整天没有到；咸亨掌柜便替单四嫂子雇了两名脚夫，每名二百另十个大钱，抬棺木到义冢地上安放。王九妈又帮他煮了饭，凡是动过手开过口的人都吃了饭。太阳渐渐显出要落山的颜色；吃过饭的人也不觉都显出要回家的颜色，——于是他们终于都回了家。

单四嫂子很觉得头眩，歇息了一会，倒居然有点平稳了。但他接连着便觉得很异样：遇到了平生没有遇到过的事，不像会有的事，然而的确出现了。他越想越奇，又感到一件异样的事——这屋子忽然太静了。

他站起身，点上灯火，屋子越显得静。他昏昏的走去关上门，回来坐在床沿上，纺车静静的立在地上。他定一定神，四面一看，更觉得坐立不得，屋子不但太静，而且也太大了，东西也太空了。太大的屋子四面包围着他，太空的东西四面压着他，叫他喘气不得。

他现在知道他的宝儿确乎死了；不愿意见这屋子，吹熄了灯，躺着。他一面哭，一面想：想那时候，自己纺着棉纱，宝儿坐在身边吃茴香豆，瞪着一双小黑眼睛想了一刻，便说，"妈！爹卖馄饨，我大了也卖馄饨，卖许多许多钱，——我都给你。"那时候，真是连纺出的棉纱，也仿佛寸寸都有意思，寸寸都活着。但现在怎么了？现在的事，单四嫂子却实在没有想到什么。——我早经说过：他是粗笨女人。他能想出什么呢？他单觉得这屋子太静，大大，太空罢了。

但单四嫂子虽然粗笨，却知道还魂是不能有的事，他的宝儿也的确不能再见了。叹一口气，自言自语的说，"宝儿，你该还在这里，你给我梦里见见罢。"于是合上眼，想赶快睡去，会他的宝儿，苦苦的呼吸通过了静和大和空虚，自己听得明白。

单四嫂子终于朦朦胧胧的走入睡乡，全屋子都很静。这时红鼻子老拱的小曲，也早经唱完；跄跄踉踉出了咸亨，却又提

《呐喊》全新解读

尖了喉咙，唱道：

"我的冤家呀！——可怜你，——孤另另的……"

蓝皮阿五便伸手揪住了老拱的肩头，两个人七歪八斜的笑着挤着走去。

单四嫂子早睡着了，老拱们也走了，咸亨也关上门了。这时的鲁镇，便完全落在寂静里。只有那暗夜为想变成明天，却仍在这寂静里奔波；另有几条狗，也躲在暗地里呜呜的叫。

一九二○年六月⑥

【注　释】

① 本篇最初发表于 1919 年 10 月北京《新潮》月刊第二卷第一号。

② 中焦塞着　中医学名词，指消化不良一类的病症。中医学认为，自膈以上为上焦，自脐以上为中焦，自脐以下为下焦。

③ 火克金　中医用语。中医认为心、肺、肝、脾、肾五脏分别与火、金、木、土、水五行相应。火克金，是说"心火"克制了"肺金"，便引起了呼吸系统的疾病。

④ 法眼　佛家语。原意指菩萨洞察一切的智慧，这里用来称王九妈的眼力足可看出真实病情，恭维她有鉴定能力。

⑤《大悲咒》　即佛教《观世音菩萨大悲心陀罗尼经》中的咒文。迷信的人们在求神拜佛时，给死者念诵或烧化这种咒文，以为可以使他在"阴间"消灾。

解读

《明天》是一首凄楚的哀歌。周作人说："《明天》是一篇很阴暗的小说……因为这小说是写孤儿寡妇的。"更阴暗的是孤儿死去，寡母无人关怀。明天，在哪里，是什么？"只有那暗夜为想变成明天，却仍在这寂静里奔波；另有几条狗，也躲在暗地里呜呜的叫。"这好像也是一种象征，至少它的意境是象征性的：暗夜还只是"想"变成明天，现在还只是在"寂静里奔波"。

《明天》这篇小说里所叙述的故事，就是"暗夜在寂静里奔波"想变成明天的一个事件。这个事件是平凡的、日常的生活：年轻寡妇单四嫂子的宝儿从得病到死亡的过程。为什么这个过程值得写？或者说，鲁迅

名家解读中外文学名著书系

的叙述如何使这个故事——事件具有了意义呢？意义远不在于单四嫂子穷苦、孤零，痛失幼子，悲伤无告。更重要的是她的孤立无援，周围的环境和所有的人们对她都那么无情无义。医生何小仙是那么冷漠，对于宝儿的病以至生命，对于单四嫂子，都是一副漠不关心的冷样；蓝皮阿五的所谓帮忙是怀着不轨的目的；在可怕的惊恐与孤寂的夜里，咸亨酒店里的喝酒歌唱依旧在进行。这是一个麻木与冷漠的世界。人们不关心他人，一盘散沙，自己的手都不懂得自己的足。人与人之间的心与情是不相通的。"楼下一个男人病得要死，那间壁的一家唱着留声机；对面是弄孩子。楼上有两个狂笑：还有打牌声。河中的船上有女人哭着她死去的母亲，人类的悲欢并不相通……。"这里速写的是城市喧嚣中的悲欢不相通。《明天》中所写要简单得多，但那悲苦凄清也更深。这样，把"事件"（宝儿的死及单四嫂子的命运）放在一个具体的环境中，反映出它的状况，"意义"也就产生了：人类悲欢的不相通。

对于"悲欢不相通"的揭示、倾诉，就是对于"相通"的呼喊与期求。这是《明天》的更深一层的意义了。

你对于单四嫂子的孤苦命运，产生同情了吗？你对于她周遭人们的麻木冷漠，发生不满与谴责之情意吗？你由此思索要改变以及如何改变这种病态社会的病症吗？读过《明天》之后，读者对以上各种问题做出正面的答案，那就是作品和作家的创作活动产生了效果。这也就是文学产生了积极的效果。

《明天》里再次写到死亡。但这里不是革命党的被杀戮，而是疾病夺去了一个幼小的生命。死亡成为这篇小说构成的纽结。宝儿的死亡映照出一个"社会层面"的人们的嘴脸，这种冷漠的环境使单四嫂子跌入不幸的深渊。不同的死亡，夏瑜的被戮、华小栓的病死和宝儿的病死，遭遇到的是相同的环境。而小栓与宝儿的死因中，都包含有庸医的害人这一事实与情节。

鲁迅在这里再次以日常生活中的平凡小事，来反映具有重大意义的主题。一个村镇小儿的病死及埋葬的过程——再没有比这更普遍不过、平常不过的事情了。然而鲁迅却能从这里面提炼出重大的主题，显示出社会与思想的意义。这里，最主要和根本的原因是作家的思想，成为"蒸煮"、"提炼"、凝聚、酶化现实生活素材的热力和动力。思想照亮了生活。

鲁迅的现实主义精神也得到深入的展开。这是一种深切的现实主义精神，使鲁迅从生活中选取了朴素无华、平凡无奇的素材，也使这"素材"的内蕴被发挥出来。但鲁迅又没有像一般现实主义作家那样，细细地描写单四嫂子如何贫穷，如何艰难，如何给孩子治病治丧。他所侧重的仍是精神的、心灵的。当宝儿已经死去时，单四嫂子枯坐房中，"眼泪宣告完结了，眼睛张得很大，看看四面的情形，觉得奇怪：所有的都是不会有的事。他心里计算：不过是梦罢了，这些事都是梦。"她张着眼，不信所有的事是真实的，直到鸡叫，东方发白，帮忙的人们来葬埋宝儿，她才从一夜未眠的"白日梦"——"醒的梦"中惊醒过来。这种沉默的不信现实，彻夜不眠，比终夜的号哭要更为痛苦。

《明天》中与《药》一样，使用了"并列性反语"的结构手法。在作品中，热闹的、轻薄无聊人们饮酒闲谈的咸亨酒店和孤苦凄清的单四嫂子的家，是比邻而居而并列对衬的两个处所，在这里演进着人间的凄苦悲剧。醉酒人们的涉性的狎邪语、呜呜的唱曲声，与隔壁单四嫂子家的悲惨，形成反语的对照。"明天"与"暗夜"在这里也形成反语性对照。故事从"暗夜"开始，宝儿重病。"单四嫂子等候天明……觉得非常之慢，宝儿的一呼吸，几乎长过一年"。真正是长夜茫茫。好容易天亮了，时间已经是"明天"到来了，但对单四嫂子来说，却是在走向"暗夜"：宝儿从病重走向死亡。然后又是"暗夜"，单四嫂子在似梦非梦的朦胧中，不承认宝儿的死是真实。然后天亮了，第二个"明天"到来，但单四嫂子却要去埋葬自己的"明天"——宝儿。她的生活与生命都失去了依托与意义，也就是失去了明天。——她在天明中心理上进入暗夜。然后时间真的进入暗夜，而单四嫂子等待梦中见到宝儿。这时，"暗夜想变成明天"。小说在这里结束了，没有写明天的到来。"暗夜"与"明天"始终在交错行进，但是，"暗夜"始终笼罩着。

据周作人回忆，《明天》中出于鲁迅经历的事实，即"本事与模型"的，有两个细节：一个是宝儿的病似是肺炎，"著者那么的细细的叙述，可能心里想念着六岁时肺炎死亡的四弟"；一个是何小仙的姓名，可能与为鲁迅父亲治病的中医何廉臣有连带关系。这里所借取的生活的真实，是极有限的，在作品中也只是一个无关宏旨的细节。不过由此可以看出，《明天》主要是一个虚构的故事。但这种虚构在总体上是真实的，符合那时候的社会生活、人际关系、下层社会的实际情况，鲁迅的虚构是从这种社会实际出发来编织故事的。这种社会状况、市井生活情状，在周作人、周建人和周冠五的回忆录中，都有详细的描述，从中可看出《明天》的真实时代、社会背景。

名家解读中外文学名著书系

一个不朽典型的诞生:《阿Q正传》（节选）

第七章 革命

宣统三年九月十四日——即阿Q将搭连卖给赵白眼的这一天——三更四点，有一只大乌篷船到了赵府上的河埠头。这船从黑魆魆中荡来，乡下人睡得熟，都没有知道；出去时将近黎明，却很有几个看见的了。据探头探脑的调查来的结果，知道那竟是举人老爷的船！

那船便将大不安载给了未庄，不到正午，全村的人心就很摇动。船的使命，赵家本来是很秘密的，但茶坊酒肆里却都说，革命党要进城，举人老爷到我们乡下来逃难了。惟有邹七嫂不以为然，说那不过是几口破衣箱，举人老爷想来寄存的，却已被赵太爷回复转去。其实举人老爷和赵秀才素不相能，在理本不能有"共患难"的情谊，况且邹七嫂又和赵家是邻居，见闻较为切近，所以大概该是伊对的。

然而谣言很旺盛，说举人老爷虽然似乎没有亲到，却有一封长信，和赵家排了"转折亲"。赵太爷肚里一轮，觉得于他总不会有坏处，便将箱子留下了，现就塞在太太的床底下。至于革命党，有的说是便在这一夜进了城，个个白盔白甲：穿着崇正皇帝的素。

阿Q的耳朵里，本来早听到过革命党这一句话，今年又亲眼见过杀掉革命党。但他有一种不知从那里来的意见，以为革命党便是造反，造反便是与他为难，所以一向是"深恶而痛绝之"的。殊不料这却使百里闻名的举人老爷有这样怕，于是他未免也有些"神往"了，况且未庄的一群鸟男女的慌张的神情，也使阿Q更快意。

"革命也好罢，"阿Q想，"革这伙妈妈的命，太可恶！太可恨！……便是我，也要投降革命党了。"

　　阿Q近来用度窘，大约略略有些不平；加以午间喝了两碗空肚酒，愈加醉得快，一面想一面走，便又飘飘然起来。不知怎么一来，忽而似乎革命党便是自己，未庄人却都是他的俘虏了。他得意之余，禁不住大声的嚷道：

　　"造反了！造反了！"

　　未庄人都用了惊惧的眼光对他看。这一种可怜的眼光，是阿Q从来没有见过的，一见之下，又使他舒服得如六月里喝了雪水。他更加高兴的走而且喊道：

　　"好，……我要什么就是什么，我欢喜谁就是谁。

　　得得，锵锵！

　　悔不该，酒醉错斩了郑贤弟，

　　悔不该，呀呀呀……

　　得得，锵锵，得，锵令锵！

　　我手执钢鞭将你打……"

　　赵府上的两位男人和两个真本家，也正站在大门口论革命。阿Q没有见，昂了头直唱过去。

　　"得得，……"

　　"老Q，"赵太爷怯怯的迎着低声的叫。

　　"锵锵，"阿Q料不到他的名字会和"老"字联结起来，以为是一句别的话，与己无干，只是唱。"得，锵，锵令锵，锵！"

　　"老Q。"

　　"悔不该……"

　　"阿Q！"秀才只得直呼其名了。

　　阿Q这才站住，歪着头问道，"什么？"

　　"老Q，……现在……"赵太爷却又没有话，"现在……发财么？"

　　"发财？自然。要什么就是什么……"

　　"阿……Q哥，像我们这样穷朋友是不要紧的……"赵白眼惴惴的说，似乎想探革命党的口风。

"穷朋友？你总比我有钱。"阿Q说着自去了。

大家都怃然，没有话。赵太爷父子回家，晚上商量到点灯。赵白眼回家，便从腰间扯下搭连来，交给他女人藏在箱底里。

阿Q飘飘然的飞了一通，回到土谷祠，酒已经醒透了。这晚上，管祠的老头子也意外的和气，请他喝茶；阿Q便向他要了两个饼，吃完之后，又要了一支点过的四两烛和一个树烛台，点起来，独自躺在自己的小屋里。他说不出的新鲜而且高兴，烛火像元夜似的闪闪的跳，他的思想也迸跳起来了：

"造反？有趣，……来了一阵白盔白甲的革命党，都拿着板刀，钢鞭，炸弹，洋炮，三尖两刃刀，钩镰枪，走过土谷祠，叫道，'阿Q！同去同去！'于是一同去。……

"这时未庄的一伙鸟男女才好笑哩，跪下叫道，'阿Q，饶命！'谁听他！第一个该死的是小D和赵太爷，还有秀才，还有假洋鬼子，……留几条么？王胡本来还可留，但也不要了。……

"东西，……直走进去打开箱子来：元宝，洋钱，洋纱衫，……秀才娘子的一张宁式床先搬到土谷祠，此外便摆了钱家的桌椅，——或者也就用赵家的罢。自己是不动手的了，叫小D来搬，要搬得快，搬得不快打嘴巴。……

"赵司晨的妹子真丑。邹七嫂的女儿过几年再说。假洋鬼子的老婆会和没有辫子的男人睡觉，吓，不是好东西！秀才的老婆是眼胞上有疤的。……吴妈长久不见了，不知道在那里，——可惜脚太大。"

阿Q没有想得十分停当，已经发了鼾声，四两烛还只点去了小半寸，红焰焰的光照着他张开的嘴。

"荷荷！"阿Q忽而大叫起来，抬了头仓皇的四顾，待到看见四两烛，却又倒头睡去了。

第二天他起得很迟，走出街上看时，样样都照旧。他也仍然肚饿，他想着，想不起什么来；但他忽而似乎有了主意了，慢慢的跨开步，有意无意的走到静修庵。

庵和春天时节一样静，白的墙壁和漆黑的门。他想了一想，前去打门，一只狗在里面叫。他急急拾了几块断砖，再上去较为用力的打，打到黑门上生出许多麻点的时候，才听得有人来开门。

阿Q连忙捏好砖头，摆开马步，准备和黑狗来开战。但庵门只开了一条缝，并无黑狗从中冲出，望进去只有一个老尼姑。

"你又来什么事？"伊大吃一惊的说。

"革命了……你知道？……"阿Q说得很含胡。

"革命革命，革过一革的，……你们要革得我们怎么样呢？"老尼姑两眼通红的说。

"什么？……"阿Q诧异了。

"你不知道，他们已经来革过了！"

"谁？……"阿Q更其诧异了。

"那秀才和洋鬼子！"

阿Q很出意外，不由的一错愕；老尼姑见他失了锐气，便飞速的关了门，阿Q再推时，牢不可开，再打时，没有回答了。

那还是上午的事。赵秀才消息灵，一知道革命党已在夜间进城，便将辫子盘在顶上，一早去拜访那历来也不相能的假洋鬼子。这是"咸与维新"的时候了，所以他们便谈得很投机，立刻成了情投意合的同志，也相约去革命。他们想而又想，才想出静修庵里有一块"皇帝万岁万万岁"的龙牌，是应该赶紧革掉的，于是又立刻同到庵里去革命。因为老尼姑来阻挡，说了三句话，他们便将伊当作满政府，在头上很给了不少的棍子和栗凿。尼姑待他们走后，定了神来检点，龙牌固然已经碎在地上了，而且又不见了观音娘娘座前的一个宣德炉。

这事阿Q后来才知道。他颇悔自己睡着，但也深怪他们不来招呼他。他又退一步想道：

"难道他们还没有知道我已经投降了革命党么？"

第八章　不准革命

　　未庄的人心日见其安静了。据传来的消息，知道革命党虽然进了城，倒还没有什么大异样。知县大老爷还是原官，不过改称了什么，而且举人老爷也做了什么——这些名目，未庄人都说不明白——官，带兵的也还是先前的老把总。只有一件可怕的事是另有几个不好的革命党夹在里面捣乱，第二天便动手剪辫子，听说那邻村的航船七斤便着了道儿，弄得不像人样子了。但这却还不算大恐怖，因为未庄人本来少上城，即使偶有想进城的，也就立刻变了计，碰不着这危险。阿Q本也想进城寻他的老朋友，一得这消息，也只得作罢了。

　　但未庄也不能说是无改革。几天之后，将辫子盘在顶上的逐渐增加起来了，早经说过，最先自然是茂才公，其次便是赵司晨和赵白眼，后来是阿Q。倘在夏天，大家将辫子盘在头顶上或者打一个结，本不算什么稀奇事，但现在是暮秋，所以这"秋行夏令"的情形，在盘辫家不能不说是万分的英断，而在未庄也不能说无关于改革了。

　　赵司晨脑后空荡荡的走来，看见的人大嚷说，

　　"嗄，革命党来了！"

　　阿Q听到了很羡慕。他虽然早知道秀才盘辫的大新闻，但总没有想到自己可以照样做，现在看见赵司晨也如此，才有了学样的意思，定下实行的决心。他用一支竹筷将辫子盘在头顶上，迟疑多时，这才放胆的走去。

　　他在街上走，人也看他，然而不说什么话，阿Q当初很不快，后来便很不平。他近来很容易闹脾气了；其实他的生活，倒也并不比造反之前艰难，人见他也客气，店铺也不说要现钱。而阿Q总觉得自己太失意：既然革了命，不应该只是这样的。况且有一回看见小D，愈使他气破肚皮了。

　　小D也将辫子盘在头顶上，而且也居然用一支竹筷。阿Q万料不到他也敢这样做，自己也决不准他这样做！小D是什么东西呢？他很想即刻揪住他，拗断他的竹筷，放下他的辫子，

并且批他几个嘴巴，聊且惩罚他忘了生辰八字，也敢来做革命党的罪。但他终于饶放了，单是怒目而视的吐一口唾沫道"呸！"

这几日里，进城去的只有一个假洋鬼子。赵秀才本也想靠着寄存箱子的渊源，亲身去拜访举人老爷的，但因为有剪辫的危险，所以也就中止了。他写了一封"黄伞格"的信，托假洋鬼子带上城，而且托他给自己绍介绍介，去进自由党。假洋鬼子回来时，向秀才讨还了四块洋钱，秀才便有一块银桃子挂在襟上了；未庄人都惊服，说这是柿油党的顶子，抵得一个翰林；赵太爷因此也骤然大阔，远过于他儿子初隽秀才的时候，所以目空一切，见了阿Q，也就很有些不放在眼里了。

阿Q正在不平，又时时刻刻感着冷落，一听得这银桃子的传说，他立即悟出自己之所以冷落的原因了：要革命，单说投降，是不行的；盘上辫子，也不行的；第一着仍然要和革命党去结识。他生平所知道的革命党只有两个，城里的一个早已"嚓"的杀掉了，现在只剩了一个假洋鬼子。他除却赶紧去和假洋鬼子商量之外，再没有别的道路了。

钱府的大门正开着，阿Q便怯怯的蹩进去。他一到里面，很吃了惊，只见假洋鬼子正站在院子的中央，一身乌黑的大约是洋衣，身上也挂着一块银桃子，手里是阿Q曾经领教过的棍子，已经留到一尺多长的辫子都拆开了披在肩背上，蓬头散发的像一个刘海仙。对面挺直的站着赵白眼和三个闲人，正在必恭必敬的听说话。

阿Q轻轻的走近了，站在赵白眼的背后，心里想招呼，却不知道怎么说才好：叫他假洋鬼子固然是不行的了，洋人也不妥，革命党也不妥，或者就应该叫洋先生了罢。

洋先生却没有见他，因为白着眼睛讲得正起劲：

"我是性急的，所以我们见面，我总是说：洪哥！我们动手罢！他却总说道No！——这是洋话，你们不懂的。否则早已成功了。然而这正是他做事小心的地方。他再三再四的请我上湖北，我还没有肯。谁愿意在这小县城里做事情。……"

"唔，……这个……"阿Q候他略停，终于用十二分的勇气开口了，但不知道因为什么，又并不叫他洋先生。

　　听着说话的四个人都吃惊的回顾他。洋先生也才看见：

　　"什么？"

　　"我……"

　　"出去！"

　　"我要投……"

　　"滚出去！"洋先生扬起哭丧棒来了。

　　赵白眼和闲人们便都吆喝道："先生叫你滚出去，你还不听么！"

　　阿Q将手向头上一遮，不自觉的逃出门外；洋先生倒也没有追。他快跑了六十多步，这才慢慢的走，于是心里便涌起了忧愁：洋先生不准他革命，他再没有别的路；从此决不能望有白盔白甲的人来叫他，他所有的抱负，志向，希望，前程，全被一笔勾销了。至于闲人们传扬开去，给小D王胡等辈笑话，倒是还在其次的事。

　　他似乎从来没有经验过这样的无聊。他对于自己的盘辫子，仿佛也觉得无意味，要侮蔑；为报仇起见，很想立刻放下辫子来，但也没有竟放。他游到夜间，赊了两碗酒，喝下肚去，渐渐的高兴起来了，思想里才又出现白盔白甲的碎片。

　　有一天，他照例的混到夜深，待酒店要关门，才踱回土谷祠去。

　　拍，吧——！

　　他忽而听得一种异样的声音，又不是爆竹。阿Q本来是爱看热闹，爱管闲事的，便在暗中直寻过去。似乎前面有些脚步声；他正听，猛然间一个人从对面逃来了。阿Q一看见，便赶紧翻身跟着逃。那人转弯，阿Q也转弯，既转弯，那人站住了，阿Q也站住。他看后面并无什么，看那人便是小D。

　　"什么？"阿Q不平起来了。

　　"赵……赵家遭抢了！"小D气喘吁吁的说。

　　阿Q的心怦怦的跳了。小D说了便走；阿Q却逃而又停的两三回。但他究竟是做过"这路生意"的人，格外胆大，于是蹩出路角，仔细的听，似乎有些嚷嚷，又仔细的看，似乎许多白盔白甲的人，络绎的将箱子抬出了，器具抬出了，秀才娘子的宁式床也抬出了，但是不分明，他还想上前，两只脚却没有动。

这一夜没有月，未庄在黑暗里很寂静，寂静到像羲皇时候一般太平。阿Q站着看到自己发烦，也似乎还是先前一样，在那里来来往往的搬，箱子抬出了，器具抬出了，秀才娘子的宁式床也抬出了，……抬得他自己有些不信他的眼睛了。但他决计不再上前，却回到自己的祠里去了。

土谷祠里更漆黑；他关好大门，摸进自己的屋子里。他躺了好一会，这才定了神，而且发出关于自己的思想来：白盔白甲的人明明到了，并不来打招呼，搬了许多好东西，又没有自己的份，——这全是假洋鬼子可恶，不准我造反，否则，这次何至于没有我的份呢？阿Q越想越气，终于禁不住满心痛恨起来，毒毒的点一点头："不准我造反，只准你造反？妈妈的假洋鬼子，——好，你造反！造反是杀头的罪名呵，我总要告一状，看你抓进县里去杀头，——满门抄斩，——嚓！嚓！"

第九章　大团圆

赵家遭抢之后，未庄人大抵很快意而且恐慌，阿Q也很快意而且恐慌。但四天之后，阿Q在半夜里忽被抓进县城里去了。那时恰是暗夜，一队兵，一队团丁，一队警察，五个侦探，悄悄地到了未庄，乘昏暗围住土谷祠，正对门架好机关枪；然而阿Q不冲出。许多时没有动静，把总焦急起来了，悬了二十千的赏，才有两个团丁冒了险，逾垣进去，里应外合，一拥而入，将阿Q抓出来；直待擒出祠外面的机关枪左近，他才有些清醒了。

到进城，已经是正午，阿Q见自己被挈进一所破衙门，转了五六个弯，便推在一间小屋里。他刚刚一跄踉，那用整株的木料做成的栅栏门便跟着他的脚跟阖上了，其余的三面都是墙

159

壁，仔细看时，屋角上还有两个人。

阿Q虽然有些忐忑，却并不很苦闷，因为他那土谷祠里的卧室，也并没有比这间屋子更高明。那两个也仿佛是乡下人，渐渐和他兜搭起来了，一个说是举人老爷要追他祖父欠下来的陈租，一个不知道为了什么事。他们问阿Q，阿Q爽利的答道，"因为我想造反。"

他下半天便又被抓出栅栏门去了，到得大堂，上面坐着一个满头剃得精光的老头子。阿Q疑心他是和尚，但看见下面站着一排兵，两旁又站着十几个长衫人物，也有满头剃得精光像这老头子的，也有将一尺来长的头发披在背后像那假洋鬼子的，都是一脸横肉，怒目而视的看他；他便知道这人一定有些来历，膝关节立刻自然而然的宽松，便跪了下去了。

"站着说！不要跪！"长衫人物都吆喝说。

阿Q虽然似乎懂得，但总觉得站不住，身不由己的蹲了下去，而且终于趁势改为跪下了。

"奴隶性！……"长衫人物又鄙夷似的说，但也没有叫他起来。

"你从实招来罢，免得吃苦。我早都知道了。招了可以放你。"那光头的老头子看定了阿Q的脸，沉静的清楚的说。

"招罢！"长衫人物也大声说。

"我本来要……来投……"阿Q胡里胡涂的想了一通，这才断断续续的说。

"那么，为什么不来的呢？"老头子和气的问。

"假洋鬼子不准我！"

"胡说！此刻说，也迟了。现在你的同党在那里？"

"什么？……"

"那一晚打劫赵家的一伙人。"

"他们没有来叫我，他们自己搬走了。"阿Q提起来便愤愤。

"走到那里去了呢？说出来便放你了。"老头子更和气了。

"我不知道，……他们没有来叫我……"

然而老头子使了一个眼色，阿Q便又被抓进栅栏门里了。他第二次抓出栅栏门，是第二天的上午。

大堂的情形都照旧。上面仍然坐着光头的老头子，阿Q也仍然下了跪。

老头子和气的问道，"你还有什么话说么？"

阿Q一想，没有话，便回答说，"没有。"

于是一个长衫人物拿了一张纸，并一支笔送到阿Q的面前，要将笔塞在他手里。阿Q这时很吃惊，几乎"魂飞魄散"了：因为他的手和笔相关，这回是初次。他正不知怎样拿；那人却又指着一处地方教他画花押。

"我……我……不认得字。"阿Q一把抓住了笔，惶恐而且惭愧的说。

"那么，便宜你，画一个圆圈！"

阿Q要画圆圈了，那手捏着笔却只是抖。于是那人替他将纸铺在地上，阿Q伏下去，使尽了平生的力画圆圈。他生怕被人笑话，立志要画得圆，但这可恶的笔不但很沉重，并且不听话，刚刚一抖一抖的几乎要合缝，却又向外一耸，画成瓜子模样了。

阿Q正羞愧自己画得不圆，那人却不计较，早已掣了纸笔去，许多人又将他第二次抓进栅栏门。

他第二次进了栅栏，倒也并不十分懊恼。他以为人生天地之间，大约本来有时要抓进抓出，有时要在纸上画圆圈的，惟有圈而不圆，却是他"行状"上的一个污点。但不多时也就释然了，他想：孙子才画得很圆的圆圈呢。于是他睡着了。

然而这一夜，举人老爷反而不能睡：他和把总呕了气了。举人老爷主张第一要追赃，把总主张第一要示众。把总近来很不将举人老爷放在眼里了，拍案打凳的说道，"惩一儆百！你看，我做革命党还不上二十天，抢案就是十几件，全不破案，我的面子在那里？破了案，你又来迂。不成！这是我管的！"举人老爷窘急了，然而还坚持，说是倘若不追赃，他便立刻辞了帮办民政的职务。而把总却道，"请便罢！"于是举人老爷在这一夜竟没有睡，但幸而第二天倒也没有辞。

阿Q第三次抓出栅栏门的时候，便是举人老爷睡不着的那一夜的明天的上午了。他到了大堂，上面还坐着照例的光头老头子；阿Q也照例的下了跪。

老头子很和气的问道，"你还有什么话么？"

阿Q一想，没有话，便回答说，"没有。"

许多长衫和短衫人物，忽然给他穿上一件洋布的白背心，上面有些黑字。阿Q很气苦：因为这很像是带孝，而带孝是晦气的。然而同时他的两手反缚了，同时又被一直抓出衙门外去了。

阿Q被抬上了一辆没有篷的车，几个短衣人物也和他同坐在一处。这车立刻走动了，前面是一班背着洋炮的兵们和团丁，两旁是许多张着嘴的看客，后面怎样，阿Q没有见。但他突然觉到了：这岂不是去杀头么？他一急，两眼发黑，耳朵里喤的一声，似乎发昏了。然而他又没有全发昏，有时虽然着急，有时却也泰然；他意思之间，似乎觉得人生天地间，大约本来有时也未免要杀头的。

他还认得路，于是有些诧异了：怎么不向着法场走呢？他不知道这是在游街，在示众。但即使知道也一样，他不过便以为人生天地间，大约本来有时也未免要游街要示众罢了。

他省悟了，这是绕到法场去的路，这一定是"嚓"的去杀头。他惘惘的向左右看，全跟着蚂蚁似的人，而在无意中，却在路旁的人丛中发见了一个吴妈。很久违，伊原来在城里做工了。阿Q忽然很羞愧自己没志气：竟没有唱几句戏。他的思想仿佛旋风似的在脑里一回旋：《小孤孀上坟》欠堂皇，《龙虎斗》里的"悔不该……"也太乏，还是"手执钢鞭将你打"罢。他同时想将手一扬，才记得这两手原来都捆着，于是"手执钢鞭"也不唱了。

"过了二十年又是一个……"阿Q在百忙中，"无师自通"的说出半句从来不说的话。

"好！！！"从人丛里，便发出豺狼的嗥叫一般的声音来。

车子不住的前行，阿Q在喝采声中，轮转眼睛去看吴妈，似乎伊一向并没有见他，却只是出神的看着兵们背上的洋炮。

　　阿Q于是再看那些喝采的人们。

　　这刹那中，他的思想又仿佛旋风似的在脑里一回旋了。四年之前，他曾在山脚下遇见一只饿狼，永是不近不远的跟定他，要吃他的肉。他那时吓得几乎要死，幸而手里有一柄斫柴刀，才得仗这壮了胆，支持到未庄；可是永远记得那狼眼睛，又凶又怯，闪闪的像两颗鬼火，似乎远远的来穿透了他的皮肉。而这回他又看见从来没有见过的更可怕的眼睛了，又钝又锋利，不但已经咀嚼了他的话，并且还要咀嚼他皮肉以外的东西，永是不远不近的跟他走。

　　这些眼睛们似乎连成一气，已经在那里咬他的灵魂。

　　"救命，……"

　　然而阿Q没有说。他早就两眼发黑，耳朵里嗡的一声，觉得全身仿佛微尘似的迸散了。

　　至于当时的影响，最大的倒反在举人老爷，因为终于没有追赃，他全家都号咷了。其次是赵府，非特秀才因为上城去报官，被不好的革命党剪了辫子，而且又破费了二十千的赏钱，所以全家也号咷了。从这一天以来，他们便渐渐的都发生了遗老的气味。

　　至于舆论，在未庄是无异议，自然都说阿Q坏，被枪毙便是他的坏的证据；不坏又何至于被枪毙呢？而城里的舆论却不佳，他们多半不满足，以为枪毙并无杀头这般好看；而且那是怎样的一个可笑的死囚呵，游了那么久的街，竟没有唱一句戏：他们白跟一趟了。

一九二一年十二月

【注　释】

本篇最初分章发表于北京《晨报副刊》，自 1921 年 12 月 4 日起至 1922 年 2 月 12 日止，每周或隔周刊登一次，署名巴人。

名家解读中外文学名著书系

解读

　　阿Q已经是一个不朽的文学典型，活在中国人的心头上，特别是精神世界与精神生活之中。《阿Q正传》也因此成为不朽的作品。这个作品是如何产生的？这个典型是怎样诞生的？

　　不朽的作品、不朽的典型都是前无古人的，不可重复的。中国现代文学中只有一部《阿Q正传》，也只有一个阿Q这样的艺术典型。

　　鲁迅创作《阿Q正传》的目的很明确：写出我们国人的魂灵，为达到他的改造国民性的目的服务。他多年的观察、研究、思索和体验，在这方面的材料感受是很多的。那个谢阿桂的形象在他的心中活动，那些表现了中国国民性的人和事，也在他的心中活动，它们融会在一起，集中在谢阿桂的身上，形成了一个比较完整的形象。而且，刚刚过去几年的辛亥革命，在鲁迅心中也是印象鲜明的，这给他的未来的人物以活动的时代舞台；而梦中的故乡绍兴，他所熟悉的中国的一个地方，则提供了地理空间。在这些事实的基础上便形成了他现实主义小说创作的一切必备条件。他也提炼了人物精神面貌的主要特征：精神胜利法。他的想象的翅膀，就在这"现实"的基础上飞翔，他的灵感就在这种创作契机中迸发。

　　《阿Q正传》是阿Q的传记。它采取了传记的写法，但又背叛了它。它以模仿的形式，写阿Q的传，但又处处以反讽的形式和语调，使它变形、走样、变味。"正传"就是列传、自传、内传、外传、别传、家传、小传……之外的从未有过的传记体裁。于是从"序"开始，就不断调侃"传记学"和传统传记写法。以后又每一段都以传统的笔法列出一个正面的标题，而内容却相反，于是构成一个一个的反讽，如"优胜记略""恋爱的悲剧""革命""大团圆"等，内容均与标题适成鲜明对比。

　　作家创作作品，总是要有一种"创作激起"的心理过程，如果激发的力量强度大，而所碰撞的"生活储备——创作酝酿"又深厚，且撞与被撞的相互的契合程度又高，那么，创作的爆发程度、灵感的爆发程度也就高，作品的成功率和成就也会高。《阿Q正传》正是这种创作情境。鲁迅在《〈阿Q正传〉的成因》（《华盖集续编》）中说：

　　　　孙伏园……忽然要添一栏称为"开心话"的了，每周一次。他就来要我写一点东西。

阿 Q 的影像，在我心目中似乎确已有了好几年，但我一向毫无写他出来的意思，经这一提，忽然想起来了，晚上便写了一点，就是第一章：序。因为要切开心话这题目，就胡乱加上些不必有的滑稽，其实在全篇里也不是不相称的。

积蓄、酝酿已经好几年。一经激发，当天就开手创作，没有酝酿腹稿阶段，说明创作准备是早经成熟了的。以后是每周一期，不断发表，未曾中辍。这说明生活与创作的储备都很充足。《序》确如鲁迅所说，是为了切"开心话"的题，好像有点"东拉西扯"的模样。然而，这就是关于叫什么"传"的那段文字，它的存在，表现了对于"传"的充分调侃、挪揄和反讽。这在本非作传，只是取这种形式〔而这种以"传"（形式）来记述农村卑微小人的生平本身，就是一种调侃与反讽〕的创作中，是必要的，具有它所能产生的艺术效果。这不完全是不必有的滑稽。

紧接着便进入了实质性内容，不再滑稽了。这就是阿 Q 姓什么和叫什么，哪里人。——这些作为一个人都必备必有的基本成分，阿 Q 却没有，没有人知道他的确姓真名，没有人知道他的籍贯。这确实有点滑稽，但尤其使人感到悲苦。调侃与反讽中，含着一种人生的苦涩。——这样，调侃与反讽的叙述本身就是可读的。本文具有一种吸引力；而背后的蕴藏却是与外在东西相反的悲苦。这就具有了双重的审美质素。

阿 Q 这个名字，无论在字的外观上，还是含义上，都是中国从未有过的，众皆陌生。名字前面加"阿"字，这是中国人名字的普遍用法，但名叫"Q"的却没有。更何况这个洋字码的一种固定写法（大写），很像一个人留着小辫子的头的背影，鲁迅"觉的好玩"——"好玩"，这不是像煞中国人吗（清代的中国人）？辫子，令中国人想起太多的历史积存与民族记忆！"阿 Q"这名字的形与意，作为要描写"国人的魂灵"的作品来说，再恰切不过了。这种艺术设计，是十分高妙的。

以后，从第二章到第九章，共计八章，是讲述阿 Q 的"生平事迹"。表面上，完全采用传记手法。没有一般小说的曲折、跌宕、奇事逸闻、英雄事迹，也没有插叙、倒叙。从头到尾，由一个隐在的讲述者讲故事。第二章《优胜记略》，和本章的内容对照，实在文不对题，构成了反讽。在这一章里记述的阿 Q 的所谓优胜，其实只有他在和别人口角时自己宣称的"我们先前——比你阔的多啦！"还有就是"所有未庄的居民，全不在他眼里"，对文童的爹爹也不表现格外崇奉，因为他想："我的儿子会阔得多啦!"——所有这些,全是嘴说和心想的事,做数不得的。紧接着,就是他的癞疮疤被人嘲笑,被人揪住辫子打,还要承认是"打虫豸",赌博输钱兼挨棒打,全是失败记录,一点儿优胜也没有。阿 Q 的生活悲苦在这"优胜"中显现出来。这种反讽很辛辣,然而含着凄凉。阿 Q 的"精神胜利法"露面了。他的可怜的"胜利"报道了一种可怜的命运和可悲的心境。这段描写,催人泪下:

> 但他立刻转败为胜了。他擎起右手,用力的在自己脸上连打了两个嘴巴,热剌剌的有些痛;打完之后,便心平气和起来,似乎打的是自己,被打的是别一个自己,不久也就仿佛是自己打了别个一般,——虽然还有些热剌剌,——心满意足的得胜的躺下了。
>
> 他睡着了。

一个人靠自己打自己来求得"胜利",这是何等的悲哀和可怜。但更为令人心悸的是,他竟因此"心满意足"了,他"得胜"地躺下了,而且"他睡着了"!"他睡着了",这也是一句反讽,但更有意义的是,这是一种象征。它象征阿 Q——中国国民在昏睡中,在麻木、冷漠与愚昧中。

麻木、愚昧,莫此为甚。"精神胜利法"对一个人的灵魂戕害得何等严重。

第三章《续优胜记略》,是真的"优胜"的记录了,严格地说,是"先败后胜"记录,但这是怎样的优胜啊!同样具有催人泪下的内蕴。第一是因为被赵老太爷打过,所以得到人们的尊敬,这还不是胜利,但他为此得意。然后,便是他向王胡挑衅,被打败;转而骂假洋鬼子,又被棒打;转而欺侮小尼姑,这才"得胜"了。但阿 Q 的流氓气也暴露出来了。这是什么"优胜"呢?实际是彻底的失败;而最后的优胜,却是向弱小者施虐,表现了一种人格的卑劣。

> "这断子绝孙的阿 Q!"远远地听得小尼姑的带哭声音。
>
> "哈哈哈!"阿 Q 十分得意的笑。
>
> "哈哈哈!"酒店里的人也九分得意的笑。

阿Q的笑是卑劣的；酒店里的人的笑，也是卑劣的。这是一种卑劣的环境。

而阿Q的受欺、悲苦的命运的另一面，特别是他的质朴性格的另一面，便显现出来了。

第四章是一个转折，阿Q产生了爱的要求，并主动去争取得到。他的人性与生命的自然要求，表现了一种主动和热情。这简直是一种生机，但结果是十分惨重的失败。先是吴妈拒绝了他的求爱，接着是秀才的一顿棒打，接着是由地保出面，逼阿Q接受物质的赔偿和对吴妈今后的安全的"保留追究权"。这是十分苛刻的条件，但阿Q不能不接受，于是连棉被都拿去当了，以履行条约。阿Q连人的起码的生存欲求都不能实现。他的生活于是走向更为悲惨的境地。

在本段的开始，有一段议论，说的是有的胜利者希望敌人为虎为鹰，战胜后才有胜利的欢喜；如果像羊或小鸡，得胜反倒无聊。有的胜利者则唯恐没了敌手，使自己凄凉寂寞，感到胜利的悲哀。

> 然而我们的阿Q却没有这样乏，他是永远得意的：这
> 或者也是中国精神文明冠于全球的一个证据了。
> 看哪，他飘飘然的似乎要飞去了！

这里，阿Q已经明确地作为中国精神文明的代表者而显现其性格特征了。他是一个懦怯的胜利者，永远得意而不在乎敌人的强或弱。"中国精神文明冠于全球"，这是当时国粹派、文化保守派的共同的自豪说法，很表现了一种阿Q的精神。

阿Q竟因为对可怜小尼姑的卑劣的胜利而飘飘然，而且似乎要飞去了！但他得意得太早，很快他就更加跌入生存的低谷，从此一蹶不振，一步步走向灭亡。首先是生计发生问题（第五章《生计问题》）。他连流浪雇农的生活基础都失去了，没有人雇佣他了，他的社会声誉也破产了，于是偷。可怜见的阿Q，偷也只能去静修庵菜园偷点青菜萝卜。然而偷也失败了，被老尼姑捉住。这时，阿Q的劣根性又展现出另一面。本来他在园里偷萝卜，他却反问老尼姑："我什么时候跳进你的园里来偷萝卜？"明明兜里装着偷来的萝卜，他竟能反问："这是你的？你能叫得他答应你么？"这已经是无赖行径了。

阿Q已经失去在未庄生存的余地，只好走。这一走，是否有了转机？似乎是"中兴"了，他在城里转了一圈，他似乎发了财，然而不是好来

的，但在未庄却神气了一阵子。然而人们很快弄清了真相，他不过是偷窃帮伙的小伙计。于是人们对他敬而远之。阿Q彻底失去了生活的依托，走到了末路上。（第六章《从中兴到末路》）

末路上的阿Q，逢上了革命的时代。"造反了"，阿Q要投革命党。他做了美好的革命梦。但一是赵秀才早就到静修庵"革"过"命"了，二是"他们没来叫我"，"难道他们还没有知道我已经投降了革命党么？"（第七章《革命》）

虽然没有做成革命党人，但阿Q还是把辫子盘在头上，而且要去假洋鬼子那里投奔革命党，但是，差点挨打，被假洋鬼子逐出门外："不准革命"！他回到土谷祠去，心想你假洋鬼子不许我造反，只准你造反。"造反是杀头的罪名呵，我总要告一状，看你抓进县里去杀头，——满门抄斩，——嚓！嚓！"（第八章《不准革命》）

但是，被"抓进县里去杀头"的不是别人，却是革命没有革成，抢东西也无份的阿Q！（第九章《大团圆》）。"大团圆"本是中国传统小说的通行结尾。这结尾都是美好的，雨过天晴，灾去福来，才子中状元，美女结良缘。但是，阿Q却是走向刑场。"大团圆"的命题和实际的结果，构成一种可悲的讽刺。这也是对于传统文学模式的一种嘲弄。

我们从《阿Q正传》第一章到第七章的叙事中，可以看到几条并行线索的发展。第一条是阿Q的生平事迹的发展：一个中年农民（用现在的标准应是青年农民）从生到死的过程。第二条是阿Q在这个过程中的生活轨迹：打零工→偷（在未庄）→进城（偷）→革命/不准革命→杀头。这是一步一步地下滑，从艰难走向末路，企图投革命党改变命运，也失败了。一个贫苦流浪雇农可怜的生活和可悲的命运，展现在我们面前。第三条，在讲述生平和生活轨迹时，阿Q的性格同时一步步展示出来。愚昧、麻木→自傲，自卑，自轻自贱→欺侮弱小→睁眼否认眼前的事实→革命就是报私仇，抢夺别人的东西给自己→稀里糊涂地革命→莫明其妙地死。在这中间，贯穿始终的是阿Q的思想—性格特征：精神胜利法。

关于阿Q的故事的讲述，是表面阅读层的材料，引导读者去了解阿Q的生平——"行状"。阿Q性格的展示——展开，则是作品的意义层。它"依附"阅读层的材料而存在，但它却是阅读层材料的真正内涵，是作品的灵魂。不朽的文学典型，便在这两个层面的结合中诞生。前者是他的物质生活、外在表现，他的皮和肉和身体；后者则是他的精神生活、内在体验，他的血、神经和灵魂。鲁迅使两者完全契合，而塑造了一个完整的、活灵活现的典型。

《阿Q正传》以"传记"的表面形态，来组织它的行文——叙事，但不断打破这个模式和格局，用客观的呈现，用表现的手法，雕刻典型人物的外在活动与心理体验。第三章阿Q与王胡打架，第四章阿Q向吴妈求爱及受挫，第五章从阿Q与小D之战到静修庵偷萝卜被抓，第七章阿Q革命的"梦游"，第八章不准革命的场面，第九章大团圆中阿Q的种种表现，以及对于追看杀人热闹的看客眼神的感受，都是精练而又精彩的呈现，让事实和行动（阿Q及其他人）自身来讲述、展示、表现。

　　在这种讲述——展现——呈现的过程中，始终贯穿着精练的、准确的、深刻细致的心理描写，特别是阿Q的心理，他的精神胜利法运行的心理活动的描写。这些心理描写，都是符合心理学理论的。"一个作家可能有意识地、也可能朦胧地持有一种心理学理论，有时它看来就适合于一种人物或一种情境的。"鲁迅是有意识地持有一种心理学理论的，特别是对于阿Q的变态心理的描写，都具有一种心理学上的真实性。这就使作品具有了一种内在的、深沉的真实性。作家是否能够成功地把心理学体现在他的人物和人物的关系中，也是作品心理学上的真实性和一般真实性的重要环节。阿Q在与其他人物的关系中的心理学上的表现，如与赵太爷、假洋鬼子、吴妈、王胡、小D等的关系上，所表现出来的心理活动，都是符合心理学原则、规律的。在这个被称为"作品本身的'心理学'"的问题上，鲁迅的描写也是很成功的，达到很高水平的；特别是具有很高的审美价值。这也成为《阿Q正传》成功和阿Q这个典型获得成功的重要原因。

　　《阿Q正传》中关于阿Q心理活动的描写，许多是一种阿Q的"心思"——对阿Q的潜意识活动的描写，其中有阿Q个人无意识的描写，也有阿Q身上的"集体无意识"的描写（如第四章《恋爱的悲剧》中开头一节关于敌手是强是弱的议论和"中国精神文明冠全球"的揶揄；同章关于女人的联想的描写等）；前者是阿Q个人的、个性的表现；后者，则同时还表现"现代中国人的通病"（如见男女接触就涉邪悬想）。两者的结合就使"阿Q精神"既是一个农村流浪雇农的表现，又是"国民精神"的体现。

　　《阿Q正传》中，有的描写属于意识流手法的描写。比如多次关于阿Q本来失败，却经过几番意识活动、转折，反而成为胜利者，这样一种"精神胜利法"运行过程的描写，就是十分精彩的意识流笔法。这也是阿Q这个典型，特别是作为一种"精神典型"这种类型的文学典型，之所以创作成功的重要因素。

童年"美丽王国"的消失：《故乡》与《社戏》

故 乡①

我冒了严寒，回到相隔二千余里，别了二十余年的故乡去。

时候既然是深冬；渐近故乡时，天气又阴晦了，冷风吹进船舱中，呜呜的响，从篷隙向外一望，苍黄的天底下，远近横着几个萧索的荒村，没有一些活气。我的心禁不住悲凉起来了。

阿！这不是我二十年来时时记得的故乡？

我所记得的故乡全不如此。我的故乡好得多了。但要我记起他的美丽，说出他的佳处来，却又没有影像，没有言辞了。仿佛也就如此。于是我自己解释说：故乡本也如此，——虽然没有进步，也未必有如我所感的悲凉，这只是我自己心情的改变罢了，因为我这次回乡，本没有什么好心绪。

我这次是专为了别他而来的。我们多年聚族而居的老屋，已经公同卖给别姓了，交屋的期限，只在本年，所以必须赶在正月初一以前，永别了熟识的老屋，而且远离了熟识的故乡，搬家到我在谋食的异地去。

第二日清晨我到了我家的门口了。瓦楞上许多枯草的断茎当风抖着，正在说明这老屋难免易主的原因。几房的本家大约已经搬走了，所以很寂静。我到了自家的房外，我的母亲早已迎着出来了，接着便飞出了八岁的侄儿宏儿。

我的母亲很高兴，但也藏着许多凄凉的神情，教我坐下，歇息，喝茶，且不谈搬家的事。宏儿没有见过我，远远的对面站着只是看。

但我们终于谈到搬家的事。我说外间的寓所已经租定了，又买了几件家具，此外须将家里所有的木器卖去，再去增添。母亲也说好，而且行李也略已齐集，木器不便搬运的，也小半卖去了，只是收不起钱来。

　　"你休息一两天，去拜望亲戚本家一回，我们便可以走了。"母亲说。

　　"是的。"

　　"还有闰土，他每到我家来时，总问起你，很想见你一回面。我已经将你到家的大约日期通知他，他也许就要来了。"

　　这时候，我的脑里忽然闪出一幅神异的图画来：深蓝的天空中挂着一轮金黄的圆月，下面是海边的沙地，都种着一望无际的碧绿的西瓜，其间有一个十一二岁的少年，项带银圈，手捏一柄钢叉，向一匹猹②尽力的刺去，那猹却将身一扭，反从他的胯下逃走了。

　　这少年便是闰土。我认识他时，也不过十多岁，离现在将有三十年了；那时我的父亲还在世，家景也好，我正是一个少爷。那一年，我家是一件大祭祀的值年③。这祭祀，说是三十多年才能轮到一回，所以很郑重；正月里供祖像，供品很多，祭器很讲究，拜的人也很多，祭器也很要防偷去。我家只有一个忙月（我们这里给人做工的分三种：整年给一定人家做工的叫长年；按日给人做工的叫短工；自己也种地，只在过年过节以及收租时候来给一定的人家做工的称忙月），忙不过来，他便对父亲说，可以叫他的儿子闰土来管祭器的。

　　我的父亲允许了；我也很高兴，因为我早听到闰土这名字，而且知道他和我仿佛年纪，闰月生的，五行缺土④，所以他的父亲叫他闰土。他是能装弶捉小鸟雀的。

　　我于是日日盼望新年，新年到，闰土也就到了。好容易到了年末，有一日，母亲告诉我，闰土来了，我便飞跑的去看。他正在厨房里，紫色的圆脸，头戴一顶小毡帽，颈上套一个明晃晃的银项圈，这可见他的父亲十分爱他，怕他死去，所以在神佛面前许下心愿，用圈子将他套住了。他见人很怕羞，只是不怕我，没有旁人的时候，便和我说话，于是不到半日，我们便熟识了。

我们那时候不知道谈些什么，只记得闰土很高兴，说是上城之后，见了许多没有见过的东西。

第二日，我便要他捕鸟。他说：

"这不能。须大雪下了才好。我们沙地上，下了雪，我扫出一块空地来，用短棒支起一个大竹匾，撒下秕谷，看鸟雀来吃时，我远远地将缚在棒上的绳子只一拉，那鸟雀就罩在竹匾下了。什么都有：稻鸡，角鸡，鹁鸪，蓝背……"

我于是又很盼望下雪。

闰土又对我说：

"现在太冷，你夏天到我们这里来。我们日里到海边捡贝壳去，红的绿的都有，鬼见怕也有，观音手⑤也有。晚上我和爹管西瓜去，你也去。"

"管贼么？"

"不是。走路的人口渴了摘一个瓜吃，我们这里是不算偷的。要管的是獾猪，刺猬，猹。月亮地下，你听，啦啦的响了，猹在咬瓜了。你便捏了胡叉，轻轻地走去……"

我那时并不知道这所谓猹的是怎么一件东西——便是现在也没有知道——只是无端的觉得状如小狗而很凶猛。

"他不咬人么？"

"有胡叉呢。走到了，看见猹了，你便刺。这畜生很伶俐，倒向你奔来，反从胯下窜了。他的皮毛是油一般的滑……"

我素不知道天下有这许多新鲜事：海边有如许五色的贝壳；西瓜有这样危险的经历，我先前单知道他在水果店里出卖罢了。

"我们沙地里，潮汛要来的时候，就有许多跳鱼儿只是跳，都有青蛙似的两个脚……"

阿！闰土的心里有无穷无尽的稀奇的事，都是我往常的朋友所不知道的。他们不知道一些事，闰土在海边时，他们都和我一样只看见院子里高墙上的四角的天空。

可惜正月过去了，闰土须回家里去，我急得大哭，他也躲到厨房里，哭着不肯出门，但终于被他父亲带走了。他后来还托他的父亲带给我一包贝壳和几支很好看的鸟毛，我也曾送他一两次东西，但从此没有再见面。

　　现在我的母亲提起了他，我这儿时的记忆，忽而全都闪电似的苏生过来，似乎看到了我的美丽的故乡了。我应声说：

　　"这好极！他，——怎样……"

　　"他？……他景况也很不如意……"母亲说着，便向房外看，"这些人又来了。说是买木器，顺手也就随便拿走的，我得去看看。"

　　母亲站起身，出去了。门外有几个女人的声音。我便招宏儿走近面前，和他闲话：问他可会写字，可愿意出门。

　　"我们坐火车去么？"

　　"我们坐火车去。"

　　"船呢？"

　　"先坐船，……"

　　"哈！这模样了！胡子这么长了！"一种尖利的怪声突然大叫起来。

　　我吃了一吓，赶忙抬起头，却见一个凸颧骨，薄嘴唇，五十岁上下的女人站在我面前，两手搭在髀间，没有系裙，张着两脚，正像一个画图仪器里细脚伶仃的圆规。

　　我愕然了。

　　"不认识了么？我还抱过你咧！"

　　我愈加愕然了。幸而我的母亲也就进来，从旁说：

　　"他多年出门，统忘却了。你该记得罢，"便向着我说，"这是斜对门的杨二嫂，……开豆腐店的。"

　　哦，我记得了。我孩子时候，在斜对门的豆腐店里确乎终日坐着一个杨二嫂，人都叫伊"豆腐西施"⑥。但是擦着白粉，颧骨没有这么高，嘴唇也没有这么薄，而且终日坐着，我也从没有见过这圆规式的姿势。那时人说：因为伊，这豆腐店的买卖非常好。但这大约因为年龄的关系，我却并未蒙着一毫感化，所以竟完全忘却了。然而圆规很不平，显出鄙夷的神色，仿佛嗤笑法国人不知道拿破仑⑦，美国人不知道华盛顿⑧似的，冷笑说：

"忘了？这真是贵人眼高……"

"那有这事……我……"我惶恐着，站起来说。

"那么，我对你说。迅哥儿，你阔了，搬动又笨重，你还要什么这些破烂木器，让我拿去罢。我们小户人家，用得着。"

"我并没有阔哩。我须卖了这些，再去……"

"阿呀呀，你放了道台⑨了，还说不阔？你现在有三房姨太太；出门便是八抬的大轿，还说不阔？吓，什么都瞒不过我。"

我知道无话可说了，便闭了口，默默的站着。

"阿呀阿呀，真是愈有钱，便愈是一毫不肯放松，愈是一毫不肯放松，便愈有钱……"圆规一面愤愤的回转身，一面絮絮的说，慢慢向外走，顺便将我母亲的一副手套塞在裤腰里，出去了。

此后又有近处的本家和亲戚来访问我。我一面应酬，偷空便收拾些行李，这样的过了三四天。

一日是天气很冷的午后，我吃过午饭，坐着喝茶，觉得外面有人进来了，便回头去看。我看时，不由的非常出惊，慌忙站起身，迎着走去。

这来的便是闰土。虽然我一见便知道是闰土，但又不是我这记忆上的闰土了。他身材增加了一倍；先前的紫色的圆脸，已经变作灰黄，而且加上了很深的皱纹；眼睛也像他父亲一样，周围都肿得通红，这我知道，在海边种地的人，终日吹着海风，大抵是这样的。他头上是一顶破毡帽，身上只一件极薄的棉衣，浑身瑟索着；手里提着一个纸包和一支长烟管，那手也不是我所记得的红活圆实的手，却又粗又笨而且开裂，像是松树皮了。

我这时很兴奋，但不知道怎么说才好，只是说：

"阿！闰土哥，——你来了？……"

我接着便有许多话，想要连珠一般涌出：角鸡，跳鱼儿，贝壳，猹，……但又总觉得被什么挡着似的，单在脑里面回旋，吐不出口外去。

他站住了，脸上现出欢喜和凄凉的神情；动着嘴唇，却没有作声。他的态度终于恭敬起来了，分明的叫道：

"老爷！……"

我似乎打了一个寒噤；我就知道，我们之间已经隔了一层可悲的厚障壁了。我也说不出话。

他回过头去说，"水生，给老爷磕头。"便拖出躲在背后的孩子来，这正是一个廿年前的闰土，只是黄瘦些，颈子上没有银圈罢了。"这是第五个孩子，没有见过世面，躲躲闪闪……"

母亲和宏儿下楼来了，他们大约也听到了声音。

"老太太。信是早收到了。我实在喜欢的了不得，知道老爷回来……"闰土说。

"阿，你怎的这样客气起来。你们先前不是哥弟称呼么？还是照旧：迅哥儿。"母亲高兴的说。

"阿呀，老太太真是……这成什么规矩。那时是孩子，不懂事……"闰土说着，又叫水生上来打拱，那孩子却害羞，紧紧的只贴在他背后。

"他就是水生？第五个？都是生人，怕生也难怪的；还是宏儿和他去走走。"母亲说。

宏儿听得这话，便来招水生，水生却松松爽爽同他一路出去了。母亲叫闰土坐，他迟疑了一回，终于就了坐，将长烟管靠在桌旁，递过纸包来，说：

"冬天没有什么东西了。这一点干青豆倒是自家晒在那里的，请老爷……"

我问问他的景况。他只是摇头。

"非常难。第六个孩子也会帮忙了，却总是吃不够……又不太平……什么地方都要钱，没有定规……收成又坏。种出东西来，挑去卖，总要捐几回钱，折了本；不去卖，又只能烂掉……"

他只是摇头；脸上虽然刻着许多皱纹，却全然不动，仿佛石像一般。他大约只是觉得苦，却又形容不出，沉默了片时，便拿起烟管来默默的吸烟了。

母亲问他，知道他的家里事务忙，明天便得回去；又没有吃过午饭，便叫他自己到厨下炒饭吃去。

他出去了；母亲和我都叹息他的景况：多子，饥荒，苛税，兵，匪，官，绅，都苦得他像一个木偶人了。母亲对我说，凡是不必搬走的东西，尽可以送他，可以听他自己去拣择。

下午，他拣好了几件东西：两条长桌，四个椅子，一副香炉和烛台，一杆抬秤。他又要所有的草灰（我们这里煮饭是烧稻草的，那灰，可以做沙地的肥料），待我们启程的时候，他用船来载去。

夜间，我们又谈些闲天，都是无关紧要的话；第二天早晨，他就领了水生回去了。

又过了九日，是我们启程的日期。闰土早晨便到了，水生没有同来，却只带着一个五岁的女儿管船只。我们终日很忙碌，再没有谈天的工夫。来客也不少，有送行的，有拿东西的，有送行兼拿东西的。待到傍晚我们上船的时候，这老屋里的所有破旧大小粗细东西，已经一扫而空了。

我们的船向前走，两岸的青山在黄昏中，都装成了深黛颜色，连着退向船后梢去。

宏儿和我靠着船窗，同看外面模糊的风景，他忽然问道："大伯！我们什么时候回来？"

"回来？你怎么还没有走就想回来了。"

"可是，水生约我到他家玩去咧……"他睁着大的黑眼睛，痴痴的想。

我和母亲也都有些惘然，于是又提起闰土来。母亲说，那豆腐西施的杨二嫂，自从我家收拾行李以来，本是每日必到的，前天伊在灰堆里，掏出十多个碗碟来，议论之后，便定说是闰土埋着的，他可以在运灰的时候，一齐搬回家去；杨二嫂发见了这件事，自己很以为功，便拿了那狗气杀（这是我们这里养鸡的器具，木盘上面有着栅栏，内盛食料，鸡可以伸进颈子去啄，狗却不能，只能看着气死），飞也似的跑了，亏伊装着这么高底的小脚，竟跑得这样快。

老屋离我愈远了；故乡的山水也都渐渐远离了我，但我却并不感到怎样的留恋。我只觉得我四面有看不见的高墙，将我隔成孤身，使我非常气闷；那西瓜地上的银项圈的小英雄的影像，我本来十分清楚，现在却忽地模糊了，又使我非常的悲哀。

母亲和宏儿都睡着了。

我躺着，听船底潺潺的水声，知道我在走我的路。我想：我竟与闰土隔绝到这地步了，但我们的后辈还是一气，宏儿不是正在想念水生么。我希望他们不再像我，又大家隔膜起来……然而我又不愿意他们因为要一气，都如我的辛苦展转而生活，也不愿意他们都如闰土的辛苦麻木而生活，也不愿都如别人的辛苦恣睢而生活。他们应该有新的生活，为我们所未经生活过的。

我想到希望，忽然害怕起来了。闰土要香炉和烛台的时候，我还暗地里笑他，以为他总是崇拜偶像，什么时候都不忘却。现在我所谓希望，不也是我自己手制的偶像么？只是他的愿望切近，我的愿望茫远罢了。

我在朦胧中，眼前展开一片海边碧绿的沙地来，上面深蓝的天空中挂着一轮金黄的圆月。我想：希望是本无所谓有，无所谓无的。这正如地上的路；其实地上本没有路，走的人多了，也便成了路。

一九二一年一月

【注　释】

① 本篇最初发表于 1921 年 5 月《新青年》第九卷第一号。

② 猹　读"查"音，本无此字。作者在 1929 年 5 月 4 日致舒新城的信中解释说："'猹'字是我据乡下人所说的声音，生造出来的，读如'查'。……现在想起来，也许是獾罢。"

③ 大祭祀的值年　封建大家族，每年都要举行全族投入的大型祭祀

祖先的活动，由各房轮流主持操办，轮到的称为"值年"。

④五行缺土　中国的算命方法中有"八字"一说，即一个人出生的年、月、日、时，都有天干、地支相配，每项用两字代替，四项共八个字，即可推算一个人的命运。迷信说法中，又认为"八字"在五行中各有所属，甲乙寅卯属木；八字中能包括五行者，即五行俱全。五行缺土，即八字中没有属土的字。

⑤鬼见怕和观音手，都是小贝壳的名称。旧时浙江沿海的人把小贝壳用线串在一起，戴在孩子的手腕或脚踝上，认为可以"辟邪"。

⑥西施　又称西子，姓施，春秋末年越国人。越王勾践献给吴王夫差，后成为吴王最宠爱的妃子。西施绝美，后来用以称美女。

⑦拿破仑（Napoleon Bonaparte，1769—1821）　即拿破仑·波拿巴。法国资产阶级革命时期的军事家、政治家。1799年担任共和国执政。1804年建立法兰西第一帝国，自称拿破仑一世。

⑧华盛顿（G·Washington，1732—1799）　即乔治·华盛顿，美国政治家。他曾领导1775年至1783年美国反对英国殖民统治的独立战争，胜利后任美国第一任总统。

⑨道台　清时道员的别称，两种道员分别总管一个区域行政职务和专掌某一特定职务。前者是省以下、府州以上的行政长官；后者掌管一省特定事务，如督粮道、兵备道等。辛亥革命后，北洋军阀政府也曾沿用此制，改称道尹。

社　戏①

　　我在倒数上去的二十年中，只看过两回中国戏，前十年是绝不看，因为没有看戏的意思和机会，那两回全在后十年，然而都没有看出什么来就走了。

　　第一回是民国元年我初到北京的时候，当时一个朋友对我说，北京戏最好，你不去见见世面么？我想，看戏是有味的，而况在北京呢。于是都兴致勃勃的跑到什么园，戏文已经开场了，在外面也早听到冬冬地响。我们挨进门，几个红的绿的在我的眼前一闪烁，便又看见戏台下满是许多头，再定神四面看，却见中间也还有几个空座，挤过去要坐时，又有人对我发议论，我因为耳朵已经喤喤的响着了，用了心，才听到他是说"有人，不行！"

　　我们退到后面，一个辫子很光的却来领我们到了侧面，指出一个地位来。这所谓地位者，原来是一条长凳，然而他那坐板比我的上腿要狭到四分之三，他的脚比我的下腿要长过三分之二。我先是没有爬上去的勇气，接着便联想到私刑拷打的刑具，不由的毛骨悚然的走出了。

　　走了许多路，忽听得我的朋友的声音道，"究竟怎的？"我回过脸去，原来他也被我带出来了。他很诧异的说，"怎么总是走，不答应？"我说，"朋友，对不起，我耳朵只在冬冬喤喤的响，并没有听到你的话。"

　　后来我每一想到，便很以为奇怪，似乎这戏太不好，——否则便是我近来在戏台下不适于生存了。

　　第二回忘记了那一年，总之是募集湖北水灾捐而谭叫天②还没有死。捐法是两元钱买一张戏票，可以到第一舞台去看戏，扮演的多是名角，其一就是小叫天。我买了一张票，本是对于劝募人聊以塞责的，然而似乎又有好事家乘机对我说了些叫天不可不看的大法要了。我于是忘了前几年的冬冬喤喤之灾，竟到第一舞台去了，但大约一半也因为重价购来的宝票，总得使用了才舒服。我打听得叫天出台是迟的，而第一舞台却是新式构造，用不着争座位，便放了心，延宕到九点钟才出去，谁料照例，人都满了，连立足也难，我只得挤在远处的人丛中看一个老旦在台上唱。那老旦嘴边插着两个点火的纸捻子，旁边有一个鬼卒，我费尽思量，才疑心他或者是目连③的母亲，因为后来又出来了一个和尚。然而我又不知道那名角是谁，就去问挤在我的左边的一位胖绅士。他很看不起似的斜瞥了我一眼，说道，"龚云甫④！"我深愧浅陋而且粗疏，脸上一热，同时脑里也制出了决不再问的定章，于是看小旦唱，看花旦唱，看老生唱，看不知什么角色唱，看一大班人乱打，看两三个人互打，从九点多到十点，从十点到十一点，从十一点到十一点半，从十一点半到十二点，——然而叫天竟还没有来。

我向来没有这样忍耐的等候过什么事物，而况这身边的胖绅士的吁吁的喘气，这台上的冬冬喤喤的敲打，红红绿绿的晃荡，加之以十二点，忽而使我省悟到在这里不适于生存了。我同时便机械的拧转身子，用力往外只一挤，觉得背后便已满满的，大约那弹性的胖绅士早在我的空处胖开了他的右半身了。我后无回路，自然挤而又挤，终于出了大门。街上除了专等看客的车辆之外，几乎没有什么行人了，大门口却还有十几个人昂着头看戏目，别有一堆人站着并不看什么，我想：他们大概是看散戏之后出来的女人们的，而叫天却还没有来……

然而夜气很清爽，真所谓"沁人心脾"，我在北京遇着这样的好空气，仿佛这是第一遭了。

这一夜，就是我对于中国戏告了别的一夜，此后再没有想到他，即使偶而经过戏园，我们也漠不相关，精神上早已一在天之南一在地之北了。

但是前几天，我忽在无意之中看到一本日本文的书，可惜忘记了书名和著者，总之是关于中国戏的。其中有一篇，大意仿佛说，中国戏是大敲，大叫，大跳，使看客头昏脑眩，很不适于剧场，但若在野外散漫的所在，远远的看起来，也自有他

《呐喊》全新解读

的风致。我当时觉着这正是说了在我意中而未曾想到的话，因为我确记得在野外看过很好的好戏，到北京以后的连进两回戏园去，也许还是受了那时的影响哩。可惜我不知道怎么一来，竟将书名忘却了。

至于我看那好戏的时候，却实在已经是"远哉遥遥"的了，其时恐怕我还不过十一二岁。我们鲁镇的习惯，本来是凡有出嫁的女儿，倘自己还未当家，夏间便大抵回到母家去消夏。那时我的祖母虽然还康健，但母亲也已分担了些家务，所以夏期便不能多日的归省了，只得在扫墓完毕之后，抽空去住几天，这时我便每年跟了我的母亲住在外祖母的家里。那地方叫平桥村，是一个离海边不远，极偏僻的，临河的小村庄；住户不满三十家，都种田，打鱼，只有一家很小的杂货店。但在我是乐土：因为我在这里不但得到优待，又可以免念"秩秩斯干幽幽南山"⑤了。

和我一同玩的是许多小朋友，因为有了远客，他们也都从父母那里得了减少工作的许可，伴我来游戏。在小村里，一家的客，几乎也就是公共的。我们年纪都相仿，但论起行辈来，却至少是叔子，有几个还是太公，因为他们合村都同姓，是本家。然而我们是朋友，即使偶而吵闹起来，打了太公，一村的老老小小，也决没有一个会想出"犯上"这两个字来，而他们也百分之九十九不识字。

我们每天的事情大概是掘蚯蚓，掘来穿在铜丝做的小钩上，伏在河沿上去钓虾。虾是水世界里的呆子，决不惮用了自己的两个钳捧着钩尖送到嘴里去的，所以不半天便可以钓到一大碗。这虾照例是归我吃的。其次便是一同去放牛，但或者因为高等动物了的缘故罢，黄牛水牛都欺生，敢于欺侮我，因此我也总不敢走近身，只好远远地跟着，站着。这时候，小朋友们便不再原谅我会读"秩秩斯干"，却全都嘲笑起来了。

至于我在那里所第一盼望的，却在到赵庄去看戏。赵庄是离平桥村五里的较大的村庄；平桥村太小，自己演不起戏，每年总付给赵庄多少钱，算作合做的。当时我并不想到他们为什么年年要演戏。现在想，那或者是春赛，是社戏⑥了。

就在我十一二岁时候的这一年，这日期也看看等到了。不料这一年真可惜，在早上就叫不到船。平桥村只有一只早出晚归的航船是大船，决没有留用的道理。其余的都是小船，不合用；央人到邻村去问，也没有，早都给别人定下了。外祖母很气恼，怪家里的人不早定，絮叨起来。母亲便宽慰伊，说我们鲁镇的戏比小村里的好得多，一年看几回，今天就算了。只有我急得要哭，母亲却竭力的嘱咐我，说万不能装模装样，怕又招外祖母生气，又不准和别人一同去，说是怕外祖母要担心。

总之，是完了。到下午，我的朋友都去了，戏已经开场了，我似乎听到锣鼓的声音，而且知道他们在戏台下买豆浆喝。

这一天我不钓虾，东西也少吃。母亲很为难，没有法子想。到晚饭时候，外祖母也终于觉察了，并且说我应当不高兴，他们太怠慢，是待客的礼数里从来所没有的。吃饭之后，看过戏的少年们也都聚拢来了，高高兴兴的来讲戏。只有我不开口；他们都叹息而且表同情。忽然间，一个最聪明的双喜大悟似的提议了，他说，"大船？八叔的航船不是回来了么？"十几个别的少年也大悟，立刻撺掇起来，说可以坐了这航船和我一同去。我高兴了。然而外祖母又怕都是孩子们，不可靠；母亲又说是若叫大人一同去，他们白天全有工作，要他熬夜，是不合情理的。在这迟疑之中，双喜可又看出底细来了，便又大声的说道："我写包票！船又大；迅哥儿向来不乱跑；我们又都是识水性的！"

诚然！这十多个少年，委实没有一个不会凫水的，而且两三个还是弄潮的好手。

外祖母和母亲也相信，便不再驳回，都微笑了。我们立刻一哄的出了门。

我的很重的心忽而轻松了，身体也似乎舒展到说不出的大。一出门，便望见月下的平桥内泊着一只白篷的航船，大家跳下船，双喜拔前篙，阿发拔后篙，年幼的都陪我坐在舱中，较大的聚在船尾。母亲送出来吩咐"要小心"的时候，我们已经点开船，在桥石上一磕，退后几尺，即又上前出了桥。于是架起两支橹，一支两人，一里一换，有说笑的，有嚷的，夹着潺潺的船头激水的声音，在左右都是碧绿的豆麦田地的河流中，飞一般径向赵庄前进了。

两岸的豆麦和河底的水草所发散出来的清香，夹杂在水气中扑面的吹来；月色便朦胧在这水气里。淡黑的起伏的连山，仿佛是踊跃的铁的兽脊似的，都远远地向船尾跑去了，但我却还以为船慢。他们换了四回手，渐望见依稀的赵庄，而且似乎听到歌吹了，还有几点火，料想便是戏台，但或者也许是渔火。

那声音大概是横笛，宛转，悠扬，使我的心也沉静，然而又自失起来，觉得要和他弥散在含着豆麦蕴藻之香的夜气里。

那火接近了，果然是渔火；我才记得先前望见的也不是赵庄。那是正对船头的一丛松柏林，我去年也曾经去游玩过，还看见破的石马倒在地下，一个石羊蹲在草里呢。过了那林，船便弯进了叉港，于是赵庄便真在眼前了。

最惹眼的是屹立在庄外临河的空地上的一座戏台，模胡在远处的月夜中，和空间几乎分不出界限，我疑心画上见过的仙境，就在这里出现了。这时船走得更快，不多时，在台上显出人物来，红红绿绿的动，近台的河里一望乌黑的是看戏的人家的船篷。

"近台没有什么空了，我们远远的看罢。"阿发说。

这时船慢了，不久就到，果然近不得台旁，大家只能下了篙，比那正对戏台的神栅还要远。其实我们这白篷的航船，本也不愿意和乌篷的船在一处，而况并没有空地呢……

在停船的匆忙中，看见台上有一个黑的长胡子的背上插着四张旗，捏着长枪，和一群赤膊的人正打仗。双喜说，那就是有名的铁头老生，能连翻八十四个筋斗，他日里亲自数过的。

我们便都挤在船头上看打仗，但那铁头老生却又并不翻筋斗，只有几个赤膊的人翻，翻了一阵，都进去了，接着走出一个小旦来，咿咿呀呀的唱。双喜说，"晚上看客少，铁头老生也懈了，谁肯显本领给白地看呢？"我相信这话对，因为其时台下已经不很有人，乡下人为了明天的工作，熬不得夜，早都睡觉去了，疏疏朗朗的站着的不过是几十个本村和邻村的闲汉。乌篷船里的那些土财主的家眷固然在，然而他们也不在乎看戏，多半是专到戏台下来吃糕饼水果和瓜子的。所以简直可以算白地。

然而我的意思却也并不在乎看翻筋斗。我最愿意看的是一个人蒙了白布，两手在头上捧着一支棒似的蛇头的蛇精，其次是套了黄布衣跳老虎。但是等了许多时都不见，小旦虽然进去了，立刻又出来了一个很老的小生。我有些疲倦了，托桂生买豆浆去。他去了一刻，回来说，"没有。卖豆浆的聋子也回去了。日里倒有，我还喝了两碗呢。现在去舀一瓢水来给你喝罢。"

我不喝水，支撑着仍然看，也说不出见了些什么，只觉得戏子的脸都渐渐的有些稀奇了，那五官渐不明显，似乎融成一片的再没有什么高低。年纪小的几个多打呵欠了，大的也各管自己谈话。忽而一个红衫的小丑被绑在台柱子上，给一个花白胡子的用马鞭打起来了，大家才又振作精神的笑着看。在这一夜里，我以为这实在要算是最好的一折。

然而老旦终于出台了。老旦本来是我所最怕的东西，尤其是怕他坐下了唱。这时候，看见大家也都很扫兴，才知道他们的意见是和我一致的。那老旦当初还只是踱来踱去的唱，后来竟在中间的一把交椅上坐下了。我很担心；双喜他们却就破口喃喃的骂。我忍耐的等着，许多工夫，只见那老旦将手一抬，我以为就要站起来了，不料他却又慢慢的放下在原地方，仍旧唱。全船里几个人不住的吁气，其余的也打起呵欠来。双喜终于熬不住了，说道，怕他会唱到天明还不完，还是我们走的好罢。大家立刻都赞成，和开船时候一样踊跃，三四个径奔船尾，拔了篙，点退几丈，回转船头，架起橹，骂着老旦，又向那松柏林前进了。

月还没有落，仿佛看戏也并不很久似的，而一离赵庄，月光又显得格外的皎洁。回望戏台在灯火光中，却又如初来未到时候一般，又漂渺得像一座仙山楼阁，满被红霞罩着了。吹到耳边来的又是横笛，很悠扬；我疑心老旦已经进去了，但也不好意思说再回去看。

　　不多久，松柏林早在船后了，船行也并不慢，但周围的黑暗只是浓，可知已经到了深夜。他们一面议论着戏子，或骂，或笑，一面加紧的摇船。这一次船头的激水声更其响亮了，那航船，就像一条大白鱼背着一群孩子在浪花里蹿，连夜渔的几个老渔父，也停了艇子看着喝采起来。

　　离平桥村还有一里模样，船行却慢了，摇船的都说很疲乏，因为太用力，而且许久没有东西吃。这回想出来的是桂生，说是罗汉豆⑦正旺相，柴火又现成，我们可以偷一点来煮吃的。大家都赞成，立刻近岸停了船；岸上的田里，乌油油的便都是结实的罗汉豆。

　　"阿阿，阿发，这边是你家的，这边是老六一家的，我们偷那一边的呢？"双喜先跳下去了，在岸上说。

　　我们也都跳上岸。阿发一面跳，一面说道，"且慢，让我来看一看罢。"他于是往来的摸了一回，直起身来说道，"偷我们的罢，我们的大得多呢。"一声答应，大家便散开在阿发家的豆田里，各摘了一大捧，抛入船舱中。双喜以为再多偷，倘给阿发的娘知道是要哭骂的，于是各人便到六一公公的田里又各偷了一大捧。

　　我们中间几个年长的仍然慢慢的摇着船，几个到后舱去生火，年幼的和我都剥豆。不久豆熟了，便任凭航船浮在水面上，都围起来用手撮着吃。吃完豆，又开船，一面洗器具，豆荚豆壳全抛在河水里，什么痕迹也没有了。双喜所虑的是用了八公公船上的盐和柴，这老头子很细心，一定要知道，会骂的。然而大家议论之后，归结是不怕。他如果骂，我们便要他归还去年在岸边拾去的一枝枯柏树，而且当面叫他"八癞子"。

　　"都回来了！那里会错。我原说过写包票的！"双喜在船头上忽而大声的说。

我向船头一望，前面已经是平桥。桥脚上站着一个人，却是我的母亲，双喜便是对伊说着话。我走出前舱去，船也就进了平桥了，停了船，我们纷纷都上岸。母亲颇有些生气，说是过了三更了，怎么回来得这样迟，但也就高兴了，笑着邀大家去吃炒米。

大家都说已经吃了点心，又渴睡，不如及早睡的好，各自回去了。

第二天，我向午才起来，并没有听到什么关系八公公盐柴事件的纠葛，下午仍然去钓虾。

"双喜，你们这班小鬼，昨天偷了我的豆了罢？又不肯好好的摘，踏坏了不少。"我抬头看时，是六一公公棹着小船，卖了豆回来了，船肚里还有剩下的一堆豆。

"是的。我们请客。我们当初还不要你的呢。你看，你把我的虾吓跑了！"双喜说。

六一公公看见我，便停了楫，笑道，"请客？——这是应该的。"于是对我说，"迅哥儿，昨天的戏可好么？"

我点一点头，说道，"好。"

"豆可中吃呢？"

我又点一点头，说道，"很好。"

不料六一公公竟非常感激起来，将大拇指一翘，得意的说道，"这真是大市镇里出来的读过书的人才识货！我的豆种是粒粒挑选过的，乡下人不识好歹，还说我的豆比不上别人的呢。我今天也要送些给我们的姑奶奶尝尝去……"他于是打着楫子过去了。

待到母亲叫我回去吃晚饭的时候，桌上便有一大碗煮熟了的罗汉豆，就是六一公公送给母亲和我吃的。听说他还对母亲极口夸奖我，说"小小年纪便有见识，将来一定要中状元。姑奶奶，你的福气是可以写包票的了。"但我吃了豆，却并没有昨夜的豆那么好。

真的，一直到现在，我实在再没有吃到那夜似的好豆，——也不再看到那夜似的好戏了。

一九二二年十月

【注　释】

① 本篇最初发表于 1922 年 12 月上海《小说月报》第十三卷第十二号。

② 谭叫天（1847—1917）　即谭鑫培，著名京剧演员。湖北江夏（今武昌）人。因其父名志道，演老旦，有"天子"之称，故又称小叫天，擅长老生戏，形成自己的艺术风格，也称"谭派"。

③ 目连　全名摩诃目犍连，释迦牟尼的十大弟子之一。据《盂兰盆经》说，目连的母亲因生前违犯佛教戒律，坠入地狱。他曾入地狱救母。

④ 龚云甫（1862—1932）　当时的京剧演员，擅长老旦戏。

⑤ "秩秩斯干幽幽南山"语见《诗经·小雅·斯干》。据汉代郑玄注："秩秩，流行也；干，涧也；幽幽，深远也。"

⑥ 社戏　旧时农村迎神宴会所演的戏，一般都在庙台或野台演出。"社"为古代划分地区的一个小单位，在绍兴，社也是一种区域名称。社戏就是社中每年所演的"年规戏"。

⑦ 罗汉豆即蚕豆。

 解读

《故乡》先于《社戏》写出和发表。《社戏》是《呐喊》的终篇之作。先写了故乡的失落，然后，勾起了对往日的故乡和往日故乡的小朋友的怀念，并且还有对于消逝于"时间"之中的自己的少年时代的怀念，于是创作了《社戏》。《故乡》中充满了惆怅和抑郁，《社戏》里则弥漫着欢悦和友爱。这两篇作品，在实际生活上和思想情绪上是相联系、相沟通的。两者构成一种"失落"和"希求"相结合的情感。

《社戏》是一篇优美的散文。说他是散文型小说，就是因为它充满了散文的情致，用散文的优雅的、抒情的笔调来叙述，但它是依据作者儿时的记忆虚构而成的，因此是小说——虚构作品。《社戏》描写了一个儿时的美丽王国。这个美丽王国之所以是美丽的，因为主人公正处在童年时代，而童年永远是美丽的。而且，还因为那时的故乡也是美丽的，至少是主人公当时还没有进到也不能理解生活的艰辛与人生的苦难，因此在他眼里心中，外面的世界是美丽的。更增加这个王国的美丽的，还有人情的美、人心的美，就是双喜、阿发他们的那种纯洁、坦诚、友爱的心，和他们对城市来的亲戚的十分真诚的友爱。划船、吃罗汉豆、看社戏，都是外在的，附丽于"人心与人情"之上的，只有这真情是实在的，通过那"附丽的事物"体现出来。

小说从在城里看戏开头，拿那戏园的喧嚣——一种城市的喧闹、紧迫、拥挤情状的象征——作对照，由这里，引向乡村，引向水乡泽国，引向社戏和小伙伴们。于是，叙述随母亲到外婆家、到赵庄，看社戏和看社戏过程中发生的令人难忘的事情。那叙述，在字里行间，充溢着欢悦的情绪，而文字是那么清纯、优雅，既描画了南国水乡的美丽，又刻画了人的美好的心与感情。

> 两岸的豆麦和河底的水草所发散出来的清香，夹杂在水气中扑面的吹来；月色便朦胧在这水气里。淡黑的起伏的连山，仿佛是踊跃的铁的兽脊似的，都远远地向船尾跑去了，但我却还以为船慢。他们换了四回手，渐望见依稀的赵庄，而且似乎听到歌吹了，还有几点火，料想便是戏台，但或者也许是渔火。

> 那声音大概是横笛，宛转，悠扬，使我的心也沉静，然而又自失起来，觉得要和他弥散在含着豆麦蕴藻之香的夜气里。

这段叙事——描写，船行，豆麦香，水气，朦胧月色，黑色的山脊，远处歌吹声，几点灯火或渔火闪烁……有景、有色、有味，有人的行动与感受。多么幽美的夜的航行，享受到一种自然的美，生活的美。

以后才是看社戏、"偷"吃罗汉豆。美好的记忆属于后者，而社戏却并没有引起多大兴趣。然而，"看社戏"的过程却是美好的。

这里充分、优美地写出了对故乡——外婆家（它对于中国儿童来说就是美好的象征）——的美好回忆，更写出了对于阿发、双喜身上所体现的美好人性的回忆。这是中国国民性的另一面。

> 真的，一直到现在，我实在再没有吃到那夜似的好豆，——也不再看到那夜似的好戏了。

"不再"是"时间"和"人事"插入了人生的结果。那个童年的王国，永远地失去了。

《故乡》是"时间"更长久的插入，而"人事"则是更复杂而令人悲愤地插入之后，从遥远的北方返回故乡的经历和感受。

《故乡》一开头就是忧郁的、肃杀的：

> 我冒了严寒，回到相隔二千余里，别了二十余年的故乡去。
>
> 时候既然是深冬；渐近故乡时，天气又阴晦了，冷风吹进船舱中，呜呜的响，从篷隙向外一望，苍黄的天底下，远近横着几个萧索的荒村，没有一些活气。我的心不禁悲凉起来了。
>
> 阿！这不是我二十年来时时记得的故乡？

这幅萧索的水乡图画，同《社戏》中出现的同一地方的图画完全不同了。这是现实的反映，但也是心情使然。因为"我这次是专为了别他而来的"。回到家，见到母亲，谈起搬家，于是引出了闰土，于是一个农村少年英气勃发的形象出现了：

> ……其间有一个十一二岁的少年，项带银圈，手捏一柄钢叉，向一匹猹尽力的刺去，那猹却将身一扭，反从他的胯下逃走了。

"这少年便是闰土。"于是记忆中的闰土来到眼前。往日的童年岁月，往日的城乡主仆之间的纯真友谊也出现了。重温那时的生活是多么温馨！每年的新年，闰土随父亲一同到家里来帮忙，家人忙过年，孩子们一同玩耍，闰土从乡村带来许多关于美好事物的消息，以及看瓜田、扑猹等，"阿！闰土的心里有无穷无尽的希奇的事，都是我往常的朋友所不知道的。"但是，这些往事都已消逝，不久出现的现在的闰土，完全是另外一个人。"时间"和"人事"，在他的脸上、身上、精神上留下了可怕的、摧残性的刻痕。"他头上是一顶破毡帽，身上只一件极薄的棉衣，浑身瑟索着；手里提着一个纸包和一支长烟管，那手也不是我所记得的红活圆实的手，却又粗又笨而且开裂，像是松树皮了。"他叫他"闰土哥"，但闰土叫他"老爷！""我们之间已经隔了一层可悲的厚障壁了"。以后便是闰土的种种诉苦。这直接地揭示了那"时间"和"人事"的内涵："非常难。第六个孩子也会帮忙了，却总是吃不够……又不太平……什么地方都要钱，没有定规……收成又坏。种出东西来，挑去卖，总要捐几回钱，折了本；不去卖，又只能烂掉……"

鲁迅像在其他小说中一样，没有着重写实际的生活状况、具体的剥削事实、具体的生活艰困，仍然是侧重写精神世界的变化。少年时的朋友，现在中间隔着精神的障壁。因此，以后的行文便在将这种对精神隔离的思索中表达出来：

> 我只觉得我四面有看不见的高墙，将我隔成孤身，使我非常气闷；那西瓜地上的银项圈的小英雄的影像，我本来十分清楚，现在却忽地模糊了，又使我非常的悲哀。

主题由此引向深入。不是一般的见到年少时的朋友，对人事变幻的感叹，而是对于人与人之间的隔膜、不能相通，感到深深的悲哀。鲁迅这时还不是持阶级分野的观念来分析事物，他只是一般地，对中国传统文化的"人分十等"，人的分成不同的群体，彼此不能相通，感到悲哀。紧接下来，便是对于未来的期望——下一代不再如此隔膜：

> 我希望他们不再像我，又大家隔膜起来……然而我又不愿意他们因为要一气，都如我的辛苦展转而生活，也不愿意他们都如闰土的辛苦麻木而生活，也不愿意都如别人的辛苦恣睢而生活。他们应该有新的生活，为我们所未经生活过的。

鲁迅在同时期所写的杂文中，就曾号召青年人去创造"第三样时代"——中国历来的"做稳了奴隶的时代"和"做奴隶而不得的时代"这两个时代轮回之外的第三样时代。在《故乡》里，则从闰土前后的变化，精神上从昂扬奋发到委顿麻木的变化，特别是他与闰土之间，从亲密到疏远的变化，从这些变化中，形象地呈现了一个"做奴隶而不得的时代"的状况，并表达了对将来的新生活的冀望。童年美丽王国的失落：从《社戏》到《故乡》，这也成为一种含意深远的寓言。一个关于"人与人"的寓言，一个关于地上的从"美丽王国"到"艰难世时"的寓言。这种失落最重要、最令人惋惜的是人与人之间心灵的隔膜，是国民精神的麻木。鲁迅所侧重的是人和"人与人之间的关系"。他始终未曾离开他的"沙聚之邦转为人国"的理想。这又是他的深刻处。

最后他写道：

> 我在朦胧中，眼前展开一片海边碧绿的沙地来，上面深蓝的天空中挂着一轮金黄的圆月。我想：希望是本无所谓有，无所谓无的。这正如地上的路；其实地上本没有路，走的人多了，也便成了路。

整篇为抑郁惆怅所笼罩，这里，显出了希望的亮色。这一有力的结尾，使主题更为深化，而这段优美的抒情，也成为富有哲理蕴含的名文。《故乡》带有较大的纪实成分。远道返回故乡，为了搬家，闰土，与闰土的友谊，等等，都有事实的依据，但整个过程和叙述是虚构，所以成为小说。从这里也看到鲁迅从"生活"到"艺术"的创造。

名家解读中外文学名著书系

结束语:
《呐喊》的当代阅读

《呐喊》在上世纪末，进入人们纷纷评定的20世纪的文学排行榜，它又带着这份荣誉进入21世纪。我们在新世纪将怎样阅读《呐喊》？我们难于在此作出稍微令人满意的回答。但我们可以提供一点线索和现象，或许会引起人们的一点思索或猜想。

　　《呐喊》是一部从思想角度反映了中国近现代革命的作品，从中我们可以看到中国在19世纪末至20世纪初的社会状况。而作为杰出文学作品的反映，除了当时的具体的、富于时代特色的状况之外，还反映了中国的、中华民族的一般的状况。因此，作为"历史文献"和"社会档案"，《呐喊》对于我们认识中国、认识中国的社会与历史，是很有价值的。

　　《呐喊》又是一部闪耀着思想光芒的作品。它对于中国传统的批判、对于中国古老文化的批判，和对于中国国民性的批判，都闪耀着思想的光芒，洋溢着炽烈的爱国热情。这些都能给我们以思想的教益和民族情感、爱国精神的传输。

　　《呐喊》是具有高度艺术成就和深厚审美素质的艺术品。并且既是充分中国的，又是现代的。它是我们最优秀的文学读物、艺术教材，从中我们能够得到艺术的享受、审美的愉悦和美学的哺育。这对于我们全面提升素质，培养心性，是很有益处的。当然，《呐喊》还是最佳文学教材。我们当然不是要通过读《呐喊》来模仿鲁迅，像他当年那样写小说，模仿不是学习；而是从中体会艺术精神、艺术规律和美学原理，结合自己的实践，来进行文学的创造。

　　作家的每一部作品，都属于他的全部作品的总体，也是属于他那个时代的作家—作品的总体。阅读《呐喊》，需要阅读鲁迅的其他作品，这能帮助更好地理解《呐喊》；阅读《呐喊》，也能更好地理解鲁迅的其他作品。因此，《呐喊》的阅读，可以是我们读鲁迅，读中国现代文学的起点和原点。

　　每一部文学作品，都始终在公众的和历史的阅读与接受中经受考验。每个时代的阅读和接受，都是一种时代性的现时接受，必然受到时代的价值观念和社会心态的控制和影响。作品的"含义""原意"，都会在时代的现时的接受中，受到当时读者的解读、诠释、改塑、创造，产生自己的、时代的、即时的"意义"。只有那些内容丰富、多元、深沉的作品，才能提供充足的依据，使后世的读者能够进行时代性的"工作"，创造新的"意义"。《呐喊》就是这样的作品。你如果仔细观察当代社会现象、人情世态，又深入地思索，你就会在阅读《呐喊》中得出新的体会、新的意义和新的收获。

　　每个在世界上和人类历史上具有比较重要影响的民族，总会产生它们自己的"民族文学范本"——"民族读本"。英国有莎士比亚的《哈姆雷特》，德国有歌德的《浮士德》，法国有巴尔扎克的《人间喜剧》多部小说，西班牙有塞万提斯的《堂·吉诃德》，俄国有果戈理的《死魂灵》，捷克有哈耶克的《好兵帅克》，如此等等。那么，中国应该说有鲁迅的《阿Q正传》。

　　我们阅读《呐喊》，不是一种单纯的文学阅读，而是一种文化阅读、历史阅读、民族阅读。

　　在阅读中，我们进行着几重对话：我们同《呐喊》中的人物，如狂人、孔乙己、单四嫂子、闰土，尤其是阿Q对话；我们同鲁迅对话，同中国社会、中国历史对话；我们同中国"国民性"对话。我们还同现代对话——拿从《呐喊》所获得的知识与感受，来同现代和现代人对话。

　　这样，我们就会收获很多。

　　请读《呐喊》，请谛听20世纪初，苦难中国，酝酿大变革到来，迎接现代化浪潮的中国，所发出的第一声"呐喊"！